DES PAPOUS
DANS LA TÊTE

LES DÉCRAQUÉS

Françoise Treussard
Bertrand Jérôme

DES PAPOUS DANS LA TÊTE
LES DÉCRAQUÉS

L'anthologie

Avec Jacques A. Bertrand, Patrick Besnier, Emmanuel Brouillard, François Caradec, Patrice Caumon, Henri Cueco, Hélène Delavault, Patrice Delbourg, Lucas Fournier, Éric Holder, Serge Joncour, Jacques Jouet, Nelly Kaplan, Guy Konopnicki, Gilbert Lascault, Hervé Le Tellier, Patrice Minet, Gérard Mordillat, Ricardo Mosner, Dominique Muller, Frédéric Pagès, Jean-Bernard Pouy, Jacques Vallet, Christian Zeimert

Gallimard/France Culture

TEXTE INTÉGRAL

ISBN 978-2-7578-2084-1
(ISBN 2-07-077153-9, 1re publication)

« Des Papous dans la tête » est une marque déposée par la Société nationale de radiodiffusion Radio France.

LE GOÛT DES MOTS

UNE COLLECTION DIRIGÉE PAR PHILIPPE DELERM

Les mots nous intimident. Ils sont là, mais semblent dépasser nos pensées, nos émotions, nos sensations. Souvent, nous disons : « Je ne trouve pas les mots. » Pourtant, les mots ne seraient rien sans nous. Ils sont déçus de rencontrer notre respect, quand ils voudraient notre amitié. Pour les apprivoiser, il faut les soupeser, les regarder, apprendre leurs histoires, et puis jouer avec eux, sourire avec eux. Les approcher pour mieux les savourer, les saluer, et toujours un peu en retrait se dire je l'ai sur le bout de la langue – le goût du mot qui ne me manque déjà plus.

Ph. D.

à Jérôme K.

Note en haut de page

« Des Papous dans la tête », « Les Décraqués », une aventure radiophonique que vous avez pu suivre sur France Culture jusqu'en juillet 2004 pour les Décraqués et juillet 2018 pour les Papous.

Regard dans le rétroviseur pour lire cette préface écrite en avril 2004.

Le maître mot des Papous et des Décraqués, c'est le jeu : jouer avec les mots, le langage, s'amuser avec sa culture. Il entre dans le jeu un plaisir malin qui s'oppose à « l'esprit de sérieux » et cela nous va bien. Pourtant le sérieux n'échappe pas à l'esprit du jeu, et comme les enfants nous jouons « sérieusement ». Le jeu a ses règles, les nôtres sont des incitations à l'écriture, la contrainte est « libératoire », aime à proclamer Jean-Bernard Pouy. Impérative est la règle, voire catégorique, cependant il n'est pas interdit de la détourner, cela fait partie du jeu. Jeu qui est aussi une provocation ludique à l'imaginaire ; tout est fiction dans les pages que vous lirez, ne vous y fiez pas trop, elles sont chargées de références culturelles, pourtant ce sont de purs jeux de l'esprit. Nous pratiquons notamment le pastiche. Lorsqu'il est réussi, il peut tromper certains, en principe même il doit tromper.

Nous ne faisons pas profession d'être des « humoristes », cependant nous aimons bien faire rire, faire passer un peu d'humour dans nos jeux. Mais qu'est-ce que l'humour ? J'aime assez dire que l'humour est comme une carotte (en référence à la réponse de Tchekhov à sa femme Olga qui lui posait cette question : « Qu'est-ce que la vie ? » Et Tchekhov avait répliqué : « Mon chéri c'est comme si tu me demandais qu'est-ce qu'une carotte ? Une carotte est une carotte et on n'en sait rien de plus. ») « L'humour n'est pas un sujet, disait l'ami Roland Topor, c'est un état d'esprit. » C'est le nôtre et celui des écrivains, des peintres, des cinéastes, des professeurs d'université, du comédien, des philosophes et même de la cantatrice, tous membres de ce club amical, un peu fermé sans doute, mais il faut beaucoup de complicité pour bien jouer ensemble.

On vous raconte ?

Deux fois par semaine, nous réunissons un petit groupe de cinq ou six auteurs pour une séance de travail au studio 117 de la Maison de Radio France : notre espace, notre cour de récréation. Tirez la lourde porte, descendez la vingtaine de marches de l'escalier et observez...

Vous êtes chez nous et ça se passe comme ça.

Il y a ceux qui arrivent en retard après un passage au bistrot du coin pour fignoler leur texte, ceux qui viennent très en avance et apprécient ce moment où l'on parle d'autre chose, celui qui enlève sa cravate en entrant, celle qui apporte son cahier d'écolière et une grosse tablette de chocolat noir pour tous, celui qui ne veut jamais s'asseoir dos à la vitre, celui qui ne supporte pas de lui faire face, celui qui choisit la chaise coincée entre le pied de la table et les câbles électriques même si d'autres places sont libres parce que c'est « sa » place, celui qui pose à côté de son micro tout ce qu'il trimbale dans ses poches : walkman, gâteaux, clémentines, soda, comme autant de doudous rassurants.

Essais de voix. Silence ! on enregistre !

Il y a ceux qui toussent, celle qui a un fou rire, celui qui ne retrouve pas sa deuxième page, celui qui s'accroche à un regard comme à une bouée pour lire son texte, tous partagent l'envie d'étonner les autres, de les faire « craquer ».

Et puis vient l'heure d'écrire en studio, en un temps donné, court, toujours. Et c'est le silence à nouveau. Il y a celui qui réfléchit en se rongeant les ongles, celui qui préfère écrire en chaussettes, celui qui ne comprend jamais les explications du jeu, celui qui noircit sa page d'une grande belle écriture, sans rature, celle qui finit la première, celui qui recompte les pieds de ses alexandrins en tapotant sur sa joue.

Ambiance studieuse de salle d'examen le jour du bac. Pour nous, un mélange d'inquiétude et d'admiration. Quelques heures normales dans la vie des Papous qui décraquent.

Les Papous et les Décraqués ont une histoire, faite de rencontres, on s'est connu, on s'est reconnu, on s'est perdu de vue, mais on a bien aimé le bout de chemin parcouru avec Gébé, Jean-Pierre Enard, Roland Dubillard, Christine Jacquet, Jean-Christophe Averty ou John Taylor, notre Japonais Kojiro Hitchikawa, Pierre Gripari, Catherine Rihoit, Roland Topor, Vassilis Alexakis bien sûr ou Jean-Claude Vannier, et j'en oublie, Jacques Bens, un des premiers à entrer dans nos jeux, et Georges Perec, dont les suggestions sont à l'origine de cette aventure et qui nous a donné le virus de la contrainte.

Cette anthologie a été conçue comme un jeu avec notre mémoire. Il fallait choisir et ce choix n'était pas facile tant les textes écrits pour nos émissions étaient nombreux. Choisir les jeux d'abord, nous en avons imaginé plus de soixante, et certains appartiennent à l'expression orale, ce qui est normal à la radio. Comment traduire en effet par écrit les joutes oratoires des diagnostics littéraires à l'aveugle, ou les échanges entre faussaires et experts ? Il fallait donc choisir des textes écrits aussi pour être lus. Nous avons pris le parti de limiter notre sélection à une période relativement récente, afin d'offrir une image plus actuelle, plus vivante des Papous et des Décraqués, donner à lire ce que vous écoutez à l'antenne et que beaucoup souhaitent avoir sous les yeux.

Cette anthologie, vous êtes nombreux à nous l'avoir demandée… La voici.

B.J. F.T.

Roman interactif

Quatre auteurs pour un roman en quatre chapitres.
Chaque auteur de ce roman écrit à son tour un chapitre, chaque chapitre se terminant par trois hypothèses pour une suite possible de l'histoire.

Patrick Besnier, Jean-Bernard Pouy, Patrice Caumon, Hervé Le Tellier

Ton nom de Signorelli dans l'Italie déserte

PREMIER CHAPITRE * Patrick Besnier

22 août.
Voici huit jours que notre circuit a commencé, huit jours pleins de stress et d'aventures, pendant lesquels, happé par ces journées de marche psychologiquement difficiles pour moi, je n'ai guère eu le loisir de me livrer à l'écriture de mon journal.

Or j'ai bien besoin de la réflexion que permet l'écriture intime, étant plongé pour la première fois depuis longtemps dans une oppressante vie de groupe. Je voudrais me penser et penser mon rapport aux autres. Mais on se remet en marche, je continuerai ce soir.

Même jour, 23 heures.
Nous voici arrivés à San Basignuolo, je peux à nouveau écrire. Était-ce une bonne idée de faire ce circuit de marche sous l'intitulé

« Psychanalyse et tourisme. Sur les traces de Freud en Italie » ? Pas sûr. Je suis en mauvais état. Nous devions voir Orvieto, Florence et Rome. Pour l'instant, en huit jours, on a vu Orvieto, pendant 20 minutes. Je crois qu'on ne fera pas tout le programme. Je commence à comprendre que l'objet de ce circuit, c'est de ne pas visiter les lieux annoncés, ou de saboter les visites. C'est là le secret du Dr Freud.

C'est frappant quand je repense à notre visite d'Orvieto. Nous y sommes arrivés dans l'après-midi du deuxième jour. Quelle ville magnifique, quel site éblouissant ! La divine simplicité des plus beaux moments de la Renaissance. Et puis la cathédrale ! C'est elle qui intéressait Freud, donc c'est elle qui nous intéresse : « Psychanalyse et tourisme. Sur les traces de Freud en Italie », il faut bien justifier notre thème, et nous ne sommes pas des touristes ordinaires. Ce n'est pas vraiment la cathédrale, mais plutôt les fresques de la cathédrale qui nous occupent ; pas vraiment les fresques, mais LA fresque, le *Jugement dernier* de Signorelli. Voilà ce qui a intéressé Freud dans tout Orvieto. La vue, les bars, les terrasses, non. Mais LA fresque du Jugement dernier de Signorelli.

23 août.

Je me suis endormi hier soir en écrivant, je reprends. Donc, très belle, la fresque de Signorelli, avec les damnés nus et multicolores, les tortures sans nom, les horreurs épouvantables.

Vraiment diabolique. Et qu'est-ce qui l'a intéressé là-dedans, Freud ? C'est que, dans les jours suivants, il n'arrivait pas à se souvenir du nom de Signorelli. Un nom pourtant facile à retenir : Signorelli. Comment peut-on oublier le nom de Signorelli ? Eh bien, Freud y réussit. Et depuis une semaine, le guide cherche à nous amener à ce point où Freud était parvenu. Il ne nous laisse pas oublier que nous sommes dans le circuit « Psychanalyse et tourisme. Sur les traces de Freud en Italie ». Nous devons nous glisser dans la peau de l'inconscient de Freud, comprendre la psychopathologie de sa vie quotidienne, devenir Freud et donc, quittant Orvieto, oublier le nom de Signorelli. J'ai peut-être l'esprit de contradiction, mais j'ai très vite compris que plus jamais je n'allais oublier le nom de Signorelli. Je peux à volonté oublier le nom de ma mère, le nom de mon père, le nom de ma fiancée, celui de mon épicier, je peux oublier tous les noms plus facilement que celui de Signorelli.

Très vite, je suis devenu la brebis galeuse de notre petit troupeau. Très informé, très cultivé, le guide nous relit les pages immortelles où Freud recherche ce nom qu'il oublie, qui lui résiste. « Ne serait-ce pas Botticelli ? se demande-t-il, est-ce Beltraffio ? » Mais non, ce n'est ni l'un ni l'autre, et le vrai nom lui résiste. Pauvre Freud ! J'ai envie de lui souffler « Signorelli », comme en classe on souffle au cancre interrogé et muet. SI-GNO-REL-LI, ce n'est pourtant pas sorcier. Voilà pourquoi notre voyage est bloqué. Depuis quatre jours, le guide me demande à brûle-pourpoint qui a peint le *Jugement dernier* d'Orvieto. Depuis quatre jours, je lui réponds du tac-au-tac qu'il s'agit de Signorelli. Sans hésitation. Sans rémission. Je commence à me sentir de trop dans ce groupe freudien. Eux, les autres, mes chers compagnons de voyage, ils ont tous oublié le nom de Signorelli, dès la première minute. Je sors de la cathédrale et, hop, ça y est, j'ai oublié le nom de Signorelli ! Comme c'est pratique ! Quels salauds !

Le lendemain.

La situation, depuis, s'aggrave. Le guide s'énerve, et je ne parviens toujours pas à oublier le nom de Signorelli. Nous sommes privés de vin aux repas jusqu'à ce que j'y parvienne. Les autres me regardent de plus en plus de travers, et on en a tous marre d'être bloqués ici, dans ce trou. La nuit dernière, à 3 h du matin, le guide m'a réveillé brutalement, et en braquant sur moi une lampe m'a demandé qui avait peint le *Jugement dernier* d'Orvieto. Pas de chance, j'étais en train de rêver de Signorelli. Il m'a regardé d'un air mauvais. Il est à bout, comme tout le monde ici.

Pour la suite, trois possibilités :

Hypothèse 1 : La nuit suivante, un tremblement de terre gigantesque détruit toutes les œuvres de Signorelli (et, hélas, pas mal d'autres).

Hypothèse 2 : Une jeune femme charmante du groupe, la signorina Signorini, psychothérapeute, propose au narrateur un traitement relaxant qui l'aiderait à oublier le nom fatal.

Hypothèse 3 : Excédés par l'obstination perverse du narrateur, les autres le ligotent en pleine nuit et le déposent dans un autre groupe de touristes culturels de la série « Peinture et tourisme. Sur les traces de Signorelli en Italie du Nord ».

DEUXIÈME CHAPITRE * Jean-Bernard Pouy

Excédés par l'obstination perverse du narrateur, les autres le ligotent en pleine nuit et le déposent dans un autre groupe de touristes culturels de la série « Peinture et tourisme. Sur les traces de Signorelli en Italie du Nord ».

27 août.
J'ai la vague impression d'avoir changé d'espace-temps et pourtant beaucoup de détails me prouvent le contraire. Je suis toujours sur la piste de Luca Signorelli, suivant patiemment, avec mon groupe « Peinture et tourisme », les traces de ce génie en Italie du Nord. Mais je ne sais pas pourquoi, ça doit être à cause des tagliolini all'arrabiata, du frascati blanc ou du Fernet Branca, plus ça va, moins je reconnais mes collègues, ceux du groupe, et moins je sais où je suis. Hier encore, j'avais la curieuse impression de me promener du côté de la Toscane, alors qu'en fait, nous sommes à Milan, pour

admirer la *Flagellation* et la *Vierge à l'Enfant* de la Pinacoteca di Brera. J'ai de curieux trous de mémoire, même si j'ai beaucoup de souvenirs récurrents, ou prémonitoires, par exemple, c'est bizarre, la cathédrale d'Orvieto. Or, la visite des fresques de Signorelli dans cette ville magnifique et ce site éblouissant n'est prévue que pour la semaine prochaine. Et je ne sais pas pourquoi, je pense tout le temps à Sigmund Freud. Et dès que je prononce son nom, dans le groupe, c'est la panique. L'animateur me dit, en hurlant : « Mais pourquoi vous dites ça ? »

Pour les autres, le nom de Freud n'évoque rien, ils ont l'air soit de s'en moquer éperdument, soit de l'avoir totalement oublié. Notre guide animateur nous assène incessamment des références tous azimuts sur Signorelli, ce peintre novateur du Quattrocento chez qui l'on sent toutes les forces esthétiques du Cinquecento. Et il rajoute tout le temps qu'un penseur célèbre s'était beaucoup intéressé à lui, on ne sait pas vraiment pourquoi, penseur qui s'interrogeait sur le fait d'oublier à tous moments le nom pourtant si simple de Signorelli, qui, pourtant, le passionnait tant. Mais quand l'animateur voulait nous donner le nom de cet éminent scientifique, extrêmement connu, il disait : « Mince, c'est bête, j'ai oublié son nom, ça me reviendra tout à l'heure ». Alors, les autres membres du groupe proposaient : « Pasteur ? Einstein ? Max Planck ? » Et l'animateur répondait : « Mais non ! Plus connu ! » Et moi je disais toujours : « Freud ! Sigmund Freud ! »

Personne ne m'écoutait. Non seulement personne ne faisait attention à ma réponse (ils continuaient à gueuler : « Marie Curie ? Poincaré ? Alain Minc ? »), mais, de plus, ça énervait sérieusement les collègues que je persiste à proposer : « Freud ! Sigmund Freud ! » comme un quarante-cinq tours rayé. Du coup, l'ambiance n'était pas très détendue et je n'étais pas loin d'être bouc-émissarisé.

29 août.
C'est dans la cathédrale de Pérouse que j'ai senti que je ne faisais plus partie intégrante du groupe. J'ai osé dire que les nus de Signorelli, dans sa *Vierge en trône parmi les saints*, étaient la preuve, dans leur précision anatomique prônant l'harmonie qui fait de l'homme un véritable protagoniste de l'Univers, que Sigmund Freud se devait absolument de s'intéresser au maître cortonais, précurseur absolu de Michel-Ange. Car si l'on considérait que Piero della Francesca était le ça, Signorelli était obligatoirement le surmoi, et, par force, Michel-Ange devenait le moi, puissant, fédérateur et légèrement décevant. Du pur Freud, j'ajoutais. « Du pur qui ? » m'ont-ils tous répondu, en chœur, ulcérés. « Freud ! » j'ai hurlé. Les regards noirs des participants au groupe « Peinture et tourisme » m'ont fait peur.

Pour la suite, trois possibilités :

Hypothèse 1 : La nuit suivante, à l'hôtel, des bandits calabrais volent toutes les affaires des touristes, qui sont obligés de rentrer en France.

Hypothèse 2 : Une charmante membre du groupe, la signora Segnarini, adepte de Wilhelm Reich, propose de venir lui construire une boîte à orgone dans sa chambre.

Hypothèse 3 : Excédés par l'obstination perverse du narrateur, les autres le ligotent en pleine nuit et le déposent dans un autre groupe de touristes culturels de la série « Peinture et tourisme. Jacques Lacan, l'Ombrie et le lombric ».

Troisième chapitre * **Patrice Caumon**

Excédés par l'obstination perverse du narrateur, les autres le ligotent en pleine nuit et le déposent dans un autre groupe de touristes culturels de la série « Peinture et tourisme. Jacques Lacan, l'Ombrie et le lombric ».

Le 30 août ou septembre ?
Un indicible trouble m'a envahi. Ainsi tout à l'heure, en relisant ce journal, non seulement son titre « En Italie, dans les sandales de STENDHAL », m'a surpris, mais j'ai eu du mal à croire que j'en étais l'auteur. Serait-ce l'abus du vitello Donatello, du risotto Giotto, ou du carpaccio ? Voire de l'épinard Léonard ? Tous ces plats de peintres m'ont, à l'évidence, barbouillé.

Serait-ce un dédoublement de personnalité comme le Horla ? À peine *un mot en passant* m'a paru familier… Signorelli !… Évidemment !

je l'ai sous les yeux… C'est mon dictionnaire d'italien : le Robert et Signorelli.

Ou serais-je devenu fou à lier comme mes aînés : Nerval, Maupassant, Artaud, ou Paul Claudel ?… Du brouillard de ma mémoire sortent quelques rares émissions diffusées en clair, tels des fragments de fresque que des signaux relient, de proustiens petits pans de mur jaune… Comment s'appelait donc ce peintre de Delft qu'appréciait tant Elstir ? Mémère de Delft ? Pervers de Delft ? Dans cet oubli, mon ça me cache quelque chose comme dirait… C'est trop bête… Son nom m'échappe !…

Un vague sentiment de déjà-vu dans le car ce matin et pourtant tous les visages m'ont paru étrangers. Je me suis cru dans une secte. Ils ont des mots de code allemands qu'ils citent à tout bout de champ : *das*, *ich*, *sieglichkeit*, *traum*…

Ils me demandent si je suis en cure… ils sont tous ou en cure ou en analyse. Si je suis avec des curistes, c'est que je me suis trompé de car à Pérouse… D'ailleurs le bus est différent ; contre la vitre je lis : « ne pas se penser en dehors, Nietzsche auslernen, è pericoloso Ferenczi », à l'arrière, on a installé un divan où chacun peut raconter au guide ce qui lui passe par la tête. Après les avoir écoutés en silence, Jack tend la main : « N'oubliez pas le guide siouplait. » C'est lui qui m'éclaire enfin sur l'oubli de Signorelli : pour lui, c'est comme oublier Palerme ou Delerm, c'est la première gorgée qui compte, le lait maternel.

Toujours eu du mal à m'intégrer : que ce soit en stage de poterie ou en retraite de yoga émotif, je bloque la dynamique de groupe. Ma voisine de bus la signora Sganarella écrivait des cartes postales. J'ai la vague impression de la connaître : elle signe Aurélie.

La carte représente la fresque de la *Résurrection*. Enfin tout s'éclaire : les corps sortent du sol, comme des vers de terre. Jacadi c'est la résu-érection. Avouons-le : j'ignore tout de l'Ombrie et du lombric. Pour participer au groupe, pour échanger des idées, je dois me documenter.

Plus tard.

J'ai mis à profit le quartier libre pour aller à la bibliothèque. J'ai pris des notes : « Le lombric, est un ver annélide. Ses anneaux se nomment Métamères. Il contribue à la fertilité des sols. Il est indispensable aux échanges. » Je m'en doutais. Demain, grâce au ver de terre, je vais pouvoir enfin m'intégrer…

L'orvieto, c'est un bon vin blanc… Faut pas en abuser.

Le lendemain, je ne sais plus où…

Ce matin dans le car, ma voisine la signora Amora – elle est de Gijón – lisait dans le texte *La Psychopatologia dé la vida quotidiana*. Au début, la signora m'ignora. « Freud en espagnol : ça vaut son pesant de castagnettes », lui ai-je dit pour engager le débat. Elle a éclaté de rire en criant au guide : « Son surmoi lui interdit le *ca-ca*-huéte » ; et tout le groupe a commenté à voix haute ce qu'ils nomment un *lapsus linguae* (est-ce le nom zoologique d'un lombric qui m'aurait échappé ? Une espèce à anneaux en tout cas puisque classée, par le groupe, dans les régressifs anaux). Pris de joie à l'idée d'intégrer enfin une équipe, je rebondis, fier de ma science toute neuve, en criant : « Métamère. » Tonnerre d'applaudissements. Ma voisine me dit : « Quelle métathèse, anneaux parano, c'est l'ombilic des limbes. » D'autres hurlent : « Métaphore ! très fort ! » Ça y est, signe définitif d'intégration, le groupe m'a donné un surnom : Œdipe roi, le seigneur des anaux. Et le guide Jack m'a félicité sur, je le cite : « – Petit a, mon inconscient est structuré comme un bilingue ; – Petit a, la métamère est aussi l'unité anatomique de l'embryon ; – Petit a, tout est dans le cordon ombilical. » Et il m'a tendu la brochure du voyage « Avec Jacques Lacan, du nombril à l'ombilic ». J'ai oublié le petit b. Demain, on va visiter Orvieto. Je me fais une joie de découvrir avec Jack la cathédrale et les fresques peintes par… Freud, si je me souviens bien.

Pour la suite, trois possibilités :

Hypothèse 1 : le héros et la signora Signoret taguent toutes les fresques d'obscénités grossières qu'ils signent des initiales S. F.

Hypothèse 2 : Jack le gourou disparaît après avoir dérobé tous les portefeuilles, bijoux, valeurs et sous-vêtements de tous les membres du groupe de l'École freudienne.

Hypothèse 3 : Excédés par le déviationnisme jungien de notre narrateur les disciples du groupe « Lacan, les vacances » le ligotent et le jettent dans un autre groupe de « Peinture et tourisme. Sur les pas de Pascal Quignard : le sexe et l'effroi en Émilie ».

ÉPILOGUE * Hervé Le Tellier

Excédés par le déviationnisme jungien de notre narrateur, les disciples du groupe « Lacan, les vacances » le ligotent et le jettent dans un autre groupe de « Peinture et tourisme. Sur les pas de Pascal Quignard : le sexe et l'effroi en Émilie ».

Le guide du groupe vient vers moi et me dit :

« Par ce qu'on éprouve de la corde, on connaît le lien de la chair et du lin qui est celui de la lettre et la page. Ne parlez pas. Ce que vous éprouvez du ligotement ne se transporte pas dans ce qui s'énonce.

– Oui, est-ce qu'on pourrait tout de même faire quelque chose, parce que les lacaniens m'ont serré très fort les poignets. »

Une jeune fille blonde, derrière le guide, s'approche et dit : « Le corps sous la corde n'est pas le lin du filin et le jour sur la Terre n'est pas le mot sur la page. Les mots dans la bouche

ne sont pas ceux dans la langue. La page est imprononçable.
– D'accord, mais il suffirait juste de défaire ce nœud, là, qui me coupe le sang… »

Un homme, un peu gros et chauve, en sueur, éloigne la jeune fille et annonce :

« Le nœud du désir est un enroulement tumultueux qui exige l'absence et rejette loin la ponctuation. Le nœud est le silence de la corde, il ne naît pas, pas plus qu'il ne meurt. Le nœud *est*. Sans nœud dans la corde à nœuds, qui pourrait affirmer qu'il y aurait encore une corde après les nœuds ? »

Peu à peu, je meurs étouffé dans le lien des lacaniens.

La chanson du roman,
sur l'air de *Tennessee* :

On a tous
Quelque chose à oublier en Italie
Pour Sigmund Freud c'était Signorelli
Mais peut-on oublier Signorelli
Pour moi cela paraît de la folie
Oublier Signorelli
Oui, oublier Signorelli
En quelques jours j'ai oublié Vinci
Raphaël, Michel-Ange et Cellini
Si peu d'amour avec tell'ment d'ennui
Mais j'arrive pas avec Signorelli

Oublier Signorelli
Je rêve de lui quand je suis endormi
Malgré ma formidable envie d'oubli
Ce rêve en moi, c'est lui Signorelli

On a tous
Quelque chose à oublier en Italie
Maintenant on voudrait que j'oublie Sigi
Mais Sigmund Freud je ne pense qu'à lui
Je pense à lui plus qu'à Marie Curie
Dans ce groupe je n'ai plus un seul ami

Je n'oublierai jamais Signorelli
On a beau me ligoter dans la nuit
Me jeter aux lacaniens en Ombrie
Me réciter Quignard en Émilie
Je me souviens de Freud et de Signorelli

Oublier Signorelli
Oh oui Signorelli
Y a quelque chose en nous de Signorelli…

Le Clavecin bien trempé

ou jeu des homophonies approximatives

Le procédé décrit par Raymond Roussel dans *Comment j'ai écrit certains de mes livres* est à l'origine de ce jeu auquel nous jouons à notre façon : une certaine phrase est imposée comme début d'une histoire à imaginer, histoire qui devra s'achever sur une phrase homophonique ou presque de la première. Une homophonie intermédiaire est la bienvenue. Rappelons que deux phrases homophoniques sont des phrases qui ont le même son mais pas le même sens.

François Caradec

Tout condamné à mort aura la tête tranchée

☞ Tout condamné à mort aura la tête tranchée. Isidore n'eut pas le temps de se demander pourquoi le législateur, un humoriste sans doute, avait glissé cette mort-aux-rats dans le code pénal. Il sentit à peine un petit courant d'air frais sur la nuque. Illico, il se retrouva devant Satan avec sa tête sous le bras. « Vous avez guillotiné un innocent ! » gueula la tête. Isidore lui donna un petit coup sec pour la faire taire. Bon c'est vrai, il était innocent, mais il était bel et bien à la porte de l'enfer. Ça n'avait déjà pas marché sur terre, pourquoi Satan croirait-il davantage à son innocence ? Aussi, il fallait la voir sa tête, en se penchant un peu, quand elle entendit Satan lui répondre : « Nous le savons cher Isidore. Vous êtes victime d'une erreur judiciaire. Vous n'êtes pas le premier, allez, et vous ne serez pas le dernier ! Nous avons l'habitude. Parmi les âmes damnées qui nous arrivent, il faut faire un tri. On ne peut plus compter du tout sur la justice des hommes. Nous ne savons pas encore ce que nous allons faire de vous, il faut attendre que la justice divine ait tranché elle aussi. » Mettez-vous, si vous le pouvez, à la place d'Isidore. Évidemment il avait été le dindon dans cette histoire de hold-up sanglant. Lui n'y était pour rien, il faisait simplement le guet. Et il se retrouvait maintenant comme un ballot, à la porte de l'enfer, avec sa tête sous le bras. Elle faisait une drôle de tête, sa tête ; elle se passait la langue sur les lèvres, car cette dernière petite sauterie sur la terre lui avait laissé un sale goût dans la bouche. Une vraie gueule de bois. Satan sourit : « Votre âme doit avoir une sacrée soif après un coup pareil. Ne vous inquiétez pas, tout est prévu par le règlement. Tenez, lisez. » Et la tête d'Isidore lut cette inscription gravée en lettres de feu sur une plaque d'acier :

☞ « Tout con, damné à tort, aura l'âme étanchée. »

Hélène Delavault

Le coup passa si près que le chapeau tomba

☞ « Le coup passa si près que le chapeau tomba »
Racontait Othello revenant du combat.
La douce Desdémone écoutait, l'âme en fête,
Retrouvant dans l'ardeur une si chère tête :
« Vous êtes mon lion superbe et généreux
Dans votre carnation aux reflets ténébreux. »
« Oh, ma chaste adorée, que vienne enfin le soir
Où je m'alanguirai dans votre reposoir. »
Ainsi devisaient-ils en époux passionnés,
Impatients d'être seuls, enfin, pour se coucher,
Sans savoir que Iago, très méchant, très infâme,
Ourdissait un complot pour saboter leur flamme.
Il était en effet très jaloux d'Othello
Qui lui passait devant sur la terre et sur l'eau.
Une affaire de mouchoir, trop longue à raconter,
Fit que notre Othello se trouva très fâché
En croyant que sa femme, qu'il pensait si fidèle,
N'était finalement qu'une immonde haridelle.
Comme il était d'un tempérament très sanguin
Il résolut sur l'heure d'occire la catin.
Comme il la fréquentait surtout sur l'oreiller
Il choisit ce moyen pour bien l'exécuter.
Il entre dans sa chambre, elle dort à moitié,
Il se penche sur elle, elle s'attend au baiser,
Mais il est furibond, il roule des yeux noirs
Elle lui dit : « Qu'est-ce que t'as ? », il répond : « Tu vas voir ! »
Il approche ses mains de son cou délicat :
☞ « Le cou, pas ça ! – Si, presse ! – Quelle chatte ! ôte ton bas !

– Comment ? le bas d'abord, d'habitude c'est pas ça ! »
Mais il ne lui laisse pas le temps de discuter,
Déjà, sur son minois, l'oreiller est pressé.
Elle expire, il regarde, il la trouve un peu pâle,
Mais déjà à la porte des coups frappent en rafale,
C'est la bonne, essoufflée, qui vient finir l'histoire
Et alors révéler qu'il n'a été qu'une poire,
Que sa femme, en effet, c'était vraiment un chou,
Et qu'il est bien puni d'avoir été jaloux.
Othello, dégrisé de sa fureur injuste,
Se précipite en pleurs sur son si joli buste,
Lui demande pardon, lui mord le bout des seins,
Et pour parachever son funeste dessein
Il s'enfonce un poignard dans les parties vitales
À défaut de pouvoir user des génitales.
Mais avant d'expirer, en noble combattant,
Il organise encore son double enterrement :
« J'ai une sainte horreur de la végétation
Qui cache les complots des viles trahisons,
Dites à mon écuyer d'abattre les buissons,
Je veux pour mausolée un amas de fagots,
Car pour un monument il n'est rien de plus beau.
☞ Il coup'ra les cyprès, quelle chappe au tombeau ! »

Henri Cueco

Il en avait gros sur la patate

☞ Il en avait gros sur la patate. En effet, depuis six mois, le cours de la patate s'effondrait, et la valeur de son stock baissait. Bien maigre ce stock en vérité, quelques kilos de BF 15, de Belle de Fontenay, de ratte, de rosa, de roseval, mais pour lui une fortune, un capital. Dix kilos de patates, c'est beaucoup pour un artiste qui ne vend pas ses toiles et peut toujours espérer revendre ses patates. Mais il y avait plus grave encore ; depuis six mois il avait décidé d'en finir avec le modèle vivant, les femmes en particulier, qui lui faisaient perdre du temps. Il lâchait ses pinceaux à la vue des femmes dévêtues ! Le plus souvent, d'ailleurs, ces pauvres femmes travaillaient comme modèles par nécessité matérielle, et se refusaient à lui, par indifférence ou raidissement vertueux. Après avoir renoncé aux femmes, il s'était mis aux patates. Il peignait des natures mortes d'après nature, tout en se nourrissant de purées ou de pommes vapeur : après la pause, il n'était pas rare que le modèle passe à la casserole. Chaque jour une patate dont il exécutait un fidèle portrait, tantôt une bourrue, tantôt une glabre, une ridée, une germante… chaque jour amenait sa patate qui devenait à son œuvre ce que l'asperge fut à celle de Manet. Il se prenait si fort au jeu des portraits de patates qu'il retrouvait la démarche du chef-d'œuvre inconnu de Balzac, finissant, à force d'obstination, par détruire toute forme aux structures reconnaissables au profit d'un magma coloré de peinture pure. Au bout de quelques temps, le désir d'amour pour ses modèles lui revint, un désir monstrueux, sans réciprocité. Il était amoureux fou de ses patates. La moindre d'entre elles lui semblait une humble paysanne au charme discret, la petite rosa une servante coquette, et la Belle de Fontenay une princesse. Un amour de poète, mais un amour physique aussi. Il entreprit de dénuder ses modèles et se livra à de délirantes séances d'épluchage au moyen de son épluche-patates. Au cours de séances que la morale réprouve, mais que l'art exalte, il aima d'amour une patate, il la peignit nue sur un tissu de soie, et finit, pour la garder vivante, par la poser sur un lit de terre tamisée. Chaque matin, en s'éveillant, il allait voir la petite. Au bout de plusieurs semaines, et c'est là que l'affaire devint grave, il fallut bien convenir qu'à force d'amour et de cajoleries, à force de miracles, d'art et de passion, ☞ il en avait engrossé la petiote.

Gilbert Lascault

Nous irons à Valparaiso

☞ Nous irons à Valparaiso. C'est la seule chanson que connaissent les marins de *La Grande Effarouchée*, le yacht confortable de Joseph Gatouillat, le roi du nougat de Montélimar. Immensément riche, orgueilleux, il se fait appeler *Sire* par ses matelots, ses serviteurs, ses parasites, et par les sept maîtresses qu'il a amenées sur son bateau. Le yacht ne se dirige pas vers Valparaiso, c'est ce qui rend la chanson des marins plus horripilante encore. Il vogue vers l'océan Pacifique et se dirige vers le Japon. Joseph Gatouillat veut en effet installer une usine de nougat à Yokohama. Il a déjà créé au Japon une société secrète, un réseau, pour noyauter l'industrie japonaise de la confiserie. Il essaie d'envoyer, à ceux qu'il nomme ses espions, un message codé depuis son yacht. Il demande à son technicien radio de joindre ses espions, mais le technicien, blême, n'arrive pas à établir la liaison. Il va trouver le roi du nougat et, tremblant, lui avoue : « Je ne peux pas joindre vos espions. ☞ Non Sire, on n'a pas le réseau. » Découragé, dégoûté de la chanson des marins, Joseph Gatouillat veut quitter son yacht. Il fait mettre un canot à la mer. Il ne veut s'éloigner que pour une heure, mais un cyclone arrive. Le cyclone emporte le canot. Trois jours après, Joseph Gatouillat, épuisé, est jeté sur une île minuscule peuplée de cannibales. Ceux-ci le recueillent. Ils l'invitent à manger du missionnaire. Ils savent parler français, ils considèrent l'ancien roi du nougat comme un bébé et ils lui donnent des conseils : « Nourrisson, mange la chair du missionnaire. ☞ Nourrisson, n'avale pas les os. »

Christian Zeimert

Nous irons à Valparaiso

☞ « Nous irons à Valparaiso », lance d'une voix joyeuse, Alice, quand Albert et moi, comme chaque soir, entrons dans son bistrot.

« Nous irons où ? » demande Albert qui avait l'air de ne connaître ni le lieu ni la chanson ;
« À Valparaiso, répète Alice. C'est une manière de dire, c'est comme j'aimerais tant voir Syracuse, Capri c'est fini ou voir Naples et mourir. Tu vois, c'est l'idée de voyager et croyez-moi, les enfants, j'ai rudement envie de voyager aujourd'hui car j'ai gagné le gros lot. » Albert et moi, on lui dit que ça pouvait pas mieux tomber car on venait d'être compressés personnellement, c'est-à-dire foutus à la porte de notre boulot.

Le lendemain, à l'aube, direction Marseille où un bateau nous attend. Ce qu'avait oublié de nous dire Alice, c'est que ce bateau était à elle, tout neuf, et que nous devrions le conduire.

J'avais déjà vu à la télé des bateaux bizarres qui filaient comme le vent, des « p'tits marrants » qu'ils appellent ça, j'ai même vu des baignoires qui traversaient la Manche... Heureusement ce bateau-là était moins sportif. Alors nous sommes montés dessus, et afin de ne pas paraître idiots on s'est débrouillé pour s'éloigner le plus vite possible du port.

Le deuxième jour, ça allait déjà mieux ; on filait vers le soleil couchant et le port de Marseille avait complètement disparu de notre vue.

Comme le temps était superbe, nous étions toujours sur le pont et Alice nous impressionnait beaucoup, Albert et moi ; elle se bronzait aux rayons du soleil, se couvrant symboliquement ☞ nous dirons d'un vague paréo. C'est la première fois qu'on la trouvait si jolie.

Le gouvernail bloqué dans la direction sud-ouest, presque sans voiles, par flemme et pour ne pas aller trop vite, nous avons navigué pendant huit jours dans un rêve, avec comme objectif : manger comme des goinfres, dormir comme des loirs, taper le carton et siroter des punchs pour ne pas être dépaysés quand on arriverait dans les îles. La nuit, assis en poupe du bateau, on regardait monter en un ciel ignoré, du fond de l'horizon, des étoiles nouvelles… Quand je disais ça, Alice me trouvait très poète et j'obtenais facilement ses faveurs.

Dans la nuit du mardi au mercredi, on vit briller trois étoiles particulièrement lumineuses qui grossissaient à vue d'œil. Nous étions complètement subjugués… C'est alors que le pétrolier nous éperonna. Comme nous étions dans le plus simple appareil pour regarder les étoiles, c'est donc complètement nus que nous nous sommes retrouvés à la mer. Alice déclara que l'eau était bonne, Albert la trouva un peu trop salée, et moi, je constatai sur ma montre étanche à cadran lumineux que nous avions été heurtés par le pétrolier de 5 h 32. Il ne nous restait plus qu'à attendre le suivant pour nous faire rapatrier.

En attendant, flottant à la manière des bouchons, comme trois âmes en peine, ☞ nous errions à poil par les eaux.

L'inventaire de Nelly Kaplan

– Je n'aurais pas aimé être Tirésias, car j'ai horreur d'allaiter.

– Je n'aurais pas aimé être Salomé car, à force de danser nue, on s'enrhume.

– Je n'aurais pas aimé être la Sulamite, car les seins de miel collent aux soutiens-gorge.

– Je n'aurais pas aimé être la Vierge Marie, car elle a raté le meilleur.

– Je n'aurais pas aimé être Gustave Flaubert, car Madame Bovary, c'est moi.

– Je n'aurais pas aimé être Saint-Just, car Robespierre ne connaissait pas l'usage de la vaseline.

– Je n'aimerais pas être un testicule, car je me méfie des jumeaux.

– Je n'aurais pas aimé être les Tables de la Loi, car j'adore convoiter le mec de ma voisine.

– Je n'aurais pas aimé être Eva Braun, car Adolf l'avait toute molle.

– Je n'aimerais pas être Pénélope, car j'ai horreur d'attendre et de tricoter.

– Je n'aimerais pas être Saturne, car les enfants crus sont indigestes.

– Je n'aimerais pas faire l'imbécile, car le marché est saturé.

– Je n'aimerais pas avoir été César, car Brutus n'est jamais loin.

pas être ou faire dans la vie

– Je n'aurais pas aimé être le roi Salomon, car la justice n'est pas de ce monde.
– Je n'aimerais pas être un paratonnerre, car je me méfie des coups de foudre.
– Je n'aimerais pas être une muse, car les mecs n'ont qu'à trouver l'inspiration tout seuls.
– Je n'aimerais pas être un morpion, car je déteste les jeux de société.
– Je n'aurais pas aimé être Dieu le Père, car comme gâchis je ne connais pas mieux.
– Je n'aimerais pas avoir été Vercingétorix, car nos ancêtres les Gaulois avaient la chevelure rance.
– Je n'aimerais pas être l'œil d'Abel, car croupir dans une tombe pour regarder Caïn, je ne vois pas l'intérêt.
– Je n'aimerais pas être une bouteille à la mer, car pour les messages je préfère aller à la Poste.
– Je n'aimerais pas être une verge, car la crème fouettée fait grossir.
– Je n'aurais pas aimé être ma mère, vu que j'ai très mauvais caractère.
– Je n'aimerais pas faire les 400 coups, car à partir de 300 je fatigue.

Tout ce que vous ne voudriez surtout

L'inventaire de Jean-Bernard Pouy

– Je n'aurais pas aimé être un garde du Cardinal, en vrai ou dans Alexandre Dumas. C'est un travail absurde de devoir se battre pour empêcher les gens de se battre.
– Je n'aimerais pas être un sachet de détartrant pour cafetière électrique, car je ne veux pas être oublié dans le coin en haut à gauche du placard, avec le vieux sachet de levure.
– Je n'aimerais pas être la règle d'accord des participes passés, parce que je ne comprendrais rien à moi-même, ce qui pourrait m'amener à la schizophrénie.
– Je n'aimerais pas être un vendeur de portables. Là, vu la complexité de l'enjeu, je déclare forfait à l'avance.
– Je n'aurais pas aimé être la lettre *e* dans n'importe quel roman de Georges Perec. Trop dangereux.
– Je n'aimerais pas être une carte postale avec la recette de la potée auvergnate imprimée dessus. Trop d'ingrédients tue le désir. Et c'est pourquoi l'on se retrouve à perpétuité dans le tiroir de la table de cuisine avec les vieux bouchons et les élastiques.
– Je n'aimerais pas être le genou de Zidane. Ni celui de Ronaldo, d'ailleurs. Comme le dit Bergson dans *L'Évolution créatrice* : « L'être vivant est un lieu de passage et l'essentiel de la synovie tient dans le mouvement qui la transmet. »

pas être ou faire dans la vie

– Je n'aurais pas aimé être le Petit Prince de Saint-Exupéry. Car, comme le dit le vieil adage : À question idiote, réponse idiote.

– Je n'aurais pas aimé être Grouchy car je déteste être en retard. Ni Blücher, d'ailleurs, parce que c'est impoli d'être en avance.

– Je n'aimerais pas être un composteur SNCF. C'est trop dur pour le moral de se rendre compte que, deux fois sur trois, on est inopérant.

– Je n'aurais pas aimé être l'organisateur de l'université d'été du Pôle républicain de J.-P. Chevènement. Sans commentaires.

– Je n'aurais pas aimé être un vieux médecin alcoolique dans les films de John Ford. Toujours à faire des accouchements dans les diligences en avouant une faute tout aussi ancienne que déontologique.

– Je n'aurais pas aimé être une carte bancaire. Être avalée et rendue toutes les cinq minutes doit être extrêmement désagréable.

– Je n'aurais pas aimé être l'officier de pont d'un galion espagnol qui, à la longue-vue, voit toujours un navire pirate arriver.

– Je n'aurais pas aimé être un découvreur de grotte préhistorique. Je ne sais pas pourquoi. Peut-être parce que je n'ai pas connu mes grands-parents.

Tout ce que vous ne voudriez surtout

– Je n'aimerais pas être un jeune homme dans un roman de Modiano, parce que je suis plutôt enjoué, comme garçon.
– Je n'aimerais pas repasser le Bac. Surtout la dissertation de philo. Les examinateurs n'écoutent pas forcément les Papous.
– Je n'aimerais pas être une bouteille de Fernet Branca. Toujours derrière les autres. Poisseuse. Abandonnée. Étiquette jaunie. Inconnue au bataillon des serveurs.
– Je n'aimerais pas être une citrouille. Commencer à vivre à minuit, je ne peux pas. Je suis plutôt du matin.

pas être ou faire dans la vie

– Je n'aimerais pas être né un 11 septembre et qu'on me dise tout le temps : « Ah oui, le jour où… » Et pour ne pas répondre : « Mais non, c'est le contraire… »
– Je n'aimerais pas être une ONG. Parce que, depuis quelque temps, les journalistes, une fois sur deux, font un lapsus et me traite d'OGM.
– Je n'aurais pas aimé être Emma Bovary car elle n'aura pas eu le plaisir de lire un seul roman de Gustave Flaubert.
– Je n'aimerais pas être un barbecue. À cause du nom. Et parce qu'il n'y a pas de mot en français. Que brasero, qui n'est pas la même chose et qui vient de l'espagnol.

Lettres inattendues

Correspondances retrouvées entre des personnalités marquantes de leur époque.
On ne soupçonnait pas l'existence de ces échanges de lettres…

Hervé Le Tellier

Lettre inattendue de Jacques Cousteau à Jacques Lacan

Cher Monsieur Jacques Lacan,

Je suis en ce moment sur le pont de la *Calypso*, à 12° de longitude et 75° de latitude nord. Je regarde, songeur, passer les icebergs. J'ai beau porter un parka de toile orange fourré, je tremble de froid. Vous excuserez mon écriture sans doute peu lisible, d'autant que je porte des moufles. Mais c'était le seul endroit pour vous écrire tranquille car, à cette heure, le salon est occupé par les hommes d'équipage. Ils boivent, ils chantent des chansons paillardes, et ça m'empêche de réfléchir.

Je viens de commencer vos *Écrits*. Le livre se trouvait dans la bibliothèque. C'est sûrement une erreur. Ici, les ouvrages de texte servent souvent à coincer les objets qui brinquebalent avec la houle. J'avais dû demander quelque chose de calant, et bon, c'est vous que j'ai eu. Ça m'apprendra à passer commande en hurlant contre le vent.

En fait, il faut que je vous avoue. Je n'ai pas lu votre livre. Je l'ai seulement ouvert : « À cette altérité, en ce qu'elle est nue, le signifiant donne ou plutôt prête ce corps, et pas pour des prunes », et je l'ai reposé aussi sec, comme on dit chez les marins. J'ai juste vu sur la quatrième de couverture : fondateur de l'École freudienne. Je me suis souvenu que Freud, c'était cet Autrichien qui disait qu'on voulait tous tuer son père et épouser sa mère. C'est bien ça, n'est-ce pas ? Un drôle de pays, l'Autriche, et des drôles de gens. Vous saviez qu'ils n'ont pas la mer, là-bas ?

J'ai trois semaines à terre, en juin prochain, le temps de remettre en état l'hélice, et je me demandais quel était le tarif des cours dans votre école freudienne et si vous acceptiez des élèves motivés.

Parce que, depuis quelques mois, je n'arrête pas de me poser des questions, et je me dis que ça me ferait du bien de suivre des cours dans votre école pour comprendre ce qui m'arrive. D'ailleurs, j'ai des dispositions : d'après ce que j'ai lu de vos méthodes, le titre d'un de mes films, *Le Monde du Silence*, pourrait parfaitement définir la démarche freudienne.

Pour revenir à ce qui motive cette lettre, je dirai qu'il n'y a rien eu de particulier. Juste une accumulation de détails, mais dont le nombre commence à m'inquiéter.

D'abord il y a ce bonnet rouge que je porte toujours vissé sur la tête. Au début, j'ai cru que c'était seulement pour la caméra, pour créer un personnage identifiant, une sorte de gimmick visuel, vous comprenez. Mais savez-vous qu'aujourd'hui je ne peux m'endormir que s'il est sur ma tête, que je ne le lave qu'à l'eau de mer, sans lessive, que j'ai fait faire demi-tour à la *Calypso* le jour où le blizzard l'a soulevé et projeté dans l'eau glacée ? Et depuis quelques jours, je commence à lui parler. Je l'appelle Sigismond, je lui raconte ma journée avant de m'endormir. C'est idiot, n'est-ce-pas, surtout que Sigismond a passé sa journée posé sur ma tête et qu'il sait ce que j'ai fait, forcément.

Il y a le pull rayé aussi. Enfin, les pulls rayés. Si vous ouvriez mon armoire, Monsieur Lacan, vous en verriez des dizaines. Est-ce que vous pensez que c'est à cause du pull-over, du pullovaire, symbole de la vie ? Bref, c'est affreusement compulsif. S'il y en a un dans une vitrine dans un port, je l'achète. Et pourquoi toujours des pulls bleus rayés de blanc ? Je n'en sais fichtre rien. Et savez-vous que même lorsqu'ils sont plus blancs que bleus, je ne les considère jamais comme blancs rayés de bleu, mais toujours comme bleus rayés de blanc. Bizarre, non ?

Il y a le masque aussi. Et le tuba ? Cet objet cylindrique et courbé, dressé vers le haut, qu'on se fourre dans la bouche pour pouvoir respirer. J'ai de plus en plus de mal à dormir sans tuba dans la bouche, à le téter comme un biberon, vous trouvez ça normal ? Je me pose des questions, je vous dis.

Pour continuer dans le même domaine, je rencontre un problème croissant avec le caoutchouc. J'ai besoin de le toucher, de le sentir sur ma peau, sur toute ma peau. Au début, je me suis fait faire des costumes en caoutchouc, puis des draps en caoutchouc. Finalement, j'ai fini par dormir en combinaison, c'était plus pratique, sauf pour faire pipi.

Puisqu'on parle de caoutchouc, je voudrais évoquer les combinaisons… C'est avec elles qu'il y a eu la première révélation : je me suis souvenu que, quand j'étais petit, je restais souvent à la maison avec maman, et comme papa ne voulait pas qu'elle sorte sans lui, elle était souvent en combinaison. Vous vous rendez compte de ce que ça veut dire ? Ça veut dire que, tous les jours, « je rentre dans la mer en combinaison ». Rien que de le dire, j'en rougis. Ça m'a complètement perturbé.

En fait, ce qui a tout déclenché, c'est le mérou. Le mérou que nous avons croisé au large de Rio. Mais oui, rappelez-vous, le mérou, dans *Le Monde du Silence*. Un poisson assez trapu, très viril, avec de grosses nageoires et un air de Lino Ventura dans *Touchez pas au grisbi*, en plus doux. Je l'appelais Jojo. Lui, il ne m'appelait pas, il se contentait de me regarder, de ses grands yeux tendres. Tous les jours, je descendais pour faire des prises de vues. Puis, ça a été la nuit, en cachette, avec la lampe étanche. On se retrouvait sous la coque, à l'abri des regards indiscrets. Je m'étais fait un habit de poulpe géant, avec de très jolies tentacules en dentelle grise, et nous dansions durant des heures ; enfin, jusqu'au moment où j'arrivais au bout de ma bouteille.

Et puis, un matin d'avril, Jojo n'était plus là. Pas un mot, pas une lettre, rien. J'ai crié dans l'obscurité de l'océan : « C'est ça. Pars, va-t-en, laisse-moi seul, va vivre ta vie de mérou. » Et en le disant, j'ai entendu : « Ta vie de mère. Où ? » Et j'ai compris combien maman me manquait, elle, sa combinaison, les tétines de mon biberon. Je suis remonté en pleurs, à moitié noyé dans mes larmes.

Tout ça ne serait pas si grave si les hommes ne s'en étaient pas aperçus. Mais je commence à entendre des réflexions désagréables, des commentaires désobligeants. Je crains même la révolte, la mutinerie. Hier, j'ai surpris Falco, mon second, à faire des vilains gestes derrière mon dos.

Est-ce que j'ai fait le bon choix ? Quand j'étais enfant, je voulais être dentiste. J'avais horreur des bonnets. J'avais peur de l'eau. Et je détestais le poisson, à cause des arêtes. Je croyais qu'arête s'écrivait comme arrête, avec un manque d'air. Je vous dis ça comme ça, peut-être que ça pourra vous aider pour un premier diagnostic.

Alors, voilà, je voudrais entrer dans votre école freudienne pour quinze jours en juin. Le 28, je dois être à Saint-Nazaire pour partir dans les Bermudes. Sinon, il y a une autre solution, qui me plairait aussi. Vous pourriez embarquer avec nous sur la *Calypso*. C'est le nom de la nymphe qui a accueilli Ulysse pendant dix ans sur son île. Mais nous ne partirions que quelques mois. Nous pourrions parler plus librement. J'ai fait installer un divan dans la soucoupe plongeante. L'idée de plonger avec son psychanalyste me paraît être une bonne définition de la cure.

Peut-être pourrions-nous faire un détour par la côte brésilienne pour croiser Jojo. Lui aussi, s'allonger lui ferait du bien. On ne part pas comme ça, sans explication.

Pour le tarif des séances, on m'a dit que vous étiez cher, mais ne vous en faites pas. Je calculerai le prix de votre pension en fonction.

Bien à vous

Jacques-Yves Cousteau.

Jacques Vallet

Réponse de Lacan au commandant Cousteau

Cher Monsieur Cousteau,

Il n'est jamais trop tard pour commencer une thérapie quand on s'appelle Cousteau. Car Cousteau évidemment inclut Coustar, et bien sûr « couche-tard ».

La locution « il est Coustar que tu ne penses » sera une bonne hypothèse de départ pour un travail analytique, car elle souligne un déficit de la pensée. Elle renvoie à : handicap, état d'infériorité, désavantage de signes... D'où le bonnet rouge.

Vous le portez tout le temps ; aujourd'hui il vous tourmente, vous menace. Le signifiant *bonnet rouge* renvoie en quelque sorte à « tirer à boulets rouges ». Et je pense : « tirer le bonnet rouge ».

Il s'agit donc essentiellement dans un premier temps d'aller voir ce que cache ce handicap, de tirer le bonnet rouge :

a) tirer... retirer !

b) rouge... ronge... ce qui vous ronge !

M. Cousteau, il faut retirer ce qui vous ronge.

Je n'irai pas plus loin aujourd'hui sur le signifiant du bonnet rouge.

Cette lettre n'a d'autre but que de vous proposer une cure. Et de souligner qu'avec vous, M. Cousteau-Coustar, il y a du boulot ! Il me semble peu probable que vos trois semaines de séjour à Paris suffisent.

Sans vouloir anticiper sur nos séances, tout chez vous traduit un état très régressif, tout est « vissé », « tiré », « rayé ». Vous aspirez à retrouver la posture fœtale, à rester blotti dans l'océan maternel... Expression même du désir de ne pas naître ! Dès lors, vous ne pouvez apparaître dans la réalité du monde que *masqué*. Votre fixation sur le mérou n'est autre que le « verrou » qui symbolise une fermeture extrême.

Je ne pense pas qu'il soit judicieux pour l'instant de rechercher une ouverture sous la mer. Je vous propose donc le divan... Les profondeurs du divan ! Baudelaire n'a-t-il pas dit « des divans profonds comme des tombeaux » ? Venez, cher Monsieur, vous allonger, avec masque et tuba...

Ce sera pour vous plein tarif. Vous savez bien qu'allonger entraîne « allonge », et tuba « entuba ».

Docteur Lacan.

Dominique Muller

Lettre inattendue de Gary Cooper à Gandhi

(trouvée un jour de pluie à la bibliothèque de Delhi)
Section « Indépendance », sous-section « famille Gandhi-Nehru », sous-sous-section « Mohandas Karamchand Gandhi », sous-sous-sous-section « correspondance privée », sous-sous-sous-sous-section « langue anglaise », cote 1332.

Hollywood, le 16 août 1947 (soit le lendemain de la Déclaration d'Indépendance).

Cher Mahatma,

Ma hâte m'a enjoint de vous féliciter dès l'aube. Avoir mené l'Inde à l'Indépendance sans tirer un seul coup de fusil, sans caracoler sur le plus petit cheval, simplement en restant assis par terre : les mots me manquent pour vous écrire mon admiration. Je vous dirai donc seulement : « Chapeau ! ou plutôt, turban ! », comme on doit dire chez vous. Vous doutiez-vous que vous aviez un disciple convaincu, là-bas, en Amérique, qui désire changer de casquette, troquer le Stetson du shérif contre le madras du non-violent ? Si vous saviez comme je souffre de tuer des Indiens ! oui, des Indiens ! film après film ! Si vous saviez comme je m'en veux de participer à tant de massacres ! Comment en suis-je arrivé là ? J'étais un figurant paisible, ne demandant rien à personne quand, à cause de ma taille, de ma prétendue élégance, on m'a affublé de ces uniformes qui me collent à la peau. Quel abîme, d'un gandin à un Gandhi ! Je serais étonné que vous ayez vu l'un ou l'autre de ces westerns où, non content d'abattre des Indiens, le cow-boy conduit ses vaches à l'abattoir ! Mais vous aurez fatalement entendu parler des *Trois Lanciers du Bengale* : des trois, je suis le pire, celui qui fait tout sauter, qui pulvérise vos frères… Quand je pense que je courais en tous sens pour briser la révolte à coups d'explosifs, au moment même où, si ça se trouve, on brisait les petites lunettes de Gandhi, assis sans bouger dans la poussière, j'ai honte, comme j'ai honte ! Je vous avoue que l'âge a sa part dans mon écœurement. À quarante-six ans, ces cavalcades interminables, ces combats continuels m'épuisent. J'ai beau faire de la gymnastique, suivre des régimes stricts, j'ai le dos en capilotade et la silhouette boudinée. Cher Mahatma, m'aiderez-vous à sortir du ma-âgma, du ma-ârasme, à prendre le train de la chance qui ne siffle qu'une fois ? Je me dis que vous devez parfois vous ennuyer, assis comme ça à méditer, et que ça vous détendrait sans doute de m'écrire un scénario. Je pense à Frank Capra pour la mise en scène : Capra soudera notre entente. Avec vos mots à vous, je mettrai fin aux malheurs de nos Indiens. Mot ôte maux, n'est-ce pas la devise du non-violent ? Et de Rama au cinérama, il n'y a pas si loin, au fond ! Après la *Tunique écarlate*, c'est avec fierté que je me draperai dans la tunique orange qui vous habille avec tant de chic. N'hésitez pas à insérer quelques petites grèves de la faim et du yoga dans l'intrigue. Sans compter que ça me ferait le plus grand bien, l'argument économique séduira la production. Le charme suffira, et nous ferons le reste. Caméra coûtera, comme vous dites, je crois, en sanskrit, mais Capra sous-traitera au moins cher. Il faudrait seulement, si cela ne vous dérange pas, éviter une réincarnation. Tel que je connais Cary Grant et Clark Gable, ils auraient vite fait de prendre ma place. Ce sont des m'as-â-tu-vu, des ma-âtamores, qui se prennent pour des vaches sacrées. Pour ça, vous ne seriez pas dépaysé, les rues d'Hollywood en regorgent. Je serais fou de joie que vous acceptiez de venir me rendre visite pour tâter le terrain. Si vous êtes d'accord, Mahatma, j'organiserai votre voyage en bateau, avec des ma-âtelots attentionnés, et un ma-âtelas douillet pour méditer. Pour qui a éprouvé la rigueur des geôles anglaises, la prison dorée du scénariste, où je vous traiterai comme un maharadjah, un nabab, serait une sinécure, et même une cure de ciné.

J'attends votre réponse avec l'espoir de pouvoir dire bientôt « adieu aux armes »,

Votre fidèle élève, Gary Cooper.

Gérard Mordillat

Réponse de Gandhi à Gary Cooper

Monsieur Cooper,

Votre lettre tombe on ne peut mieux, au centre de mes préoccupations mêmes, et je vois comme un signe des dieux que vous vous adressiez à moi au moment même où je me demandais à qui je pourrais bien m'adresser à Hollywood pour faire aboutir une réclamation que ma lutte pour l'indépendance de mon pays m'a empêché de formuler jusqu'alors.

D'abord, permettez-moi de vous rafraîchir la mémoire : nous nous sommes déjà rencontrés et je suis peiné de constater que cette rencontre ne semble pas vous avoir laissé un souvenir impérissable, alors qu'elle a littéralement bouleversé ma vie. Si vous preniez la peine de revoir *Les Trois Lanciers du Bengale*, vous pourriez me reconnaître au deuxième rang du régiment que vous commandiez dans le film lors de la scène fameuse où vous passez vos troupes en revue avant de les mener à la bataille. Sans doute une vedette de votre calibre ignore ou veut ignorer comment sont recrutés les figurants qui participent à une production de l'ampleur des *Trois Lanciers du Bengale*.

Si des sommes considérables sont investies dans vos cachets, les décors et les costumes, les salaires des techniciens, un financement dérisoire couvre la figuration. Dans le cas des *Trois*

Lanciers du Bengale, l'annonce parue dans *Variety* stipulait que chaque figurant devrait se présenter au casting avec son propre uniforme et son cheval. Ayant servi dans l'armée anglaise, j'avais encore dans mon armoire mon uniforme de lancier et j'ai dépensé mes économies pour acquérir un cheval, sacrifice grâce auquel j'ai été retenu pour le tournage.

J'en viens maintenant à l'objet de ma réclamation. Lors de la bataille que vous décrivez dans votre lettre, la bataille où vous faites tout sauter à la dynamite, j'avais été désigné pour faire le plan du lancier touché par l'ennemi – on le voit dans le film. Or, les effets spéciaux ayant vraisemblablement été mal réglés, l'explosion qui devait faire cabrer mon cheval a été si forte que la bête s'est envolée en l'air avant de me retomber dessus. Je fus assommé. À mon réveil, il y avait bien longtemps que le tournage était terminé et que toute l'équipe, vous en premier, était partie. Je me retrouvai seul, dans une plaine déserte, réalisant avec horreur qu'on m'avait volé mon cheval et dépouillé de mon uniforme. Il ne me restait plus qu'un misérable pagne orange pour protéger ma pudeur et la mangeoire à picotin de ma bête pour me couvrir le chef. Par miracle, mes lunettes n'étaient pas cassées.

Depuis ce jour, comme vous avez pu le constater, j'ai refusé de m'habiller de quelque manière que ce soit, comme j'ai refusé de remonter à cheval, préférant rester assis en tailleur.

Monsieur Cooper, j'attends de vous que vous usiez de votre influence à Hollywood pour me faire restituer sans délai mon cheval et mon uniforme. En attendant, n'ayant pas touché le cachet qui m'avait été promis, je continuerai à filer la laine – il faut bien que je gagne ma vie –, à m'enrhumer et à changer la face du monde.

Votre Gandhi.

P.-S. Je n'ai pas non plus reçu mon bulletin à remettre aux Assedic ni mes congés-spectacle. Je compte sur vous pour corriger cette injustice.

Patrice Delbourg

Poème inattendu de Blaise Cendrars à Emil Zatopek

Emil Zatopek s'est éteint à Prague, il y a cinq semaines. Sa femme Dana, grande championne elle aussi au lancé du javelot, qui avait été sensible au petit livre que j'avais fait paraître sur son mari, m'a envoyé une liasse de correspondances qu'Emil a eues avec un certain nombre d'écrivains. Dont une correspondance suivie avec Blaise Cendrars.

La lettre qui est présentée en exclusivité aujourd'hui date du 12 septembre 1957.

Blaise est fatigué, il a 70 ans, paralysé, le maître de la bourlingue ne quitte plus guère son fauteuil. Emil est au sommet de sa gloire.

Sous forme d'un poème où l'on reconnaît, 45 ans plus tard, en guise de pied de nez affectueux et espiègle, les accents de la prose du Transsibérien, Blaise adresse une lettre-poème au terrassier de Prague, à la Locomotive humaine. Nul doute qu'il a vu courir Zatopek dans le fameux 10 000 des jeux d'Helsinki en 1952. Attaque violente de Zatopek dans le dernier virage. Mimoun s'accroche. Schade cède. Chataway chute. La légende est en marche. Trois médailles sur 5 000, 10 000 et marathon, prouesse inégalée. Il était normal que la trajectoire d'un champion d'exception croise celle du poète fauve exaltant la vie dangereuse.

Adieu l'Emil je t'aime bien
Depuis que je t'ai vu crotté comme un bourrin
Au cross de l'*Huma* un beau matin
Tu as du sang de Nurmi dans les veines
Le fantassin finnois au chronomètre dans la paume
On perd de vue le corps
Pour s'attacher au segment
À la verrue, à la casquette, à l'estafilade le long de la cuisse
Au lopin de chair martyrisé dans les fracas
D'un pistolet brandi au-dessus d'une nuque
Adieu l'Emil je t'aime bien
Poumons en feu, cœur métronome, corps en nage
Si fluide du bas, si grimaçant en haut
Tout comme le poète errant, profession endurance
Tes jambes sont des bielles d'airain
Toi le terrassier de la Moldau
56 pulsations à la minute au repos
Je retrouve la sérénité de mon adolescence
J'étais à Prague dans ta vieille ville
aux mille et trois clochers
et sept stades chauves
J'étais si mauvais coureur, sauf de jupons
Je ne savais jamais aller jusqu'au bout de l'effort
Toi tu t'astreins à des entraînements d'enfer
L'anneau olympique tinte dans ta tête
comme un immense gâteau tartare croustillé d'or
Ma main orpheline s'envole avec des bruissements d'albatros
tandis que tes pointes piochent la cendrée
Un vieux moine me lisait la légende du coureur de marathon

J'avais soif
J'avais la fringale
Tu te broyais les os dans la ligne opposée
Les cernes assiègent tes orbites
Les gradins étaient debout
Tu allais jusqu'au bout de ton âme
Tu pressentais la venue du Grand Christ russe,
Un certain Vladimir Kuts qui te cracha un jour au visage
Et le soleil du Pacte de Varsovie était une mauvaise plaie
qui s'ouvrait comme un brasier
Ma vie ne me tient pas plus chaud qu'un châle en cheviotte
Seule ta foulée m'apaise, l'Emil, quand ton thorax coupe
la bise
Sur la frontière tonne le canon
Et c'est la guerre
La faim le froid la peste le choléra
Et les eaux limoneuses de la Moldau
Qui charrient leur lot de désillusions
Et tu cours, Emil, tu cours depuis sept jours
Tu cours après ton ombre celle de Philippidès
Fou de stade parce que fou d'absolu
Tu es loin du pont Saint-Charles et des quartiers de Kafka
Avec ta moelle chemin de fer
Les gémissements des rotules grinçantes sur les rails congelés
Tu es mon frère dans le sifflement de la vapeur
Il n'y a plus que la cendrée continue, la pluie qui tombe,
la tourbe qui se gonfle

Le ahan éternel d'une poitrine creusée
dans les ornières du ciel
Derrière les adversaires qui reviennent,
ces grandes ombres taciturnes
Aux dossards qui font l'accordéon
Ton chagrin ricane
Le grelot du dernier tour qui tremblote
Comme un ultime désir sous l'air bleui
Emil, dis, sommes-nous encore loin de la ligne d'arrivée ?
Ma main, ami.

Jean-Bernard Pouy

Réponse d'Emil Zatopek à Blaise Cendrars

22 octobre 1957.

Camarade Blaise,

Zatopek, je suis. Moi répondre ta lettre. Dana voulait faire réponse, moi l'envoyer courir, comme dicton dit chez nous banlieue Bratislava. Moi pas content ; même moi violent ulcéré. Moi avoir vu photo journal l'*Équipe* montrant vous, gros, très gros, manger nourriture grasse dans restaurant chic avec Mimoun. Moi avoir horrible impression que vous se moquer de moi. Mimoun, je sens pas. Mimoun, il colle au train et veut passer devant. Moi vivant, je le dis à vous, jamais. Médailles pour moi, toujours.

Vous, dans poésie, dire conneries. Moi pas transfusé du sang Nurmi. La preuve, lui toujours vivant. Moi pas fluide du bas. Vous, oui, incontinent verbeux. Moi, pas jambes bielles, pas mollets enclumes, pas cernes dans orbites, pas moelle de chemin de fer, moi pas 56 pulsations repos, mais 42. Toi devoir te renseigner. Moi jamais rencontrer adversaire nom Philippidès. Et Prague, stade pas chauve, non, beaucoup d'herbe, toi pas connaître et raconter n'importe quoi.

Et surtout moi pas frère dans sifflement de vapeur, même si père employé trains tchèques.

Surtout moi pas comprendre désir à vous. Vous qui ? Sportif chroniqueur ? Athlétique journaliste ? Vous homme politique intéressé par le train ? Plutôt vous écrivain discours Vincent Auriol et René Coty, moi reconnaître parfaitement style. Alors vous occuper vos oignons et pas mettre vos mains dans Noble Art de la Course. Vous traiter coureur frère russe Vladimir Kutz comme Christ. Vous pas vous rendre compte Kutz, maintenant, lui courir marathon sibérien. Vous traitez Moldau limoneuse, alors que Moldau puissamment transparente. Vous traiter anneau olympique steak tartare, vous pas aimer course à pied.

Vous écrire tout le temps Adieu l'Emil, je t'aime bien. En fait, vous penser que moi abandonner car vous vouloir Mimoun champion. Ça jamais. Moi, Zatopek, vivant, jamais. Plutôt lire Kafka.

Et puis, moi penser que peut-être vous aimer bien Zatopek. Et vous penser que Zatopek débile. Courir toute l'année, froid, chaud, hiver, été, vous penser Zatopek sorte de Dieu. Et vous, comme fourmi haletante, être jaloux. Et vous écrire avec mental coureur après marathon. Avec cerveau détruit. Avec idées dans tous les sens. Avec mots dans tous les sens. Vous écrire essoufflé comme Zatopek. Vous pas savoir que Zatopek, après courses, avoir idées simples, lumineuses, grandioses même si Zatopek avoir pieds détruits et genoux goulash. Vous ne penser qu'à nom à vous, Cendrars, voisin nom piste cendrée.

Peut-être moi pardonner vous. Moi vous prendre sur un kilomètre quand vous vouloir. Et moi courir sur un pied et à reculons. Si moi gagne, vous promettre jamais écrire sur Zatopek. Et si moi gagne, vous dire à Mimoun qu'il peut s'accrocher ou raccrocher, comme il veut.

Vous écrire : Emil, dis, sommes-nous encore loin de la ligne d'arrivée ? Vous, c'est vrai, devant. Près ligne arrivée. Avec cholestérol, graisse et cirrhose, vous arriver avant, les pieds devant. Premier.

Mais Zatopek bon comme petits pains boulangerie voisine pont Saint-Charles. Moi aimer vous.

Emil.

Gérard Mordillat

Lettre inattendue d'Édouard Manet à Edgar Degas

Mon cher Edgar,

Madame Manet et moi te souhaitons une bonne et heureuse année, beaucoup de toiles, beaucoup de succès. Je profite de ces vœux pour en formuler un qui me concerne, enfin qui nous concerne madame Manet et moi : quand tu es venu apporter le portrait que tu avais peint de nous, un chef-d'œuvre, tu avais avec toi une petite danseuse que tu as laissée à la maison en disant : « Je reviens ! » Or tu n'es toujours pas passé la reprendre, et je forme le vœu que tu ne tardes plus à le faire ; non pas que je n'aime pas cette petite danseuse, au contraire, mais sa présence à la maison devient embarrassante. Je crois que madame Manet est jalouse d'elle, de sa jeunesse, de sa grâce, et puis on jase dans le quartier, la rumeur court que j'entretiens une danseuse ! Tu sais combien les gens sont médisants. Tous les soirs à 20 heures 30 précises, ta petite danseuse ouvre en grand les rideaux du salon et se met à danser. Les premières fois j'ai trouvé cela charmant, et madame Manet elle-même avouait prendre du plaisir à ce spectacle. Mais… la mort du cygne tous les soirs pendant 7 mois, cela a de quoi miner le moral. Sans compter que cela agace la chatte ce cygne qui saute, qui vole et qui meurt avant même qu'elle ait pu l'attraper. Je ne veux pas t'accabler avec mes problèmes, mais tu dois savoir que ta petite danseuse entretient sa ligne en suivant un régime sévère. Madame Manet refusant de préparer deux repas différents, nous sommes tous à la diète. Mon ordinaire se compose désormais de haricots verts, de poisson grillé et de jus de carottes. J'ai perdu 18 kg !

Autre chose, ta petite danseuse n'a qu'un tutu et nous avons été obligés de courir chez Repetto en acheter d'autres afin qu'elle puisse se changer. C'est fou comme ça se salit vite ces choses-là, et ce que ça coûte, et comme c'est fragile.

Le matin elle fait des exercices en comptant à voix haute, ça me réveille !

L'après-midi, elle fait des pointes, ça ravage le parquet ! Le soir, la mort, la mort, la mort, sans cesse recommencée, surtout si un volet bat et qu'elle fait un rappel.

Aujourd'hui, et c'est ce qui m'encourage à m'ouvrir à toi, je rentrais comme tous les jours avec ma cargaison de tutus neufs et de chaussons propres. Je l'ai trouvée nue dans mon atelier, allongée sur le sofa, jouant avec la chatte, n'essayant même pas de protéger sa pudeur avec un gros bouquet de fleurs qui avait été livré pour ma femme. Elle n'avait soi-disant plus rien à se mettre. Madame Manet est entrée à ce moment-là et tu peux imaginer sa réaction. Elle s'est mise dans une colère noire, surtout que la petite danseuse a refusé de se rhabiller, déclarant qu'elle en avait marre de danser, qu'elle voulait chanter, devenir une star et faire l'Olympia !

Mon cher Edgar, je ne sais plus quoi faire, toi seul peux me tirer de ce mauvais pas.

Bien à toi,

Édouard.

Patrice Caumon

Réponse d'Edgar Degas à Édouard Manet

Mon salaud,

Je ne pourrai pas toute ta vie assumer la responsabilité de ta peinture libidinale. Comme si toi tu ne peignais que des pommes, des joueurs de fifre ou des pelotons d'exécution, et que chaque fille, plutôt nue d'ailleurs, posant ses fesses dans ton atelier, n'était là que pour m'attendre, moi, parce que je lui aurais donné rendez-vous chez toi.

La petite Olympe n'a rien d'une anorexique. Question nourriture, c'est plutôt des chaussons aux pommes qu'elle mange. Pour ce qui est du ruban noir, tu as sans doute dit à ta femme qu'il s'agissait d'un collier de chien avec une médaille à mon nom !

Et ta maîtresse mulâtre, celle que tu peins toujours en arrière-plan, je suis certain qu'aux yeux de ta femme c'est une lointaine cousine créole à moi que j'abandonne à Meudon car l'air y est plus pur qu'à Montmartre !

Déjà, Édouard, pour *Le Déjeuner sur l'herbe* je ne sais pas ce que tu avais raconté à ton épouse naïve, mais elle m'a longuement reproché d'avoir laissé nue la jeune femme que je venais de sauver d'une noyade dans la rivière. Et je crois qu'elle est la seule à ne pas avoir reconnu Claudine, une de tes maîtresses, l'épouse de ce pauvre marchand de tableaux.

Si tu veux, en ce moment, j'ai une belle Suissesse sous la main, c'est ton genre, je pourrais négligemment l'oublier dans ton jardin à ma prochaine visite. Tu diras à ta femme que c'est la nourrice de mon dernier bâtard.

Elle lui donnera le sein, il sera gros… ils seront beaux tes rots, mon bébé.

Ton Edgar.

Patrick Besnier

Lettre inattendue de Rubens à Pascal

Cher Monsieur,

J'ai beaucoup entendu parler de vous dans les cercles littéraires et scientifiques que je suis amené à fréquenter à Anvers et ailleurs.

Vous êtes un personnage d'exception, me disent tous mes interlocuteurs. Parmi eux, on compte des évêques, des savants, des philosophes, des généraux. À chaque fois, l'éloge vibrant qui est fait de votre personne se termine par ces mots : « Malheureusement, il ne sait pas se vendre. » Or, à l'époque où nous sommes, cher Monsieur, il faut à tout prix se vendre. La communication est tout, et le plus grand des talents ne saurait sans gâchis en faire l'économie.

Ainsi, vous, mon cher Pascal, vous et vos amis, ces messieurs dames de Port-Royal, regardez-vous ! Les images que vous donnez de votre groupe, quelle tristesse ! On peut pourtant être janséniste et soigner son apparence, que diable ! Faites-le, et vous verrez du coup s'améliorer vos relations avec le pouvoir et le monde de l'édition. Je dis cela parce qu'il paraît que vous ne trouvez pas d'éditeur pour vos *Pensées* : je parie que c'est encore un problème de présentation.

Je constate que vous confiez la gestion de votre image exclusivement à Philippe de Champaigne. Je ne dirai pas de mal de cet excellent collègue :

il fait de la belle ouvrage, du solide, du soigné, et, question spiritualité, on peut lui faire confiance. Mais encore une fois, dans le monde moderne, ça ne suffit plus.

C'est pourquoi je vous offre mes services, cher Monsieur Pascal. Mon atelier et moi-même pouvons changer radicalement votre image et assurer un développement renouvelé de Port-Royal. Je vous propose un grand portrait de vous-même (trois mètres sur quatre) – autre chose que les minables formats de Champaigne, soit dit en passant –, pour un prix de 1 600 gulden (tarif de faveur jusqu'au 30 juin inclus). Le tableau comprend :

1) votre portrait en pied, enroulé dans un luxueux manteau de velours écarlate, costume à col brodé (dentelles de Malines), bottes de python rose (une exclusivité de mon atelier). La ressemblance est garantie, mais l'amélioration de certains détails est possible (on me dit que votre nez gagnerait à une légère correction) ;

2) à vos pieds, dans une mer tourmentée – l'image de la vie et de la pensée –, paraîtront douze naïades nues, exhibant qui une croupe avantageuse, qui une vaste poitrine. Ça ne vous semble peut-être pas essentiel, ni refléter vos problèmes métaphysiques, mais, croyez-moi, ça marche toujours, et c'est le genre de choses que le brave Philippe de Champaigne est bien incapable de comprendre ;

3) derrière vous, un immense décor offrant un panorama des réalisations de l'humanité sous des formes variées : temples antiques en

ruine émergeant, Dieu sait pourquoi, de forêts tropicales peuplées d'éléphants et de perroquets, vues de bibliothèques aux reliures somptueuses, bustes d'Archimède, d'Euclide et de moi-même.

Enfin, j'imagine, au-dessus, un dais orné de plumes d'autruche, et autour de vous de grands esclaves nus pleins d'odeurs légères agitant des éventails.

Je suis certain que vous êtes tenté, cher Monsieur Pascal. Sachez que je puis proposer des splendeurs comparables pour chacun des membres de Port-Royal, que je suis prêt à pareillement emplumer Mère Angélique, Mère Marie et tous les Arnauld du monde.

Remplissez le bon ci-joint et retournez-le avant le 30 juin à l'adresse indiquée, en joignant un acompte de 900 gulden. Nous pourrons alors fixer la date de réalisation du portrait.

Croyez-moi, cher Monsieur Pascal, vous ne le regretterez pas.

Votre Pierre Paul Rubens.

Dominique Muller

Réponse de Pascal à Rubens

Monsieur *et alii*,

Tenté, tenté, mais je le suis sans cesse ! Tenté par le sommeil, tenté par le monde, tenté de mettre une baffe à Descartes, tenté de ne plus croire en Dieu, d'écrire un roman, que sais-je ? Alors vous pensez bien que vos opulentes naïades nues, ma personne également nue sous un dais de plumes d'autruche sont des tableaux que j'ai depuis longtemps bannis de mes rêves, pour des songes autrement profitables. Soyez certain que si je continuais à peupler mes insomnies de ces sortes de créatures, je n'aurais pas écrit mes *Pensées*, mais *La Vie parisienne*, *Les Fleurs du mal*, voire *Les Liaisons dangereuses*, titres qui me passèrent par la tête dans ma jeunesse mais auxquels j'ai heureusement renoncé depuis. Vous employez, je ne sais plus où, car vous pensez bien – si cela vous arrive aussi peu que ce soit – que je n'ai pas de temps à perdre à relire vos propositions, vous employez donc le mot d'« économie ». Cela m'étonne de vous, car qui ignore que vos arrière-trains rebondis alimentent le vôtre, de train, de maison et de vie fastueux ? Aussi me permettrai-je de vous proposer, 300 ducats port payé – port avec un *t*, non avec le *c* de ceux à qui vous empruntez la carnation rose de vos chairs –, ma pascaline, machine à calculer que j'ai inventée pour que mon père accomplisse plus aisément ses comptes. Vous en tirerez sûrement profit, puisqu'il n'y a que ça, le profit, qui vous intéresse. Je pense pouvoir vous en fournir une vingtaine, entièrement faites à la main par des religieuses, ce qui vous permettra de séparer le bon gain de l'original de l'ivraie de ses copies, et de vous y retrouver, car trop de vos toiles sont déjà suspectes. Vous aurez sans doute compris que me voir éparpillé dans toute l'Europe, sous la main de vos élèves, ne me sourit guère. D'ailleurs, je souris rarement. Oui, Philippe de Champaigne est un peintre austère, qui dédaigne de plaire. C'est bien pourquoi je l'ai choisi, assuré que personne n'aurait l'idée de lui commander son visage. Rare je suis, rare je resterai. Lui au moins il me comprend, ce qui n'est pas votre cas. Quand je pense, sans prétendre que cela me suffit pour être, que dans cette débauche de décors luxuriants vous n'avez même pas eu la délicatesse de me proposer quelques roseaux ! En revanche, votre lettre n'est pas complètement tombée dans l'oreille d'une sourde. Mère Angélique serait heureuse que vous lui fassiez parvenir quelques bulbes de tulipes, jaunes, pour s'accorder avec mon teint, lorsque je ferai quelques pas dans le cloître de l'abbaye. Il paraît que les bulbes sont cotés en Bourse, chez vous, mais la vôtre est déjà si pleine ! Et puis, nous nous arrêterions devant ces fleurs, et prierions pour vous. Port-Royal deviendrait pour votre âme Port-Salut. En outre, si vous vouliez vous rembourser, je parie – j'adore les paris ! – que M. Descartes serait prêt à vous les payer, vos 1 600 gulden, dentelles, broderies et velours écarlate compris. L'idée nous amuse tant que la nuit, entre vêpres et matines, nous organisons des séances de divertissement, à l'abbaye, en imaginant ce vibrion tragique entouré d'éléphants et de perroquets. « À Stockholm, je pense, donc je suis gelé. » Que de rires, grâce à vous, Peter Paul *et alii* ! Il y a Galilée, aussi, bien qu'avec son habitude de se dédire, il risque de ne pas vous régler. Tel que je vous vois, cupides et Cupidons autour d'une Vénus aux charmes empâtés, vous avez sans doute expédié votre circulaire à chacun d'entre eux. Vous saluer ? Je le ferais, si j'entrevoyais votre ombre parmi cet amas de cellulite luxurieuse dont vous êtes cerné.

Blaise Pascal.

État de chose

Les objets qui nous entourent ont-ils une vie en dehors de nous ?
Quels liens les unissent à ceux qui les manipulent ?
Quels sont leurs rapports avec les autres objets ?
Des documents témoigneraient de cet état des choses.

Jacques A. Bertrand

La bouteille

Vidée, rincée, versée, renversée cul par-dessus tête, je suis à bout. On me prend à la gorge, on m'enfonce un truc cylindrique un peu mou, qu'on finira par me retirer brutalement. Non, non ce n'est pas une vie d'être une bouteille. J'ai tout connu, bourgogne déclassé, beaujolais renouvelé, supérieur, en vrac, costière de Nîmes et pour finir cette affreuse piquette qui me retourne l'estomac. J'ai des aigreurs. Ah ! j'étais beaucoup mieux avant quand j'étais cheval, au Puy-sur-Nantes ou à la rigueur ni gris, ni vert comme à Ostende et comme partout. J'aurais voulu être un artiste mais je n'ai pas tiré le bon numéro. Si au moins j'avais été une bouteille à la mer avec un petit mot d'amour à l'intérieur, ou même seulement un SOS. J'aurais pu être avalée par une baleine, Pinocchio, la Bible, enfin l'aventure quoi. Ah ! que mon verre éclate ! Ah ! que j'aille à la mer ! Tenez, si seulement j'avais pu être vidée par un Rimbaud, un Verlaine, un Brendan Behan ou un Blondin, mais non. Rien que des alcooliques anonymes. Condamnée à croupir dans ce fond de cave obscure, humide, boire le calice jusqu'à la lie. C'est une image, il est interdit aux bouteilles de prendre de la bouteille. Aucun avancement, pas d'avenir, jusqu'au jour où je serai ébréchée, ou alors j'aurai trop de dépôt. Je finirai sauvagement balancée au fond d'un container, verre pilé parmi des débris de Vichy et de bordeaux, comme Papon. La dive bouteille, tu parles ! Ras le bol Rabelais ! Enfin quand on n'a pas de destin. Si encore je trouvais un petit mari, un flacon d'ivresse, un cristal, il serait ma bohème, je serais sa bonbonne. Si vous lisez ce mot brisez-moi, pilez-moi s'il vous plaît, je suis en verre blanc, ça porte bonheur.

Henri Cueco

La chasse d'eau

J'avais une bonne place chez des gens bien et disposant d'une certaine aisance. Je surplombais un petit lac tranquille, bien à l'abri dans sa cuvette que je voyais à travers la lunette. J'étais au calme dans un espace restreint mais carrelé. Sur une étagère, près de moi, les œuvres complètes d'Eparcyl ou d'Actifosse que je n'ai jamais eu le temps de lire. Et puis on m'évacuait brutalement d'un coup de chaîne. Les occupants des lieux ne demeuraient pas longtemps sous mon regard. Je les voyais au-dessous de moi préoccupés par une besogne qui les faisait ahaner et puis ils me tiraient un coup de chaîne et je redevenais le petit lac tranquille.

Tout d'abord avec mon maître, le patron des lieux, ce fut un vrai bonheur. Il y venait, sans motif, comme ça, pour jouer à la cascade dans le petit lac. Nous riions ensemble de nos jeux innocents et puis en me faisant un sourire, un clin d'œil, il me tirait sur la chaîne et j'y allais de ma trombe jusqu'à ce que l'eau tranquille refasse sa surface calme de lac domestique. Il me parlait, mon maître, m'écoutait gazouiller gaiement alors que se reconstituait mon flot. Parfois, il me vidait plusieurs fois de suite jusqu'à ce que son épouse Emma vînt lui taper à la porte : « Alors, Arnold, tu t'y endors ou quoi ? » Arnold ne disait rien, me tirait encore une ou deux cuvettes et me laissait enfin au calme. Je ne compris que bien plus tard pourquoi Arnold avait cette manie de la chaîne : il avait été contrôleur dans un autobus parisien durant toute sa carrière. Ce mouvement lui rappelait le sentiment joyeux de commander quelque chose. Il tirait maintenant sur sa chaîne comme un pauvre chien et il lui arrivait de crier : « Eh, c'est complet. Cling. » Entre lui et moi, c'était le bonheur, et s'il m'arrivait d'avoir quelques ennuis de débit, il montait sur le siège pour me bricoler l'intérieur, le plus souvent régler le levier du flotteur qui se détraquait sous ses violences.

Tout aurait pu continuer ainsi tant était heureuse notre relation, mais Emma ne supportait pas notre intimité. Elle cognait le plus souvent à la porte : « Arnold, tu n'as pas fini ? » Arnold tirait encore et abandonnait la place. La perfide Emma prit alors la décision de moderniser les lieux. Elle me trouva soudain démodée, bruyante, giclante, déclara que je débordais de la cuvette, que j'éclaboussais. Elle voulait que cessent ces bruits de trombe, de cataclysme naturel qui lui évoquaient des orages. Bref, il fallait m'abattre et « qui veut tuer sa chasse d'eau l'accuse de l'orage ». Je fus démontée et mise à la ferraille, Arnold versa une petite larme en me voyant dans la camionnette. Bientôt, j'allais être remplacée par une de ces chasses encastrées, nos ennemies intimes ces encastras qui nous évincent, nous mettent à la ferraille, nous les joyeuses chasses d'autrefois, les chasses du lac majeur, avec nos airs de fleurs de lotus montées en tige.

Maintenant, je suis chez le ferrailleur, celui qui découvrira l'histoire de ma vie que j'ai cachée sous mon couvercle saura que je ne suis pas une simple chasse domestique, que j'ai eu une vie intime et que je suis prête pour une autre aventure sentimentale. Que vais-je devenir ? Chasse d'eau à la casse ? Brisée en menus morceaux, fondue à l'enfer des fourneaux ? Collectionnée ? Peut-être qu'Arnold veuf (s'il n'a pas provoqué lui-même son veuvage, en tout bien tout honneur), me retrouvera et que nous ferons chaque jour inlassablement l'ouverture de la chasse.

Emmanuel Brouillard

Le feu rouge

Je passe au rouge ; je passe au vert. J'aimerais bien de temps en temps passer à autre chose, mais on me l'a interdit. Oh, je ne dis pas passer à la casserole, non, je n'ai pas ce genre d'ambitions. Je suis tricolore, mais pas patriote ; avec le drapeau français, la seule couleur qu'on ait en commun, c'est celle de la révolte (ou de la confusion). Je ne peux pas brûler de tous mes feux à la fois. De même qu'une porte doit être ouverte ou fermée, un feu de signalisation doit être ou vert, ou rouge.

Parfois, il est vrai, je passe à l'orange, mais je ne m'y attarde pas. C'est juste pour vous prévenir que quelque chose est en train de se passer en moi, que je viens justement de décider de passer du vert au rouge. Dans l'autre sens, je ne préviens pas, il ne faut pas non plus vous attendre à trop d'égards. Est-ce qu'on en a pour moi des égards, moi qui passe toute ma vie dehors, qu'il vente ou qu'il gèle ? Mais non, vous passez devant moi sans me voir (sans même me donner un peu d'espoir), vous regardez tout au plus ma couleur, c'est tout, et encore ! On peut dire qu'avec vous j'en vois de toutes les couleurs, entre les piétons qui essaient de passer au vert et les voitures au rouge ! Ça vous coûte parfois cher, une amende, ou la vie. Et vous ne pouvez pas dire que je ne vous ai pas prévenus ; même s'il y en a toujours parmi vous pour affirmer que j'étais au vert quand j'étais au rouge, ou réciproquement, dans ces circonstances.

Je m'ennuie. Vous pouvez venir me voir, je suis à Paris, à l'angle du boulevard Saint-Michel et du boulevard Saint-Germain. Vous me trouverez, je ne bouge jamais de là. Jour et nuit, je suis là à passer du vert au rouge, du rouge au vert, à passer et à vous voir passer. Parce que c'est quand même moi qui décide. Quand un automobiliste s'énerve, quand il m'agresse en trouvant que je ne passe pas assez vite au vert, je prends un malin plaisir à tenir un peu plus longtemps au rouge. Mon record, c'est 16' 27" le 12 juin 1987 ; vers dix heures du matin, un livreur en fourgonnette s'est mis à râler après moi : j'étais interminable, j'étais sûrement déréglé, enfin je vous en passe, tout ce que j'entends à longueur de journée ; il a fini par me brûler ; une heure plus tard, le même abruti se repointe (je l'avais d'abord vu repasser dans l'autre sens mais là j'étais impuissant) ; je passe immédiatement au rouge sans même passer par l'orange ; comme il avait repéré qu'il y avait un flic, il a été obligé de s'arrêter ; après ma minute trente, j'ai décidé de retenir ma respiration jusqu'à devenir de plus en plus rouge ; vous auriez vu la tête de cet imbécile ; je crois qu'à la fin il était plus rouge que moi ; ensuite, forcément, je suis tombé en panne et j'ai été puni sévèrement (on m'a mis au vert pendant trois mois à Garancières, dans les Yvelines, un trou perdu !), mais je ne le regrette pas : depuis, je détiens le record de durée sur Paris, et de loin (catégorie « rouge » ; pour la catégorie « vert », c'est un type de Denfert-Rochereau, DR954, mais lui n'a tenu que 11' 32" !).

J'en ai vu passer, des humains, depuis que je suis là. J'ai été mis en service en 1978, alors vous pensez ! À l'heure où je vous parle, je suis passé 12 657 432 fois au vert et une fois de plus au rouge (parce que j'ai commencé au rouge). Mon voisin, AX219, de l'autre côté du boulevard, lui, il a commencé au vert, ça doit être pour ça qu'il me tape un peu sur les nerfs ; on n'a pas la même façon de voir les choses, lui c'est un écolo mou, et il me trouve sanguin ; au carrefour, on a même une rareté, un cas unique dans l'arrondissement : le plus jeune là-bas, du côté Saint-Michel sud, il a commencé à l'orange : on le chambre toujours avec ça, avec AX219 ; susceptible comme il est, il devient en rien de temps vert de rage ; on en a causé, des désynchronisations et des accidents avec ça ; il faut bien qu'on s'amuse un peu.

Un jour, je passerai une dernière fois au rouge, et puis je passerai la main, je serai réformé. Il ne faut pas y penser, mais on y passe tous…

Le Clavecin bien trempé

ou jeu des homophonies approximatives

Le procédé décrit par Raymond Roussel dans *Comment j'ai écrit certains de mes livres* est à l'origine de ce jeu auquel nous jouons à notre façon : une certaine phrase est imposée comme début d'une histoire à imaginer, histoire qui devra s'achever sur une phrase homophonique ou presque de la première. Une homophonie intermédiaire est la bienvenue. Rappelons que deux phrases homophoniques sont des phrases qui ont le même son mais pas le même sens.

Patrice Minet

Aimons-nous sous les palétuviers

☞ Aimons-nous sous les palétuviers
« Des palétuviers y en a rue Cuvier »,
Dit-elle. Allons-y, j'suis pas contrariant
On est en soixante-huit et encore des enfants,
Elle a un jean pat' d'ef' et moi vingt ans.
Au Jardin des plantes en arrivant
Edmonde – c'est son nom – s'étend sous un palmier,
Là-bas des CRS attendent sur le quai.
Mais je m'en fous, j'aime le muséum
Et mon Edmonde est nue. Après, on fit un somme.
Des cris de ménagerie soudain nous éveillèrent.
Des animaux sauvages jusque-là bien pépères
Voyaient pont d'Austerlitz les étudiants en guerre
Lancer quelques pavés sur l'armée régulière.
Une grenade à main et fumigène
Tomba sur un jeune gnou provoquant sa géhenne.

D'un saut hors de l'enclos, chargeant les CRS,
Il trouva à son goût d'encorner quelques fesses.
J'avais vingt ans, Edmonde m'embrassait
☞ Et mon gnou sous les pavés luttait

Patrice Caumon

Un couteau dans la plaie

☞ Un couteau dans la plaie. Un couteau qui ne remue guère, dans un corps qui ne remue plus. Un couteau sans manche, une longue lame enfoncée dans le corps immense de ce paysan d'Ukraine. Pour le visiteur, voilà bien un mystère. Mais pas pour Boris, le boyard du coin qui connaît bien son histoire locale. Depuis la nuit des temps, les moujiks ici se battent pour contrôler la rivière, un modeste affluent de la Volga. Un gros ruisseau en fait, mais son eau est si pure qu'elle est miraculeuse pour la peau et notamment pour l'eczéma qui ronge le derme laiteux des Ukrainiennes. D'une rive à l'autre on se bat pour cette eau.

Au nord ce sont les Kapuletskis, au sud les Montaigurevitch ; aujourd'hui, c'est le cuisinier du boyard, un homme fort, qui a été victime de cette lutte sans fin, ☞ un cuisto sans l'appeler autrement. Le crime est signé. Le boyard sait que les Kapuletskis ne tuent qu'à coups de faucille, et c'est bien de cette lame dont il s'agit ici. Alors que les Montaigurevitch assassinent, eux, à coups de marteau. Tristes, ô tristes mœurs d'Ukraine, où l'on s'entre-tue gaillardement à la faucille ou au marteau, pas pour de la vodka, pas pour de l'eau bénite, non, pour quelques gouttes, pour presque rien, pour ☞ un cours d'eau dans la plaine.

Guy Konopnicki

La chasse au tatou dans la pampa argentine

☞ La chasse au tatou dans la pampa argentine ! La pêche au poulpe sous la banquise de l'Arctique ! Au bar de la Marine sur le port de Vitry-sur-Seine, le vieux J.B. racontait ses souvenirs et ses voyages. Il avait bourlingué partout, de chalands en péniches, il en connaissait des quais et des ports ! Ce n'était pas du sable ou même du charbon qu'il transportait autrefois, J.B., c'était du rhum, du vrai, qu'il allait chercher dans les champs de canne à sucre pour le décharger, là, sur le quai de Vitry. Casquette de marin sur le crâne, bras nus en juin comme en décembre, le vieux marinier éclusait du raide en égrenant ses souvenirs. Il avait remonté l'Amazone avec un double chaland et un pousseur, et puis, à l'en croire, les chutes du Niagara n'étaient jamais qu'une grande écluse, à peine plus haute que celle de Suresnes. Derrière son comptoir, Martine écoutait J.B. depuis plus de trente ans. Elle les connaissait, ses voyages. Les jours de colère elle disait que le vieux loup de mer n'avait jamais dépassé la pointe de Créteil, et encore, il lui avait fallu tout un flacon de nautamine pour franchir les remous du confluent, là où les eaux de la Marne et de la Seine se mélangent en un terrible fracas. J.B. devenait fou de rage quand Martine le débinait. Il ouvrait sa chemise pour que tout le monde le voit, l'oiseau gravé sur sa poitrine. C'est pas un pigeon de Londres, ça ? Y a que dans les docks, les vrais, ceux à Jack l'Éventreur qu'on te fait des pigeons comme ça. Oui monsieur, la traversée de la Manche en chaland à fond plat, la remontée de la Tamise, c'est pas de la tarte. Et là, dans le dos, ce serpent, d'où il vient… Du Mékong, monsieur, du Mékong… Et sur les bras… C'est quoi tout ça…

Et puis J.B. se laissait retomber sur sa chaise et sanglotait comme un gamin. Martine, bonne fille, remplissait alors un bon verre de rhum qu'elle venait lui porter. Mais J.B., vieille teigne, se vengeait toujours. Il se balançait en arrière, piégeait le pied de la serveuse avec celui du siège, on entendait un cri et l'on disait :

« c'est encore ☞ la chaise au tatoué dans la pompe à Martine ! »

Jacques Vallet

Un pavé de charolais à la moelle

☞ « Un pavé de charolais à la moelle ! » cria Hélène. Pas besoin de me regarder avec ces yeux-là ! J'ai préparé un pavé de charolais à la moelle !

– Mais ma chérie, fis-je interloqué, comment ça ? comment ça ? Tu sais bien que je ne mange plus de viande…

– Ce n'est pas pour toi, répliqua-t-elle, cinglante. C'est pour Sultan ! »

Je restais sans voix.

Trop, c'était trop. Maudit Sultan !

Un chat rouquin, faisant la chattemite… Bien fourré, gros et gras…

Je l'avais épousé en épousant Hélène. Il n'était encore qu'un chaton espiègle. Et le temps avait fait son œuvre.

Hélène était alors une militante végétarienne convaincue. Elle m'avait converti de force.

Mais si elle était restée sur le sujet intraitable, un seul être échappait à ses foudres : Sultan.

Il pouvait tourmenter, dévorer souris, mulots, oiseaux, elle bêtifiait.

« C'est bien, Coco. C'est bien… »

En quelques années, Sultan était devenu énorme, monstrueux. Sournois par-dessus le marché. Et, avec moi, agressif.

Pourquoi me détestait-il ? La nuit, il prenait toute la place dans le lit à côté de sa maîtresse… J'étais obligé de me réfugier sur le divan. Il me guettait sous les meubles, les nappes et quand je passais, il enfonçait ses griffes dans mes mollets… Et je n'avais pas intérêt à me plaindre à Hélène, elle m'accusait d'être un tortionnaire.

« C'est de ta faute, tu l'énerves... Viens mon Coco, viens monTrésor... Viens voir ce que maman t'a préparé... »

Et pendant que je mangeais mes germes de soja, mes épinards, mes rutabagas, ce salaud de Sultan se tapait entrecôtes, rumsteck, filets de bœuf !

Maintenant, un pavé de charolais à la moelle, vraiment c'était trop ! Je décidais de mettre un terme à cette histoire.

Sultan squattait mon voltaire, se roulait en boule, sommeillant d'un œil. Sans doute pour calmer ses nerfs.

Eh bien, j'allais le calmer... pour de bon.

Je profitais de ce qu'Hélène s'était absentée un instant...

Je m'approchais de Sultan...

Et accrochais la queue de ce ☞ taré de chat roux, laid, à la poêle.

Frédéric Pagès

In the mood for love

☞ In the mood for love… ce film, Lin Tse ne l'a pas vu, car Lin Tse ne va jamais au cinéma. Des trois sages de Nankin, il est le plus réactionnaire. Lin Tsao et Lin Woo, eux, s'intéressent au progrès, aux images et aux objets qui tournent : la bicyclette, l'horloge et la machine à coudre. Lin Tsao a même acheté une télévision, qui ne marche pas car l'électricité n'arrive pas dans le quartier du Vieux Bambou.

Ce jour-là, les trois sages parlent du temps qui passe.

« Le temps est un enfant qui pousse des pions, dit Lin Woo, c'est toujours lui qui fait l'ouverture dans les parties de philosophie.

– Dans le sablier, il y a des grains de sable, mais pas de grains de temps », enchaîne Lin Tsao.

Quant à Lin Tse, il se tait. Il regarde le saule à droite de l'établissement de bains et pense au prochain combat de cancrelats, il a misé deux dollars sur la bestiole de Lin Woo. Puis il regarde l'horloge que Lin Tsao a achetée au marché.

« Avec cela je ne serai plus jamais en retard à nos rendez-vous », se vante Lin Tsao.

Avec une moue de mépris, Lin Tse met la main dans sa poche et en sort un petit cadran solaire portatif que sa fille lui a rapporté de Canton.

« C'est beaucoup plus pratique, dit-il.

– Non, tu devrais t'acheter une horloge, comme moi », dit Lin Tsao.

Le temps passe, ils s'ennuient. Lin Woo quitte la pièce avec sa cage à cancrelats.

Restés seuls, Lin Tsao et Lin Tse se livrent au jeu des questions :

« Peut-on mesurer le temps ?
– Existe-t-il un temps universel pour tous les êtres humains ?
– Et l'horloge, dans tout ça ? »

Lin Tsao tente de convaincre son ami, mais Lin Tse est buté. Pas question d'acheter une horloge, même d'occasion. Rien à faire. Lin Tse préfère le cadran solaire. ☞ Lin Tse boude l'horloge.

Le trottoir roulant de Montparnasse III ***

Jean-Bernard Pouy

Dès que l'ennui me fige les os, dès que l'appel du large fait résonner ses cornes de brume dans mon cerveau anesthésié par la vie urbaine, je sais un endroit qui me remet en place, qui réactive le rêve et me permet de voyager, de parcourir d'insondables distances, et cela à quelques stations de métro de chez moi.

À la gare Montparnasse. Avec l'avantage d'apercevoir, avant d'arriver sur cette sorte de plage intime, tous ces voyageurs impénitents, ces touristes imprudents, partant pour Brest, Granville, La Rochelle ou Bordeaux, que des destinations sans saveur, sans surprise, sans évidence, atteintes après des heures et des heures de voyage inconfortable, coincés, dans le sens contraire de la marche, sur des sièges tièdes de TGV, baignés par le chant modulé des portables, le chuintement incessant des portes de communication et la voix suave de l'hôtesse prévenant qu'il reste encore des sandwiches thon poulet mayonnaise.

Non, à la gare Montparnasse, vous oubliez les quais bondés, vous allez sur votre droite, tout au fond. Dès que vous voyez le self genre restauration rapide, steack de vache folle à la ketchup sanglante, vous tournez à gauche, sur le dernier quai, en direction de la mirifique gare de Montparnasse III, celle où l'on ne va jamais, on ne devine même pas quel genre de train peut partir d'une gare aussi méconnue et étrange.

Alors, peu après, le miracle.

C'est là que je viens de temps en temps me ressourcer, voyager, vivre la vitesse, me dépayser. Il y a, allongé sur la droite, le long d'un long mur, et toujours vide, le plus inutile tapis roulant du monde, une centaine de mètres de sable noir en mouvement, qui progresse si lentement qu'on se demande vraiment à quoi il peut bien servir sinon à exciter les imaginations en manque de sensations impalpables et minimales. Cent mètres à peine et après, c'est l'inconnu, ce fameux Montparnasse III, d'où personne, à ma connaissance, n'est jamais revenu.

Là, dans le silence, à peine entend-on les haut-parleurs de la gare donner, plus loin, tous les détails sur les arrêts éventuels de train dans des villes impossibles, on baigne dans la paix mouvante et défilante. Une première fois, dessus, on marche et le vent de la course frappe votre visage. Si vous fermez les yeux, vous êtes sur la proue d'un galion cherchant la sortie de la baie de Saint-Malo. C'est quand même bien plus excitant que d'apprendre que vous devez changer à Rennes. Parvenu au bout de ce highway quasi mythique, c'est sportivement et intelligemment que vous tentez de ne pas vous casser la figure, même si vous essayez des figures compliquées, comme débarquer sur un pied, à l'envers ou sur un pied et à l'envers.

Vous revenez alors à votre point de départ, à pied, en découvrant, si vous avez un peu de chance, un autre aventurier voyageur ayant eu la même idée que vous en empruntant le trottoir magique. Vous ressautez alors sur le tapis, mais là, vous ne marchez pas, vous restez immobile, vous vous apercevez avec délice que vous allez moins vite que quelqu'un avançant à pied juste à côté de l'engin, vous fermez les yeux, et alors c'est tout un tas de petites expériences intimes, sentir les roulettes sous ses pieds, contrôler, sous la main, que le rouleau de caoutchouc auquel vous vous tenez va un peu plus vite que le tapis lui-même, et qu'il faut donc, de temps en temps, le laisser filer sous la paume. Savourer aussi d'être sur un des seuls tapis en plein air, loin des miasmes du RER, se demander le pourquoi du comment de son improbable existence, prévoir pour la prochaine fois une valise extrêmement lourde, organiser une visite de nuit, calculer, après dix passages, combien de distance on a pu parcourir et savoir s'en aller quand des employés SNCF se mettent à vous regarder d'un drôle d'air.

Voilà un voyage presque immobile. Une aventure difficile dans la subtilité de ses effets. Et gratuite en plus.

Que bien sûr je recommande à tous ceux qui, depuis leur enfance, ne se remettent pas de la non-existence des tapis volants.

L'ascension de l'obélisque ***

Jacques Jouet

Vous vous souvenez que, dans *Le Dimanche de la vie* de Raymond Queneau, Valentin Bru, qui a épousé Julia, part en voyage de noces, mais comme ils n'ont pas assez d'argent, il part tout seul pour ce voyage de noces. Eh bien, c'est un peu ce qui m'est arrivé.

Ma femme Annette voulait absolument qu'on parte en vacances, en voyage culturel et sportif à la fois. Elle voulait un billet open, comme on dit en français, Paris - Le Caire - Louxor - Annapurna - Paris, avec hôtel et tout le tintouin. Vous aurez compris que ma femme aime à la fois l'alpinisme et les hiéroglyphes.

Malheureusement, les temps sont durs et je ne pouvais pas lui payer ce luxe.

Pour ne pas qu'elle me quitte pour un autre plus argenté, je l'ai décidée, non sans mal, à passer le week-end dernier à faire l'ascension de l'obélisque de Louxor par la face nord, qui est la plus dure.

Nous voilà partis le vendredi à 16 heures, en batobus, jusqu'à la place de la Concorde. Au pied gauche une chaussure à crampons, au pied droit une basket pour marcher dans le sable. Après plusieurs heures de marche contre le vent violent et les voitures qui nous empêchaient de gagner facilement le centre de la place, nous voilà au pied de l'obélisque.

Spectacle magnifique. La face sud est brûlante à plus 35 °C. La face nord est glaciale à moins 36 °C. Nous installons la tente à l'abri des vents dominants d'ouest. Demain il fera jour.

Au réveil, nous demandons aux autochtones où nous pourrions trouver un ou deux sherpas avec deux ou trois chameaux.

« Pour les chameaux, nous dit un passant, il faudrait voir à Vincennes ou au Jardin des plantes, quant aux sherpas… ch'chais pas ! » Merci quand même, les gens du coin sont serviables. Nous trouvons un guide, qui nous propose de nous emmener au pied de la face nord.

« C'est à deux pas, dit-il. Si vous aviez un franc ou deux, ou même un ticket-restaurant pour que je me tienne propre. »

Et c'est vrai que c'était à deux pas, il avait raison. Deux secondes après, on y était. Alors, on lui a donné cinq francs, parce que, pour nous, cinq francs c'est pas grand-chose… J'ai dit à ma femme qui trouvait que c'était cher :

« Faut pas exagérer, il faut bien qu'ils y trouvent un peu leur compte. »

Moi, personnellement, l'alpinisme c'est pas mon fort, alors, j'ai fait comme Valentin Bru, enfin le contraire, j'ai dit à ma femme : « Moi, je reste au pied de l'obélisque, j'interviens en cas de pépin, mais j'ai pas envie de grimper. » Elle n'a pas été surprise, elle s'y attendait.

Et la voilà qui prépare gaiement son matériel, tout en essayant de déchiffrer les hiéroglyphes.

« Tu crois qu'il y a des serpents, sur l'obélisque ? » me dit-elle.

Je lui en montrai un du doigt, gravé dans la pierre, en disant :

« À vue de nez, c'est un fossile. »

Elle commença à chercher ses prises. L'ascension du socle lui prit deux petites heures. Il faut dire qu'elle n'était pas en parfaite forme physique, par abus de purée de pois chiches.

Je la regardais à la jumelle. Le paysage était splendide.

Nous avions prévu de communiquer par talkie-walkie, et qu'elle m'appellerait aussitôt qu'elle verrait le Nil. Le talkie sonna et j'entendis la voix d'Annette :

« Le Nil ! terminé.

– Bon, dis-je, il va falloir planter ! terminé. »

Je pris mes jumelles, et je vis Annette qui sortait son marteau et qui attaquait le granit avec son premier piton. Tout marcha comme sur des roulettes, et elle se hissa sur le piton en commençant à dérouler la corde rouge.

Moi, je sors mon pique-nique et je me siffle une petite bière en dévorant lentement vingt rondelles d'andouille de Guémené et sept œufs durs. Je n'aime pas beaucoup les œufs durs, sauf en pique-nique en plein air. Annette grimpait toujours, mais le talkie-walkie ne marchait plus. Je repris mes jumelles pour voir le paysage. Annette était déjà très haut. Je la vis qui enfonçait un nouveau piton, mais à ce moment-là, le granit se fissura sérieusement et la partie supérieure de l'obélisque lâcha, provoquant un éboulement, puis une avalanche de pierre assez formidable, je dois dire. Il y eut au moins vingt Japonais enfouis dessous. Le plus dramatique était qu'un morceau de granit avait coupé la corde (net !) juste en dessous d'Annette, si bien qu'elle se trouvait à présent au sommet qui était deux fois moins haut qu'avant l'éboulement, mais qu'elle ne pouvait plus redescendre.

Il fallut appeler Mondial Assistance, mais ça va, j'avais souscrit une assurance rapatriement. Je pensais qu'ils nous ramèneraient à la maison en hélicoptère ou à la rigueur en taxi, mais je t'en fous, ils nous ont mis dans le RER et on n'avait même pas un ticket de première classe puisqu'il n'y a plus de première classe.

L'île du lac de Saint-Mandé ***

Guy Konopnicki

J'ai enfin séjourné sur une île qui me fait rêver depuis l'enfance.

C'est une toute petite terre, interdite au public…

Longtemps, je l'ai regardée, chaque jeudi, parce qu'en ce temps-là le jeudi ne tombait pas le mercredi… Je l'avais abordée, une première fois, lorsqu'elle était prise par les glaces du terrible hiver de 1956.

C'est l'île du lac de Saint-Mandé, on la surnomme parfois île aux canards, île aux oiseaux. Il y a aussi des cygnes, alors que sur l'île aux cygnes, on ne trouve que des pigeons.

Une petite île, sur un tout petit lac, à l'entrée du bois de Vincennes. Un endroit magique, parce qu'après être sorti de Paris, en empruntant l'avenue de Saint-Mandé, à Paris, puis l'avenue Victor-Hugo, à Saint-Mandé, on se retrouve de nouveau à Paris en pénétrant dans le bois de Vincennes.

Jadis, je faisais une halte à la boulangerie, au coin de l'avenue Victor-Hugo et de la rue de la République, pour acheter un ruban de réglisse avec un bonbon au milieu. Un bonbon à couleur changeante.

La route se faufilait entre la gare du train de la Bastille et la mairie de Saint-Mandé. Je me suis promis d'être un jour l'hagiographe de saint Mandé dont la notice dans le dictionnaire des saints me semble par trop succincte. À moins que je n'élargisse le propos pour constituer une vie des trois saints qui veillent sur le bois de Vincennes : saint Mandé, saint Maur et saint Maurice.

Sans parler de saint Silicone dont les adeptes sont nombreux dans le bois, à la nuit tombée.

Après la mairie de Saint-Mandé, commence le bois de Vincennes. Il y a deux manèges, dont un avec des chevaux de bois et des anneaux à attraper, des balançoires, un marchand de gauffres et le guignol. Il y a aussi le chalet du lac. Pour accéder au lac de Saint-Mandé, on choisit entre deux chemins : l'escalier, en laissant le guignol sur sa gauche, ou alors un petit chemin escarpé, de l'autre côté, entre le guignol et le chalet du lac.

Ce lac est très différent des grands lacs de la région, comme le lac Daumesnil et le lac de la Porte Jaune. Au lac Daumesnil et au lac de la Porte Jaune, on peut louer des barques. On peut aussi accéder aux îles par des ponts. Les îles des grands lacs sont habitées, on y trouve des restaurants et des mariées en blanc. Au lac Daumesnil, il y a même une grotte, avec des stalactites de ciment armé.

Au lac de Saint-Mandé, il n'y a pas de barques, ni de pont pour accéder à l'île.

Il y a une île, rien qu'une île, avec une végétation foisonnante et des oiseaux. Seuls les canards y abordent, quand ils en ont assez du vieux pain dont les familles se débarrassent.

Mais hormis les oiseaux, l'île est déserte. J'ai fini par me dire qu'il était totalement absurde d'aller se chercher une île déserte dans le Pacifique ou je ne sais où, quand il en existe une à portée de métro.

J'en ai rêvé pendant tant d'années que j'ai fini par me décider. Je me suis procuré un sac étanche, parce qu'on ne peut aborder autrement qu'à la nage. J'ai entassé des provisions, des biscuits, des rubans de réglisse et même quelques roudoudous.

J'aurais pu prendre le métro jusqu'à Saint-Mandé Tourelle, mais j'ai préféré marcher depuis Picpus, par l'avenue de Saint-Mandé.

Près de la mairie, j'ai attendu que la nuit tombe. Je voyais briller une enseigne, avec le mot « trésor », ce qui me faisait craindre que mon île ne soit habitée par quelque pirate abandonné par le capitaine Flynt. Il ne manquait que John Silver !

Quand la nuit est devenue plus épaisse, je me glissai enfin dans l'obscurité du bois – à voir tous ces gens qui rôdaient, je me demandais si je ne m'étais pas trompé de roman de Stevenson, il y avait des Mr Hyde de tous les côtés quand j'avançais vers mon île au trésor.

J'ai choisi de descendre jusqu'à la rive par l'escalier. L'endroit était nettement moins fréquenté.

Parvenu sur la rive, je me suis entièrement dévêtu, j'ai rangé mes affaires dans le sac étanche, avec les biscuits et les rubans de réglisse. J'ai mis le sac sur mon dos et je me suis jeté à l'eau.

Le lac est beaucoup moins profond que je ne l'imaginais. Je me demande d'ailleurs si le canard est un animal qui nage ou s'il marche sur la vase avec ses pieds palmés. À cette heure-là, les canards dorment, je leur demanderai demain, dans l'île.

J'avance péniblement, le tirant d'eau entre la surface et la vase me permet tout juste de nager. Je franchis tout de même les trente mètres qui me séparent de l'île.

Il ne me reste plus qu'à me sécher et à remettre mes vêtements. Las, au moment où je prends pied sur l'île, des centaines d'oiseaux effrayés s'envolent en poussant des cris divers. En fait de mutins du Bounty ou d'Île au trésor, ici, c'est les Oiseaux !

Deux monstres énormes prennent leur envol tout près de moi. Ce sont des cygnes, il ne faut jamais réveiller les cygnes.

La frayeur qui me gagne est telle que j'en perds mon sac. Du coup, je me remémore une question que la vendeuse m'avait posée.

« Un sac étanche insubmersible ou un simple sac étanche ? »

Il y avait une très forte différence de prix et j'avais alors opté pour un simple sac étanche qui s'enfonçait irrémédiablement dans les ondes noires.

Je tentais alors de le récupérer, avançant à grand-peine dans la vase, au milieu des bruits d'ailes et des cris d'oiseaux.

Je n'avais pas mesuré la profondeur de la vase verte dans laquelle je plongeais plusieurs fois, sans parvenir à mettre la main sur le sac.

Le jour se levait déjà quand, épuisé et tremblant de froid, j'abandonnai la partie pour me laisser choir sur la rive.

Mon corps était entièrement recouvert d'une boue verte. Cette fois, c'était Apocalypse now.

Je ne sais pas si je me suis évanoui ou simplement endormi sur le rivage de mon île. Je sais seulement que le soleil venait tout juste de dépasser le zénith lorsque je me suis réveillé.

Le soleil avait eu le temps de sécher la vase sur ma peau, si bien que j'étais recouvert d'une carapace verte en terre séchée.

L'île était bel et bien déserte, mais il y avait beaucoup de monde sur la terre ferme. Je me levais, en songeant que de l'autre côté on me prendrait peut-être pour Vendredi. Mais ayant abordé l'île un mardi soir, force m'était de constater que ce jour était un mercredi.

Sur la terre ferme, c'est une petite fille qui a crié la première.

J'ai couru me cacher vers le centre de l'île, poursuivi par toutes les espèces d'insectes qui y prolifèrent. Je puis l'affirmer, aucune carapace de terre n'arrête la piqûre du moustique. Par ailleurs, la vase elle-même constitue un véritable vivier pour diverses bestioles visqueuses et de toutes tailles.

En courant nu dans l'île, toujours poursuivi par une nuée de moustiques, les pieds blessés par les pierres et les racines, je tombai à trois reprises dans les ronces.

Une île étant ce qu'elle est, parti en courant de la rive nord, j'atteignis rapidement la rive sud.

En face, il y avait une foule de plus en plus dense que contenait à grand-peine un cordon de policiers.

Entre les moustiques et les flics, il y a des jours où l'on se prend à préférer les flics.

J'ai plongé une nouvelle fois dans l'eau vaseuse et j'ai rejoint la terre ferme.

Depuis, j'ai entrepris une nouvelle expérience de tourisme minimal.

Je séjourne désormais dans une petite pièce fermée, à l'autre bout du bois de Vincennes, à l'hôpital de Charenton.

Ils m'ont promis un ruban de réglisse, si je suis sage.

Le mont Plumard ***

Henri Cueco

Dans mon demi-sommeil du matin, je décidai ce jour-là de partir en voyage. Cela me fit rire de joie et il se produisit un petit claquement de bridge mal accroché contre mes incisives. « Tu dors pas ? », demanda ma compagne. Bêtement, je répondis : « Oui », ne sachant jamais si oui, dans ce cas-là, signifie qu'on ne dort pas, qu'on acquiesce, ou au contraire, ce qui rend la réponse encore plus absurde, qu'on dort. Il se fit un silence. Je me retournai alors et mimai une respiration régulière et légèrement ronflante pour imiter le sommeil cependant que je poursuivais intérieurement les préparatifs de mon projet de voyage.

Ma décision était prise, j'irais visiter le mont Plumard, qui surplombe le Bois-de-Lit. J'attendis d'être seul avant de commencer mon exploration. Comme ma compagne avait tiré les rideaux, un rayon de soleil réchauffait le mont Plumard et la douceur du mont Oreiller me sembla de bonne augure pour ma randonnée solitaire. Sous le mont Oreiller, le cours du Traversin me parut interminable et je le traversai en quelques brasses. Le lit du Traversin était sec. Je me sentais bien et sans mettre les pieds à terre, je fis le trajet aller-retour plusieurs fois. J'avais faim mais je décidai de remettre mon déjeuner à plus tard, d'autant que je n'avais rien préparé pour mon exploration. Je respirai profondément tout en admirant le Ciel-de-Lit particulièrement limpide sous le soleil qui me réchauffait. Je me souviens maintenant que je profitais de ce moment de calme pour me gratter. J'avais observé cette manifestation de bien-être chez les mulets et certains chevaux qui se roulaient par terre les pattes en l'air et, selon l'expression, gagnaient ainsi leur avoine. Je me grattai le dos contre les draps, plutôt rugueux, qui, observés en vue rasante ressemblaient par leur blancheur à un champ de neige. Je renouvelai ma grattaison et puis je décidai de continuer ma randonnée au mont Plumard si je voulais être de retour pour le déjeuner de midi, vu que déjà l'air et le soleil m'avaient aiguisé l'appétit. Il me restait en effet à parcourir la grande plaine du Matelas qui s'étend du Traversin à Sous-les-Draps, tout au fond, vers l'aplomb du Pied-du-Lit.

À Sous-les-Draps, le jour n'était pas encore levé, il faisait entre chien et loup et je me dirigeai à tâtons. Ai-je dit que je m'étais dévêtu, débarrassé de mon pyjama d'excursion à cause de la chaleur solaire et que j'allais vers Sous-les-Draps, espérant atteindre Pied-du-Lit au plus tôt, car il fallait compter avec le temps du retour. Je pensai alors : « Pourvu que ma compagne ne vienne pas à ma rencontre, si elle me voit ainsi, les pieds dépassant de Sous-les-Draps posés sur l'Oreiller où devrait se trouver ma tête, elle sera surprise et pourra prendre peur.

Elle me croira malade malgré mon air "bon pied, bon œil". » Mais il ne se passa rien. J'avançais comme un nageur, à grandes brassées vers les profondeurs de Sous-les-Draps, là où en plein jour on ne voit rien. Le manque d'air à cet endroit me fit penser que l'atmosphère n'était guère ventilée et qu'il y macérait des odeurs de nuit, des parfums subtils, des fragrances complexes. Je demeurai là, au bout du matelas, à Sous-les-Draps, juste au bord du lieu dit Pied-du-Lit où la plaine du Matelas s'arrête de façon abrupte. Je sentais la chaleur extérieure sur mes pieds demeurés au mont Oreiller et je leur demandai de manifester leur contentement en remuant leurs orteils. Ce qu'ils firent, me sembla-t-il, sans que je puisse vérifier si cette manifestation était suffisamment marquée. Combien de temps restai-je là, allant d'une extrémité à l'autre de la plaine du Matelas qui surplombe le plateau du Sommier de quelques centimètres, toujours à Sous-les-Draps et même au-delà, au bord de la Couette ? Je crois que c'est à ce même moment que j'ai eu un frémissement érectile.

Au bord de la Couette, j'ai barboté un peu et j'ai même pu voir au-delà de Sous-les-Draps la tache brûlante du soleil, mais j'ai vite fait demi-tour. Je trouvais l'ombre de Sous-les-Draps plus reposante. Je pense même que je me suis endormi un moment et je me souviens que j'ai rêvé que j'étais un petit garçon et que je parcourais le corps d'une géante.

C'est une sonnerie de réveil lointaine qui m'éveilla. J'avais mis le réveil par prudence pour me permettre d'être de retour à l'heure du repas et regrettais à ce moment-là de l'excursion de ne pas avoir apporté avec moi le sandwich à la mayonnaise et aux œufs durs, qui est un beau souvenir d'enfance. J'entrepris donc de retourner vers le mont Traversin. J'eus quelque difficulté à m'orienter et surtout je ne savais pas quelle technique de contorsion utiliser pour revenir. Devais-je rentrer les pieds pour les placer là où se trouvait ma tête, devais-je me tordre au point de placer ma tête sur le bord du Traversin et demeurer là les pattes en l'air, remuer les orteils à l'aise ? Il y eut pourtant un moment d'angoisse et, sans savoir au juste comment, je réussis à me retrouver à mon point de départ. J'étais rompu par mon exercice matinal et je fermai les yeux. C'est à ce moment que le Ciel-de-Lit se mit à gronder comme par temps d'orage, qu'il y eut une voix qui hurla : « Debout, fainéant, il fait beau partout. » C'est cette expression qui me sembla étrange, moi qui venais du pays obscur de Sous-les-Draps au bord du Pied-du-Lit, où jamais le soleil ne se lève sur la plaine obscure du Matelas. Juste le temps de me redire encore que la prochaine fois j'emmènerai mes sandwiches à la mayonnaise avec des œufs. Je me grattai le dos contre les draps et passai à table où sans dire mot, je fis plusieurs fois le tour du mont Assiette avant de plonger dans le lac Potage.

Roman interactif

Trois auteurs pour un roman en trois chapitres.
Chaque auteur de ce roman écrit à son tour un chapitre, chaque chapitre se terminant par trois hypothèses pour une suite possible de l'histoire… ce roman est inachevé, vous pouvez vous amuser à le poursuivre !

Jean-Bernard Pouy, Dominique Muller, Serge Joncour

La lettre au Père Noël

PREMIER CHAPITRE * Jean-Bernard Pouy

C'est bientôt Noël. Ô Tannenbaum ! La famille s'active dans le secret. Le papa et la maman complotent, le soir, dans la chambre à coucher, pour choisir les cadeaux destinés aux enfants. Ce n'est pas si simple : faut faire, en même temps, la part entre le jouissif et l'éducatif, les espoirs repérés et les déclarations, prévoir les déceptions éventuelles et, surtout, calculer le tout en rapport avec les disponibilités financières, car, un mois après, il y a le tiers provisionnel, la traite de la Kangoo et le stage de ski de février.

Pendant que les grands supputent, les petits s'organisent aussi. Quand les parents pensent à commander à la Redoute, les enfants, eux, commandent directement au Père Noël, en lui écrivant personnellement : Père Noël, rue des Nuages, Pays des Neiges.

Pour cette lettre si importante, le petit Benjamin a pris une jolie image, c'est important la présentation, pas question d'envoyer une vulgaire carte postale avec le Sacré-Cœur dessus. Et, au dos de cette jolie image qui traînait au-dessus du bureau de son père, de sa petite écriture bourrée de fautes d'orthographe si émouvantes, il a commandé une console Nintendo et une cassette vidéo de *Maman, j'ai pour la cinquième fois raté l'avion*. Il a mis un joli timbre sur l'enveloppe et, en sortant de l'école, il a glissé cette missive d'espoir, dans la boîte jaune, celle qui est juste au coin de la boulangerie.

Alors, le lendemain, quand les parents se sont énervés, quand ils ont demandé en hurlant où était passée la petite aquarelle de Picasso de papa, celle de l'héritage de tonton Gustave, trois hypothèses :

Hypothèse 1 : Benjamin se trouve génial de dire que l'autre jour, en rentrant le premier, il avait cru voir une ombre se glisser hors de l'appartement, mais comme rien n'avait été dérangé, il avait pensé avoir rêvé. Ses parents le croient, et le père se met à soupçonner fortement sa propre sœur, tout en allant porter plainte au commissariat.

Hypothèse 2 : Benjamin tient bon, n'avoue rien et détourne les soupçons en trouvant que la nouvelle robe Issey Miyake de sa maman est très belle.

Hypothèse 3 : Benjamin avoue. Le père lui flanque une fessée mémorable et part pour Libourne où sont stockées, chaque année, en vrac, les deux millions de lettres adressées au Père Noël.

DEUXIÈME CHAPITRE * **Dominique Muller**

Bien sûr, dans une situation pareille, Benjamin avoue. Comme tout petit garçon élevé dans le respect de la vérité. Et comme tout père énervé quand il s'aperçoit de la disparition de son Picasso, fût-ce une petite aquarelle, le sien lui flanque une fessée mémorable quoique hâtive car il n'a que le temps de filer à la gare attraper le train pour Libourne où sont stockées, chaque année, en vrac, les deux millions de lettres adressées au Père Noël.

La famille, ce qu'il en reste, aurait sans doute repris le cours d'une journée normale, d'autant que maman n'a jamais aimé Picasso ni ce vieux cochon de tonton Gustave, si le petit Benjamin n'avait repris sa confession, sans doute inquiet des conséquences. Il prétend s'être accusé pour couvrir sa sœur, Nanette, une adolescente difficile, qui, le soir du larcin, est partie dormir, dit-elle, chez une copine. De plus, une autre évidence met soudain maman dans tous ses états.

« Mais on est dimanche et ton pauvre papa qui part pour Libourne ! J'ignore si tu mens, Benjamin, et si cette saleté d'aquarelle a été mise à la boîte, ou traîne dans la poche de ta sœur, mais le fait est qu'elle n'a pas pu quitter la ville. Prends ton vélo, vite et tâche de récupérer ton père avant le départ de ce maudit train ! Moi, je vais essayer de retrouver Nanette pour en avoir le cœur net. Réfléchis bien à ce que tu as fait, hé ! dis, mon garçon, ça pourrait mal finir pour toi… »

« Sûrement que ça va mal finir », songe Benjamin en pédalant vers la gare.

Le voici, le train de papa, prêt à partir ! Que faire, sinon monter dedans et galoper le long du couloir en hurlant :

« Papa ! Descends ! Descends vite ! »

C'est ce que Benjamin a entrepris sans s'apercevoir que, doucement, le train s'ébranlait.

Si quelqu'un part pour Libourne, c'est lui, le pauvre gosse, sans ticket ni sous, ni rien. Car le père, pas si bête, s'est rendu compte qu'on était dimanche en achetant son journal du matin au kiosque de la gare. Il a compris, comme maman, que l'aquarelle était toujours dans la boîte aux lettres. Il rentre donc chez lui, prêt à se munir de l'outillage adéquat, quand il s'étonne de ne trouver personne. Il y a, sur la table de la cuisine, un mot de son épouse : « je pars chercher Nanette chez Lulu, ça va chauffer pour toi si on ne retrouve pas ce truc ».

Tiens… Qu'est-ce que ça signifie ? Chauffer pour qui ? Papa est très perplexe.

Pour la suite, trois possibilités :

Hypothèse 1 : … et Benjamin, donc ! Le voici seul dans un TGV, sachant bien que le Picasso ne sera pas à Libourne, la vie est trop compliquée… et il décide de fuir à jamais. Aussi il descend du train à Poitiers, au Futuroscope, à la recherche du Père Noël qui lui viendra en aide, ce qui ne manque pas dans les rues, avant Noël…

Hypothèse 2 : Maman a retrouvé Nanette dans un état pitoyable et dans un squatt. Elle la ramène à la maison où s'engage une dispute effroyable sur les priorités familiales, la recherche du Picasso ou la désintoxication de Nanette.

Hypothèse 3 : Papa a pris sa boîte à outils et sort tranquillement pour tâcher de démanteler cette boîte aux lettres. Des voisins soupçonneux guettent son manège, appellent la police qui ne tarde pas à surgir.

Ça ne va pas être facile d'expliquer qu'on cherche un Picasso…

TROISIÈME CHAPITRE * Serge Joncour

Papa prend sa boîte à outils et s'en va essayer de récupérer, dans la boîte aux lettres, la carte postale en question.

Papa, avant de toucher la boîte aux lettres, en fait d'abord prudemment le tour afin de définir la méthode la plus appropriée pour récupérer son bien.

Tout d'abord, il se décide à mettre en œuvre la manière la plus délicate. Il pose donc sa boîte à outils et essaye tout simplement de passer sa main dans la fente « autres départements ». Là-dessus, dans la voiture de police qui est en planque de l'autre côté de la rue, le brigadier-chef dit à ses hommes de ne surtout pas intervenir, pas tout de suite, d'attendre un peu afin de voir la tournure que prendraient les événements. Et, éventuellement, d'appeler des renforts, on ne sait jamais.

De son côté, Papa sentait au bout de ses doigts l'extrémité d'une lettre. Et, pour peu qu'il enfonce encore un peu plus sa main, c'est vrai qu'il parviendrait sans doute à l'extraire. D'un petit geste nerveux, il réussit à accrocher le pli entre le majeur et l'index, et, très délicatement à ressortir ce courrier. À l'extraire, carrément.

Manque de chance, ce n'était évidemment pas la lettre de son fils adressée au Père Noël, mais un courrier adressé au Trésor public. Qu'importe, puisque, visiblement, l'opération était parfaitement faisable, il n'avait qu'à replonger sa main une deuxième fois, bien décidé à recommencer l'expérience jusqu'à trouver la bonne, ce qui pourrait prendre beaucoup de temps.

Ça se passait d'autant mieux qu'il avait pris le pli, pourrait-on dire, jusqu'à cette lettre maudite visiblement planquée en bas, à droite, et qui l'obligea à une brusquerie qui lui fut fatale, il faut bien le dire.

En effet, en cherchant à placer sa main un peu trop de côté, son alliance se coinça dans le petit volet intérieur à battant, au point qu'il ne pouvait plus se dégager, signe que, décidément, ce mariage n'était pas une bonne idée, depuis le début, il s'en doutait.

Constatant le soudain énervement du voleur de courrier, le détachement de police municipale se décida finalement à intervenir.

C'est-à-dire qu'ils prirent, tous les trois, position autour de la boîte aux lettres en hurlant : « Mains en l'air ! »

Pour la suite, trois possibilités :

Hypothèse 1 : Papa obtempère, lève les mains en l'air, brutalement, sous le coup de la peur et laisse son alliance tomber au fond de la boîte, ce qui ne fait qu'envenimer la situation.

Hypothèse 2 : Le brigadier réalise que papa a la main coincée dans la fente « autres départements » et qu'il n'est donc pas habilité à intervenir, puisque sa compétence se limite au 92. Il faut donc une commission rogatoire du juge d'instruction, mais le dimanche, hein…

Hypothèse 3 : Papa leur explique sereinement la situation et leur demande un coup de main afin de récupérer la sienne.

Action. Action. Action.

Lip & lip & lipogrammes

C'est sans doute le plus ancien jeu littéraire connu. Il s'agit d'écrire en s'interdisant l'usage d'une lettre de l'alphabet, méthode appliquée par Georges Perec pour son roman *La Disparition* écrit sans la lettre *e*.
Nous jouons au lipogramme d'une autre façon : la contrainte est de réécrire un poème célèbre en se privant d'une lettre et parfois même de deux.

Patrice Caumon

« Green », Lipogramme en *e*

Paul Verlaine

« Green »

Golf

Voici des fruits, des fleurs, des feuilles et des branches

Voici du sport, du vrai, du trou puis du gazon

Et puis voici mon cœur qui ne bat que pour vous.

Puis voici mon club qui bat pour un sponsor, vous.

Ne le déchirez pas avec vos deux mains blanches

L'abîmons surtout pas par vos gants blanc vison

Et qu'à vos yeux si beaux l'humble présent soit doux.

Qu'à vos jolis calots l'abscons don dû soit doux.

J'arrive tout couvert encore de rosée

J'accours les mocassins toujours collant au sol

Que le vent du matin vient glacer à mon front.

Dont l'air frais du matin rafraîchit nos crampons.

Souffrez que ma fatigue à vos pieds reposée
Conçoit qu'un corps si las transpirant sur ton col
Rêve des chers instants qui la délasseront.
Soit pour un bon dodo pas pour colin tampon.

Sur votre jeune sein laissez rouler ma tête
Sur ton polo junior laissons courir mon front
Toute sonore encor de vos derniers baisers ;
Tout sonnant du bisou pour ton amour gonflant,
Laissez-la s'apaiser de la bonne tempête.
Baissons l'aigu walkman au son d'un dur affront,
Et que je dorme un peu puisque vous reposez.
Roupillons un chouïa car vous voici ronflant.

François Caradec
« Brise marine », Lipogramme en *i*

Stéphane Mallarmé
« Brise marine »

Vent du large

La chair est triste, hélas ! et j'ai lu tous les livres.

Le muscle est morose, hélas ! et je lus tous les tomes.

Fuir ! là-bas fuir ! Je sens que des oiseaux sont ivres

Me barrer ! là-bas me barrer ! Je sens que des volateurs
sont soûls

D'être parmi l'écume inconnue et les cieux !

D'être dans l'écume occulte et « l'apparence de l'espace
vue de la terre » !

Rien, ni les vieux jardins reflétés par les yeux

Que dalle, pas même les potagers caduques reflétés par les yeux

Ne retiendra ce cœur qui dans la mer se trempe

Ne gardera ce cœur dans la mer se trempant

Ô nuits ! ni la clarté déserte de ma lampe

Ô ténèbres ! pas même la clarté déserte de ma lampe

Sur le vide papier que la blancheur défend

Sur la cellulose nue que la blancheur défend

Et ni la jeune femme allaitant son enfant.

Et pas même la jeune femme abreuvant son enfant.

Je partirai ! Steamer balançant ta mâture,

Barrons-nous ! Steamer balançant ta mâture,

Lève l'ancre pour une exotique nature !

Lève l'ancre pour une étrangère nature !

Un Ennui, désolé par les cruels espoirs,

Un Emmerdement, désolé par les cruelles espérances,

Croit encore à l'adieu suprême des mouchoirs !

Admet encore la suprême formule dont on se sert en prenant
congé avec des pochettes !

Et, peut-être, les mâts, invitant les orages

Et les mâts appelant les orages

Sont-ils de ceux qu'un vent penche sur les naufrages

Sont peut-être de ceux qu'un vent penche vers les naufrages

Perdus, sans mâts, sans mâts, ni fertiles îlots...

Perdus, sans mâts, sans mâts, pas plus que de terre féconde
entourée d'eau de tous côtés...

Mais, Ô mon cœur, entends le chant des matelots !

Cependant, Ô mon cœur, entends le chant des matelots !

Nelly Kaplan

« Les Hiboux », Lipogramme en *e* et *h*

Charles Baudelaire
« Les Hiboux »

Grands ducs

Sous les ifs noirs qui les abritent,
Voici d'ifs noirs à l'abri
Les hiboux se tiennent rangés,
Maints grands ducs, scrutant l'infini,
Ainsi que des dieux étrangers,
Divins intrus du « pas d'ici »,
Dardant leur œil rouge. Ils méditent.
Aux iris voyants, miroirs du cramoisi.

Sans remuer ils se tiendront
S'ordonnant sans frissons,
Jusqu'à l'heure mélancolique
Jusqu'aux tic-tac du sanglot
Où, poussant le soleil oblique,
Où, poussant un blafard rayon,
Les ténèbres s'établiront.
La nuit ouvrira son noir capot.

Cette attitude au sage enseigne
La position pour savoir
Qu'il faut par-dessus tout qu'il craigne
Qu'il nous faut avant tout fuir
Le tumulte et le mouvement,
Bruits, l'action, ou vains cris.

L'homme ivre d'une ombre qui passe
Adam, si soûl d'illusion,
Porte toujours le châtiment
Puni toujours dans son occiput
D'avoir voulu changer de place.
De vouloir courir sans but.

Jacques Jouet
« Correspondances », Lipogramme en *e*

Charles Baudelaire
« Correspondances »

Tout dans Tout

La nature est un temple où de vivants piliers
Ô grand Tout, ta maison à maints hauts vivants troncs

Laissent parfois sortir de confuses paroles ;
Nous fait parfois ouïr l'amphigouri du mot ;

L'homme y passe à travers des forêts de symboles
Nous n'irons plus au bois sans jouir d'anormaux

Qui l'observent avec des regards familiers.
Blasons lorgnant nos corps ou connaissant nos fronts.

Comme des longs échos qui de loin se confondent
Ainsi qu'un long soupir dupliquant un soupir

Dans une ténébreuse et profonde unité,
Du plus loin qu'on l'y voit paraît son doux doublon

Vaste comme la nuit et comme la clarté,
Un, plus *un* qu'un minuit ou plus fort qu'un tromblon,

Les parfums, les couleurs et les sons se répondent.
Sons, parfums, coloris discutant à loisir.

Il est des parfums frais comme des chairs d'enfants,

J'ai connu du parfum plus frais qu'un cuir d'infant,

Doux comme des hautbois, verts comme des prairies,

Plus câlin qu'un hautbois, plus couillu qu'un gazon,

– Et d'autres corrompus, riches et triomphants,

– Ou parfois corrompu, rupin ou triomphant,

Ayant l'expansion des choses infinies,

Sous la dilatation jusqu'à la pâmoison

Comme l'ambre, le musc, le benjoin et l'encens,

Sans fin, Ô oui, thym, musc, ilang-ilang, anis,

Qui chantent les transports de l'esprit et des sens.

Qui vont chantant l'amour pour l'art ou pour Cypris.

Patrice Minet
« Le Loup et l'Agneau », Lipogramme en *u* et *f*

Jean de La Fontaine

« Le Loup et l'Agneau »

Le Homard et l'Espadon

La raison du plus fort est toujours la meilleure :

Contre l'ogre barbare, le droit perd la raison.

Nous l'allons montrer tout à l'heure.

Des délices maritimes oyez la sinistre oraison.

Un Agneau se désaltérait

Le petit homard prenait son dîner

Dans le courant d'une onde pure.

Dans la mer Méditerranée.

Un Loup survient à jeun qui cherchait aventure,

Pas par hasard passa l'Espadon,

Et que la faim en ces lieux attirait.

L'estomac dans les talons.

Qui te rend si hardi de troubler mon breuvage ?

« C'est vraiment révoltant de cochonner ma plage !

Dit cet animal plein de rage :

Dit cet animal plein de rage,

Tu seras châtié de ta témérité.

Je vais t'apprendre le respect, gare à ta carapace !

– Sire, répond l'Agneau, que votre Majesté

– Oh, my good Lord, répond le Homard à l'américaine,

Ne se mette pas en colère ;
You have not to make me a scène,
Mais plutôt qu'elle considère
I am not jogging in your space,
Que je me vas désaltérant
I drink, is it a crime ?
Dans le courant,
In the stream
Plus de vingt pas au-dessous d'Elle,
En dehors de vos territorial waters ;
Et que par conséquent, en aucune façon,
And so, my Lord, what is the matter ?
Je ne puis troubler sa boisson.
I have not sali votre piscine… !
– Tu la troubles, reprit cette bête cruelle,
– Si, avec tes postillons ! reprit cette bête assassine,
Et je sais que de moi tu médis l'an passé.
Hier déjà, tes pinces ont entaillé mon nez !
– Comment l'aurais-je fait si je n'étais pas né ?
– What, my Lord !!?? Yesterday, j'étais pas né
Reprit l'Agneau, je tette encor ma mère.
Reprit le Homard, je tète encore ma mère… !
– Si ce n'est toi, c'est donc ton frère.
– Si ce n'est toi, c'est donc ton brother !
– Je n'en ai point.
– On l'a pêché !
– C'est donc quelqu'un des tiens :
– Ta race à carapace terrorise l'Espadon,
Car vous ne m'épargnez guère,
Car au moindre signe d'inattention,
Vous, vos bergers, et vos chiens.
Les tiens me grignotent du rostre au trognon,

On me l'a dit : il faut que je me venge.

On me l'a dit. Expie donc ! »

Là-dessus, au fond des forêts

Et dans les abysses, il l'entraîna.

Le Loup l'emporte, et puis le mange,

De homard de lait, l'Espadon dîna.

Sans autre forme de procès.

Procès déloyal, plaisant assassinat.

Lettres de vacances

Les vacances séparent.
Les uns partent, les autres restent…
alors on s'écrit.

Hélène Delavault

À son mari en vacances

Le 8 août.

Mon chéri, j'espère que cette lettre te trouvera en forme éblouissante, tout bronzé et que tu reprends bien des forces pour affronter la rentrée qui t'apportera sûrement une quantité de nouvelles perspectives éblouissantes. Ici que te dire, tout est comme d'habitude, non ! sauf que le Franprix est fermé et que notre voisin Ali, qui pratique de toute façon des prix prohibitifs, ne fait pas les yaourts grecs. Les petits déjeuners manquent de charme. Machine à laver réparée, mais je ne pense pas que ce fait doive changer quoi que ce soit à ton existence présente ou à venir, je m'en suis toujours occupée de toute façon. Les Méhu ont déménagé, bon débarras. Ils sont remplacés, paraît-il, par un peintre.

9 *août.*

Je reprends cette lettre commencée hier, j'ai été dérangée par le peintre qui n'avait plus de beurre, il est espagnol, il a l'air plutôt gentil. Je pense qu'il fera un bon voisin. En tout cas ça sera toujours mieux que la chanteuse que l'on s'est farcie pendant quatre ans. Lui n'aime que la musique douce de piano, il m'a invitée à aller voir ses tableaux.

25 août.

Je reprends encore cette lettre, je ne savais plus trop quoi te raconter et j'ai été débordée de travail à cause de tous les dossiers que nous laissent les collègues en vacances. J'espère que tu ne m'en voudras pas si j'ai décidé de faire repeindre l'appartement en rouge par Alfonso (c'est notre voisin), il a besoin d'argent et il faut s'entraider entre voisins. C'est lui qui a eu l'idée du rouge. Je sais que tu aimes les intérieurs classiques, mais après tout j'y suis beaucoup plus souvent que toi, tu arrives toujours si tard le soir, tu ne t'en apercevras même pas.

28 août.

Finalement je laisse cette lettre dans l'appartement, tu la trouveras à ton retour. Je pars pour une semaine en Espagne. Il faut qu'on parle,

je t'embrasse.

Gérard Mordillat

Robert à Hedwige

Hedwige, n'insiste pas, je ne viendrai pas. Je n'aime pas les vacances, tu le sais. Je n'aime pas les vacances parce qu'elles ne m'apportent rien,

rien ou plutôt si, des souvenirs de vacances. Et les souvenirs de vacances c'est pire que les vacances elles-mêmes, je crois te l'avoir déjà expliqué. Quelle sorte de vacances suscitent des souvenirs ? Pas les bonnes vacances, pas les joyeuses vacances, pas les vacances de rêve, non. Un seul genre de vacances fournit des souvenirs, les vacances d'enfer, les vacances ratées, les vacances désastreuses.

Dans ces conditions tu comprendras que je préfère rester ici, à traîner toute la journée en peignoir, sans me raser, à regarder ce qui me plaît à la télé, même à partager la pâtée du chat quand j'ai trop la flemme pour mettre le nez dehors. Je ne veux pas pour autant gâcher ton séjour « à n'importe-où-les flots », cette station balnéaire de tes quinze ans où comme chaque année ta mère, tes sœurs, tes cousines, tes tantes se rejoignent pour la grande migration d'été. Grand bien leur fasse, grand bien te fasse. Si je comprends bien ce que tu me dis dans ta lettre, tu veux que je vienne parce que tu crains de ne pas tenir le coup.

Les jumelles sont infernales, la copine de Dorothée a fait péter la canalisation, vous n'avez plus d'eau depuis trois jours, les toilettes sont bouchées. Ta mère ne te laisse pas une seconde en paix, elle exige de manger tous les jours à heure fixe, à la minute prêt. Les voisins font cuire des sardines au barbecue, ils se promènent à poil en écoutant Lara Fabian. Le chantier de la salle des fêtes attaque tous les matins à 7 heures, il fait une chaleur à crever, la mer est glacée et pleine de vives, ton allergie te couvre de boutons. Le chat, quand il ne marque pas son territoire sur tes pulls, aligne les souris crevées, les oiseaux morts et toutes sortes de bestioles qu'il refroidit avec ardeur. Les gosses de tes sœurs sont aussi sales que grossiers, etc., etc.

Mais de quoi te plains-tu ? Tu es en train de vivre des vacances inoubliables, les vacances du siècle. Ma venue gâcherait tout. Soudain tout te paraîtrait sans odeur et sans saveur alors que là, tu es en train de te charger pour au moins quinze ans d'impérissables souvenirs. Je suis la cerise sur le gâteau, mon absence te permettra de gémir en maudissant le ciel : « Et en plus il n'est pas venu ! » Mon refus de te rejoindre fait de ton séjour une œuvre d'art. Tu peux me remercier chaque soir avant de t'endormir dans ton lit ramis où tu pèles de froid, je t'envierais presque. Tout le monde n'a pas la chance de connaître l'apocalypse en l'occasion. Penses-y. Tu as encore trois bonnes semaines devant toi avant de reprendre le collier.

Robert.

P.-S. Je t'expédie en plus du linge sale par colis, si tu pouvais me le renvoyer propre, ça m'arrangerait.

Lucas Fournier

Adieu ma concubine

Paris au mois d'août.

Mon amour, ma déchirure, Emmanuelle. L'été d'ordinaire c'est ma saison préférée à cause des reprises au cinéma, mais là j'ai plutôt le cœur en hiver. Tu es partie déjà l'année dernière à Marienbad et cette fois-ci en Indochine, soi-disant avec tes cousins cousines, Thelma et Louise ou Saylor et Lula ou Marius et Jeannette, je ne sais plus. C'est le huitième jour depuis que tu es partie, parfois je me dis que j'ai épousé une ombre, tout ça pour ça. Oh bien sûr tu me diras que la vie est belle l'été sous les toits de Paris. Non, chaque jour pour moi c'est le jour le plus long. Dès que le jour se lève, je guette le bruit de ton pas, tes talons aiguilles dans l'escalier, il y a trente-neuf marches, en réalité trente-huit et demie. Pour tromper l'ennui ma grande évasion c'est d'aller au marché de Chinatown dans le 13ᵉ, respirer l'odeur de la papaye verte et la chair de l'orchidée, tester le goût de la cerise, des beignets de tomates vertes et du navet, du navet, va.

Aujourd'hui, c'était bizarre. La boulangerie était fermée. Une étrange affaire. J'ai tout de suite pensé à un drôle de drame conjugal genre la femme du boulanger, mais non l'écriteau dans la vitrine disait « on sera là le 12 ». Le 12 pourquoi, et pourquoi pas le 11 ? Plus bizarre encore, ma voiture garée dans les clous place Vendôme n'avait pas de P.V., comme si les pervenches avaient disparu. En remontant les Champs-Elysées, personne. J'ai appelé les copains, Paddy, l'ami de mon ami, fucking Fernand, Billy the kick, Gilda, le mari de la coiffeuse, Alice, même mon cher frangin, personne. J'ai fait la traversée de Paris, rien. Je me suis senti très seul, tout seul, comme Jacques Perrin dans le désert des Tartares. En revenant du pain, sans baguette ni tambour, j'ai voulu prendre le courrier. Pas de facteur, pas de gardien. Je me suis aperçu que j'étais seul dans l'immeuble, comme Maurice Ronet dans ascenseur pour l'échafaud. En rentrant chez moi j'ai remarqué l'agitation de Jules et Jim, les deux hamsters de monsieur Hire, le locataire du dessus, dont j'ai la garde. Loulou, le guépard que la veuve Couderc, la femme d'à côté, m'a confié, lui aussi était angoissé. Mon poisson rouge, je m'occupe aussi d'un poisson nommé Wanda, lui non plus n'était pas dans un état normal. Le cinquième élément de ma ménagerie c'est Quasimodo, un chien andalou. Quelque chose se passait mais quoi ? Où était donc passée l'humanité, étais-je le dernier des Mohicans ? J'ai attendu la fin du jour, je suis sorti marcher, les Maréchaux ont chaud, rive droite, rive gauche, dans la chaleur de la nuit, sunset boulevard, le dernier métro est passé et tu sais mon amour j'ai eu l'impression d'avoir un peu la mort aux trousses. C'était une nuit de la pleine lune, par-delà les nuages son éclat traçait autour de moi comme une armée des ombres. Sur un banc il y avait un journal. J'ai regardé la page télévision, demain 11 août on donne sur TF1 *Paris brûle-t-il ?*, *Apocalypse now* sur France 2, *L'Été meurtrier* sur France 3, *Hiroshima mon amour* sur Arte et *L'Éclipse* d'Antonioni sur Canal. L'éclipse c'est demain 11 août, oui ça ne fait pas l'ombre d'un doute, je comprends pourquoi tu es partie. Pour toi le temps d'aimer, le temps de mourir pour moi.

Alors adieu ma concubine.

Patrick Besnier

À Sandrine

Ma petite chérie,

J'espère que tout va bien pour toi et que tu passes des vacances super-chouettes avec tes copines. N'hésite pas à prolonger ces vacances tant que tu veux. Ici ça va très bien, je suis très heureux sans toi et je continue à ranger la bibliothèque. C'est-à-dire qu'il y a des livres partout, vraiment partout et que ce serait très gênant pour toi si tu rentrais maintenant parce que tu aurais certainement l'impression de me déranger – et ce serait pas faux.

Donc : j'ai descendu tous les livres des étagères, sans compter ceux du grenier que j'ai mis dans la salle à manger et ceux de la cave que j'ai remontés. Mauvaise nouvelle pour toi à ce propos, ma petite chérie : un bon nombre de ceux de la cave étaient en train de pourrir et j'ai dû en jeter un lot, en particulier tes Philippe Labro et tes Jean d'Ormesson ; j'ai aussi bazardé tous tes livres des éditions du Seuil car je pense que tu n'aurais jamais relu *Le Voyage à Paimpol* de Dorothée Letessier et ces innombrables Tahar Ben Jelloun que tu faisais semblant de lire sur la plage, été après été, à l'époque où nous passions nos vacances ensemble, t'en souvient-il ma petite chérie ? À mon avis, tu n'as aucun regret à avoir. Sur ma lancée j'ai bazardé aussi tes *Cosmo*, tes vieux *Tel Quel* et tes 45 tours d'Anne Sylvestre. Je suis sûr que ce grand ménage peut être pour toi le commencement d'une vie nouvelle dominée par l'intelligence et la véritable culture artistique telle que je l'entends.

Mais, me diras-tu, comment va se présenter notre nouvelle bibliothèque ? Toujours aussi curieuse n'est-ce pas ? Eh bien, voilà : le mur du fond est occupé par Balzac jusqu'en 1900, les éditions originales et les rééditions, que j'ai décidé finalement de mélanger. Panneau de gauche, les éditions de Balzac depuis 1900 et l'ensemble des traductions, y compris celles antérieures à 1900, qu'il eût été certainement plus logique de placer avec les éditions françaises d'avant 1900, mais la place manquait sur le panneau du fond. La solution, me diras-tu, était de placer à part les éditions originales, mais c'était retrouver la disposition de l'ancienne bibliothèque, celle-là même que j'avais entrepris de modifier. Reste aussi l'éternel problème du *reprint* de l'édition Furne dite *Furne corrigée* dont je ne sais jamais si je dois la placer à sa date de publication ou à celle de sa réédition. Sur la paroi de droite, l'ensemble des livres sur Balzac, essais, thèses, biographies, etc.

Qu'ils soient ou non antérieurs à 1900 et qu'ils soient ou non écrits en français, c'est là aussi que je mettrai ma collection de *Michel Vaillant* et de *Tif et Tondu*, qui n'ont rien à voir avec Balzac, mais qu'il me paraît impensable de reléguer à la cave ou au grenier. Maintenant, que faire des autres livres ? amis de Balzac, imitateurs de Balzac, successeurs de Balzac – tout ça prend tant de place ! j'aurais jamais cru que ça en faisait autant, et je ne parle pas des plagiaires inconscients de Balzac. Où donc les mettre ? C'est la crise. Une idée me vient. Si je les installais dans ta chambre à coucher, n'est-ce pas une solution idéale ? Évidemment, ça impliquerait que tu t'installes à la cave, ou que tu ne reviennes pas du tout. Je te laisse choisir, ma petite chérie. Tiens-moi au courant.

Ton vieux chéri.

Frédéric Pagès

Joseph à Léon

Cher Léon,

Il ne faut pas bouger, c'est ainsi que les choses nous arrivent.
Moins nous voyageons et plus nous avons d'aventures.
Plus nous sommes immobiles et plus notre vie est agitée.
Il faut plus de courage pour garder le lit que pour prendre le bateau.
Plus on a la bougeotte, moins on a de jugeote.

Que penses-tu de ces aphorismes ?
Je t'écris de Goussainville, de ma chambre d'hôtel, en bout de piste de Roissy. Tu connais mes goûts : je veux bien partir, à condition que ce soit dans le quartier où j'habite !

J'espère que cette lettre arrivera sans encombre jusqu'à Kaliningrad où tu passes tes vacances. Des vacances à Kaliningrad, quelle drôle d'idée ! Visiter la ville natale d'Emmanuel Kant, jadis Königsberg… quelle erreur ! Tu dois être déçu car il ne reste presque rien de la vieille ville, je le sais, on me l'a dit. Le tombeau de Kant est la seule attraction touristique. C'est maigre ! Bonjour le séjour ! La Baltique, je tique !

Mon pauvre Léon, tu auras beau humer l'air de l'ex-Prusse-Orientale, tu n'en seras pas plus kantien. Tandis que moi… En restant à l'intérieur de mon petit territoire, je suis vraiment fidèle à Kant, car le kantisme est un immobilisme. Souviens-toi, plus on a la bougeotte…

Tu sais que le grand philosophe n'a jamais quitté Königsberg. Il n'a jamais pris de vacances. Il n'a jamais pris de calèche, de diligence, de bateau, même pour aller à Riga ou à Vilnius. Il se contentait d'une promenade l'après-midi, toujours le même parcours, toujours à la même heure. On dit que les habitants de Königsberg pouvaient régler leurs horloges à son passage. Comme aujourd'hui chez nous, quand passe le Concorde de 11 h 20. Tiens justement, il est 11 h 20, le supersonique passe au-dessus de ma chambre, et si ma plume tremble, c'est à cause des vibrations.

Contrairement à ce que tu peux croire, les clients de l'hôtel viennent ici pour les vibrations et pour le bruit. D'ailleurs, l'hôtel est plein, car c'est le dernier vol de Concorde et les amoureux du grand oiseau sont venus du monde entier admirer son dernier vol.

Pour moi, rien de changé. Je ferai ma promenade habituelle cet après-midi.

À 15 h 04 j'arriverai sur la place de la gare par l'avenue Sylvie-Vartan, sur le trottoir de gauche. À 15 h 09, je passerai à hauteur de la sandwicherie. À 15 h 21, je marquerai un temps d'arrêt, je regarderai à droite et à gauche avant de traverser l'avenue Franck-Alamo. À 16 h 03, je saluerai la vendeuse de journaux et, une minute plus tard, si le temps se maintient et si je n'ai pas le vent dans le nez, je serai de retour dans ma chambre. C'est difficile d'être à l'heure. Mais à force d'entraînement, on y parvient. La ponctualité et la routine sont l'avenir de l'homme. Kant n'aurait jamais pris le Concorde, même à prix réduit, même en gagnant à un concours radio, Kant est un modèle de vie. Je fais comme lui. Je ne cours pas tous les risques que tu affrontes dans cette Kaliningrad décadente grouillante de Natachas vénales.

J'ai dit Natacha !
J'ai dit vénales !
Je te dis : Salut !

Joseph.

Le Clavecin bien trempé

ou jeu des homophonies approximatives

Le procédé décrit par Raymond Roussel dans *Comment j'ai écrit certains de mes livres* est à l'origine de ce jeu auquel nous jouons à notre façon : une certaine phrase est imposée comme début d'une histoire à imaginer, histoire qui devra s'achever sur une phrase homophonique ou presque de la première.
Une homophonie intermédiaire est la bienvenue.
Rappelons que deux phrases homophoniques sont des phrases qui ont le même son mais pas le même sens.

Christian Zeimert

Marceline Desbordes-Valmore

☞ Marceline Desbordes-Valmore, au coin de la rue Verte, entre la première chez la môme Arlette.

C'est à Bel-Abbès. En quelle année ?... Je ne vous le dirai pas, ça me ferait chialer ! Quand Pierre Mac Orlan a écrit sa chanson *Bel-Abbès*, je crois bien qu'il pensait à nous :

C'est une gosse gironde
Plus rouquine que blonde
Qui connaît son monde
Et ceux d'la Légion.
Quand j'conduis mon brêle
L'arme à la bretelle
C'est elle qui m'appelle
Par mon petit nom.

Marceline usait ses talons et exerçait ses talents dans ce foutu bled où j'étais légionnaire. Je conduisais un BMC. C'est sans doute ce qui avait séduit Marceline.

Un soir de liesse où nous échangions nos vers de peau histoire de prolonger les caresses, elle me raconta que son rêve était de retrouver Roubaix, sa ville natale, qu'elle avait quittée à cinq ans. Sa mère, fatiguée de trimer quatorze heures par jour à l'usine, avait décidé de changer d'horizon. De là à penser au soleil oranais, il n'y avait qu'un pas qu'elle a franchi, cette pomme !

C'est comme ça qu'à quinze ans Marceline débutait sur le trottoir de Sidi Bel-Abbès. Sa mère, d'abord usée par le travail, s'était achevée dans l'alcool.

À vingt-six ans Marceline était resplendissante, une vraie tigresse avec ses cheveux roux. Elle avait d'ailleurs la démarche du félin. Que n'aurais-je pas fait pour elle ? Aussi avons-nous décidé, un beau jour, de déserter, elle de son bordel, moi du mien.

J'avais piqué un camion de la section et dans la nuit je l'avais repeint de couleurs vives avec écrit dessus : Viandox 51... Je pensais que la pub ferait mieux passer notre escapade.

Le temps de prendre un mouton pour faire des sandwiches de méchoui et une caisse de Sidi Brahim et nous voilà partis pour Tiaret, Ksar-El-Boukari, Blida et Alger. Les gens nous acclamaient sur la route. À Alger, embarquement sans histoire et en route pour la France. Là encore, pas trop d'étonnement. Comme on était au mois de mars, certains trouvaient le Tour de France un peu en avance mais du moment qu'il y avait un camion de pub, la caravane ne devait pas être loin.

C'est comme ça qu'après avoir évité Paris et traversé Arras, nous rencontrons les premiers terrils, signe évident qu'on avait fait du chemin depuis Bel-Abbès. Bientôt une pancarte indique : Roubaix 9 km. Je m'en serais douté car je commence à perdre les pédales sur les pavés de l'enfer.

Ma tigresse qui dort sur mon épaule se réveille en sursaut. Je lui dis alors : ☞ « Tiens, ma féline des bordels, v'là l'Nord. »

Gilbert Lascault

Les dieux sont tombés sur la tête

☞ Les dieux sont tombés sur la tête. Oui, ils sont tombés sur la tête et ils se sont fait mal, très mal. Et les saints aussi sont tombés sur la tête, le Christ et la Vierge également. Ils ont l'auréole bosselée et des bleus sur le crâne. C'est moi qui vous le dis ! Moi ! Joseph Oléon, le gros boucher de Saure-les-Sept-Jardins. Moi le raisonnable, moi le calme, moi qui ne me trouble presque jamais. Tous les habitants du septième ciel sont tombés sur la tête, et lorsqu'on tombe du septième ce n'est pas rien. Alors, depuis leur chute, tout va de mal en pis, de catastrophes en calamités, de cataclysmes en désastres, de bouleversements en apocalypses. La saloperie quoi ! L'horreur. Lorsque je vais à l'abattoir, les vaches et les agneaux qu'on va tuer ne remplissent plus comme auparavant mon cœur de joie. Je n'ai plus envie de rire dans l'abattoir devenu sinistre. Lorsque ☞ mes yeux sont tombés sur les bêtes ; je les vois squelettiques, malades, avec d'épouvantables cloques sur le dos, avec le poil sec et clairsemé. Et les champs, ils sont lamentables, plus rien n'y pousse. Et mes clients, tous chômeurs, ils tournent en boitant autour de leur usine fermée dont depuis deux ans la cheminée ne fume plus. Tout va mal, très mal je vous dis. Dans tous les pays la guerre civile fait rage, les gens se tuent à coups de fourche ou de marteau. Ils n'achètent même plus les tanks et les fusils qui remettraient en marche l'économie, ils se tuent sans raison, sans rien dépenser, pauvrement, tristement, bêtement, avec les moyens du bord, de peur de tomber dans des dettes. Et les cimetières ? Quel affreux spectacle offrent les cimetières dont les tombes sont prêtes le jour comme la nuit. Seuls se réjouissent deux vieillards édentés. Ils ont vu dans la rivière se baigner Suzanne, la plus belle fille du village. Oui, ils sont les seuls humains joyeux dans le village car ils sont comme les deux vieillards qui dans la Bible ont vu le bain de Suzanne. Les cataclysmes, pestes et massacres, les laissent indifférents. Ils ne veulent plus se souvenir que du pied nu de Suzanne. Ah Suzanne ! Je te le dis moi, le gros boucher de Saure, Suzanne ! Les vieux, oui, ☞ les vieux ont ton pied dans la tête.

Hélène Delavault

Il grelottait le pauvre au bord de la Tamise

☞ Il grelottait le pauvre au bord de la Tamise. Fallait-il s'y jeter finalement ? Elle avait l'air aussi accueillante cette stupide rivière et aussi glaciale que ce petit prétentieux de Carrington qui l'avait mis dans cet état déplorable. Lui, Anthony Graghalmor, célèbre professeur d'histoire médiévale à Cambridge, couvert d'honneurs, cité dans cent dix-huit thèses de doctorat, se laisser traîner par le bout du nez par un freluquet de dix-neuf ans, qui ignorait jusqu'au nom d'Oscar Wilde ! Il avait pourtant bien réussi à atteindre ses cinquante-quatre ans en se protégeant des femmes. Toutes des intrigantes, comme l'avait bien prévenu sa mère. *Thank you mother !* Toutes des sorcières avec leurs sourires mielleux, qui n'en voulaient qu'à sa position sociale, à son héritage. Et elles réclamaient du temps en plus, et des attentions. Tout ça pour un petit frisson une fois par semaine contre une poitrine sans poils, non vraiment, quel ennui ! Les manuscrits le passionnaient davantage ! Et puis voilà que l'amour lui était tombé dessus comme l'averse sur le gazon de Saint James, l'obsession, le délire, pour les biceps roses d'un jardinier qui ne voulait pas de lui. Six mois que cela durait, et hier soir, après une tentative dérisoire d'ingestion de pur malt dix ans d'âge au White Stadium, au cours de laquelle il s'était publiquement déshonoré en beuglant des balades écossaises ☞ il chevrotait le poivrot bêlant dans sa chemise ; il se retrouvait face au cours absurde de son existence d'animal sexué, et celui tout aussi insensé de cette eau jaunâtre et froide, déroulant ses molécules imbéciles vers un Channel indifférent et maintenant infesté de Français. Tiens, à propos de Français, il y avait Denise qui tenait un bar pas très catholique du côté d'Islington. Il y avait accompagné deux ou trois fois des collègues en goguette, friands d'émotions continentales. Ce n'était pas vraiment sa *cup of tea*, mais après tout pourquoi ne pas s'offrir un petit coup de chaud, avant de plonger dans le froid définitif ? Deux heures plus tard, il sirotait son cinquième cocktail, hoquetant du Lucrèce sur l'épaule d'un septuagénaire bedonnant et sans un cheveu qui avait lui-même sombré dans un état semi comateux, ☞ il pelotait le chauve au bordel à Denise.

François Caradec

Du bout des dents du fond

☞ Du bout des dents du fond, comme disent les dentistes. C'est de cette façon qu'il acceptait de répondre quand on le questionnait. Heureusement Boudu – car en plus il s'appelait Boudu – arborait un tel air abruti que personne ne songeait à lui adresser la parole. Il en avait tellement l'air que personne ne doutait qu'il le fût, et il l'était.

Au physique c'était un petit bonhomme rondouillard, gras du bide et des cheveux, le nez rouge, les dents jaunes, les ongles noirs, les yeux bleus, le dos vert. Avec ça les pieds plats et une haleine de cordonnier. À défaut d'autres occupations, on le trouvait toujours, à partir de 10 heures du matin au tabac *La Gauloise Bleue*, avenue du Général-de-Gaulle prolongée, au bout du zinc où rien ne lui échappait.

Les RG avaient bien songé à le recruter, mais son QI s'était avéré légèrement au-dessous de la moyenne des casseroles de bars. Son rôle social se limitait à celui d'arbitre au « Vas-y-donc », un jeu qui demande un certain doigté et une honnêteté à toute épreuve, tant les tentations de tricher sont vives.

Le « Vas-y-donc » se joue à six, jamais plus, jamais moins, avec un seul dé. Les six joueurs s'attribuent un numéro de 1 à 6, correspondant à ceux des six faces du dé ; c'est un septième personnage, en l'occurrence notre ami Boudu, qui lance le dé. Au premier coup de dé, cinq des six joueurs sont éliminés et rentrent tranquillement chez eux ; le sixième, dont le numéro correspond à celui qui est sorti, reste en place et paie les consommations.

Contrairement à ce qu'on pense à première vue, ce jeu n'est pas si idiot qu'il en a l'air. Et si le gagnant n'est pas un ingrat, il paie aussi la consommation de Boudu, traditionnellement un pastis avec très peu d'eau pour ne pas rouiller l'œsophage.

Comme on le pense bien, Boudu n'était pas le seul habitué de *La Gauloise Bleue*. C'est là que j'ai rencontré un cheval qui ne buvait que de l'eau minérale.

« Allez, disait le patron, vous prendrez bien autre chose aujourd'hui, c'est ma tournée ! Alors, whisky, pastaga, bière, une petite côte ? »

Le cheval hennissait, foutait un grand coup de sabot sur le zinc, exigeait son quart Vittel dans un grand verre avec une paille.

Deux ou trois fois aussi il est venu un cochon, un joli cochon rose, mais le bistrot le foutait à la porte. Il disait : « Chez moi, pas de cochon ! »

Et donc le cochon sortait.

On y voyait aussi fréquemment le dessinateur humoriste que vous attendiez, Dubout, qui venait y puiser son inspiration. Tous les soirs il raccompagnait chez lui un vieil ivrogne, que nous appelions Ducon par sympathie, et c'était vraiment touchant de voir ☞ Dubout aidant Ducon à traverser la rue.

Strip-tease littéraire

Ce strip-tease s'est déroulé un soir au cours d'une séance de jeu littéraire. Il s'agissait pour les participants d'identifer les auteurs de différentes citations. Pour chaque citation il y eut un gagnant et un perdant, et le perdant fut pénalisé. Son gage, mettre à nu une partie de son corps en la décrivant dans la tradition du blason.

Lucas Fournier

Le torse

Sous le marcel, la bête. Ce torse aurait ému Cocteau. Voici ce torse soyeux où à foison pousse une épaisse toison. Dans le sillon ruisselant qui descend de la gorge au nombril, a surgi là une Amazonie brune et dense où les doigts caresseurs peuvent se perdre aussi sûrement qu'un explorateur à l'est de Chicuelina. L'indien d'Amazone est glabre, le conquistador a du poil. L'hypertrichose mammaire, c'est ça la civilisation ! Les premières sommations de l'automne ont déjà résonné sur mes seins généreux et semé, çà et là, quelques pousses blanches parmi cette noire plantation. Presque à l'orée de ce poitrail de brigand calabrais, les aréoles des seins dessinent de petites clairières pâles où le tétin très fin, très pointu, haut dressé car il a froid, lui que rien ne couvre, où le tétin se tient comme le dernier vestige d'une féminité qui sommeillait en l'homme. Et quand une main va et vient sur ce torse où sous le poil affleure le muscle, elle couche du bout des doigts ce grand champ de blé noir qui ondule et où apparaissent, tour à tour, des pépites de peau nue. Ah ! qu'elle est douce aux paumes, cette poitrine dont l'extrémité pileuse souvent redressée vient titiller les doigts suavement. Alors que dire devant ce torse nu et qui n'est pas tout à fait dévêtu pourtant, jamais ? Ce torse que le froid fait saillir comme la voile d'un galion espagnol. Ce torse aux reflets rembranesques qui boucle à la touffeur et luit l'hiver, noir corsage inexpugnable. Que lui dire ? Sinon, merci d'être velu.

Dominique Muller

Le dos et les fesses

Deux ronds de fesses sous des habits cachés
Voulaient s'exhiber aux visages.
Le dos et la colonne où elles sont accrochées
Préludèrent au déshabillage.
« Et nous, on en a plein le dos,
Jamais on ne nous voit sous notre cache-pot.
Qu'on procède au déculottage
Pour admirer notre tangage »,
Dirent les fesses qui se mettaient vite en pétard.
Ainsi fut fait, on les exposa aux regards,
Ceux que toujours elles accaparent
Au détriment du dos, vexé d'être à l'écart.
« Profitez-en, dit-il, bientôt en goutte d'huile
vous tomberez
dans les miroirs.
Ni vous ni moi ne nous voyons de face.

Votre orgueil déchoira croyez-m'en, dans la glace. »
Mais en vain le jaloux persiflait,
L'échine dans la rue ne se fait pas siffler.
À sa plaine on préfère de rondes collines,
Une croupe affaissée n'en est pas moins câline.

Patrick Besnier

Le ventre et les cuisses

Mon ventre est un peu rond, mes cuisses sont d'une noble ampleur.

Sous ce rapport on ne saurait dire de moi ce que, vers 1832, le Tout-Paris disait de Mlle Fitz James, danseuse à l'Opéra : « Elle ne manque que de cuisse et de grâce. » De grâce, j'en manque peut-être, après tout, mais de cuisse certainement pas, j'aurais même pu en donner à Fitz James. Si vous voulez vous faire une idée plus précise de ces parties de mon corps, voici une anecdote. Une jeune femme charmante à qui je montrais tout cela me dit un jour que ça la faisait irrésistiblement penser à la *Fantaisie pour violoncelle et orchestre* de Villa-Lobos. C'était visiblement un compliment de sa part, mais cela ne manqua pourtant pas de m'intriguer, car je ne connaissais pas cette partition. Dès qu'il me fut possible, je me procurai un enregistrement de cette *Fantaisie pour violoncelle et orchestre* pour voir à quoi elle ressemblait et, par voie de conséquence, à quoi je ressemblais, moi. J'étais un peu inquiet car il y a souvent dans le violoncelle quelque chose de sirupeux que je juge peu viril – par exemple, du même Villa-Lobos, la fameuse *Bachiana brasileira* n° 3 que vous connaissez tous. Mais je fus rassuré dès les premières notes de la *Fantaisie*, c'est une belle musique, âpre, vigoureuse et tendue.

Tout à fait moi. À ceux qui voudraient se faire une idée musicale de mon ventre et de mes cuisses, je conseille l'excellent enregistrement de Janos Starker, avec l'Orchestre symphonique de Paraíba. Quand je ne suis pas très en forme, je me dis que là-bas, à Paraíba, un orchestre symphonique joue peut-être la *Fantaisie pour violoncelle et orchestre* de Villa-Lobos et cela restaure ma foi dans l'humanité.

Patrice Delbourg

Les salières

Je reconnais qu'il s'agit d'un petit lopin charnu qui peut être mignon. Ma grand-mère appelait cela les fossettes du derrière. Juste sous l'iliocostal lombaire. Deux amorces de trou du cul dans les jumeaux supérieurs. C'est craquant. À ce qu'on dit, notez bien, car je ne les ai jamais vraiment apprivoisées, je n'ai jamais posé personnellement la joue dessus.

Ce sont donc deux petites anfractuosités situées de part et d'autre de la colonne vertébrale, dans la région sacrée. Au début elles seraient dues à une malformation des vertèbres, un méplat des lombaires. Elles surplombent les fesses qui chez la plupart des bipèdes masculins vissés à un bureau seize heures par jour sont plates, molles, livides, revêtues d'un vilain duvet de petit canard noir et sujettes à une fâcheuse tendance à l'attraction terrestre. C'est pourquoi je ne vous parle pas de mes fesses.

Il paraît que ces petits nids-de-poule sont les derniers vestiges de l'enfance. L'embonpoint abdominal menace chaque jour de les faire disparaître. La graisse assiège les cavités, mais elles tiennent bon. Un jour pourtant il faudra les dégager à la petite cuillère.

Jadis, lors de jeux adolescents, mes petits camarades me mettaient de la mie de pain, des grains de café, voire des cailloux dans ces minuscules ornières. Elsa, pour sa part, préférait des pincées de sucre dont elle ne laissait à personne d'autre le soin de venir les lapper. Quand je me tenais droit, quand la cambrure de mon dos existait encore, elles formaient d'espiègles fondrières qui incitaient à l'exploration ludique. J'ai une photo en slip Éminence sur la plage de galets de Cagnes-sur-Mer en 1961 qui en atteste.

Mais vous l'avez bien senti, le coccyx se calcifie, l'échine se voûte, la taille se gonfle, les tissus se congestionnent, et ces petits détails charmants qui ressemblaient aux cicatrices des jours heureux sont désormais montrés du doigt par de vieilles maîtresses qui se demandent s'il ne s'agit pas des récents reliquats d'une opération de la hanche.

Hélène Delavault

Les jambes

C'est en alexandrins que je dirai mes jambes.
L'alexandrin se prête, on sait, au dithyrambe,
Et comme il est aussi sujet de la métrique,
De compter sur ses pieds comme elle, le vers se
pique.
Elles ne sont pas celles vraiment d'une athlète,
Pas non plus, loin s'en faut, celles d'une femme-
lette.
Du 110 mètres haies, elles n'ont pas l'emploi,
Car de la gravité elles subissent la loi.
Il est grave en effet d'avoir à supporter
La propension du dos à vouloir se coucher.
Blanches, oui elles sont, on dira de l'albâtre,
Car c'est bien plus joli que de parler de plâtre.
Oui, j'ai su résister au diktat du bronzage
N'ayant jamais aimé me faire cuire sur une
plage.
Je ne sais si je dois trop parler de mes cuisses,
De celles dont on peut fabriquer une miss,
Car c'est là un sujet sur lequel trop on glisse
Et qui vous précipite au fond d'un précipice.
Mais avec grand plaisir je dirai le mollet,
Ni trop mou, ni trop dur, juste au bon point :
mollet.
Et pour ce résultat je dirai le secret,
C'est que les escaliers, moi je les monte à pied.
Le pied que j'ai ma foi plutôt joli,
Mais vous le montrer non, ce serait impoli.

D'autant plus que c'est l'heure de sonner les trois coups
Et qu'il me faut sur l'heure, ciel, les prendre à mon coup !

Hélène Delavault

Le dos et les fesses

Ô arrière de mon corps. Ô pente. Ô toboggan. Support de la colonne tel un vaste éboulis près des Sables-d'Olonne.

Ô sentier vertébral. Ce qui est remarquable en lui, c'est sa longueur qui peut le faire passer pour un dominateur. Pourtant il est flexible tel un roseau penchant, mais c'est un peu pénible de se pencher tout le temps.

Ô arbre, tronc de vertèbres en fleurs s'élançant vers le ciel comme pour s'évader du destin matériel. Ô destin, attraction du bas, du fauteuil, du coussin. Ô l'envie de s'asseoir, de se poser les fesses, je l'ai tôt ressentie dans l'enfance à la messe. Mais c'est aussi qu'ils sont, comment dire, confortables ces globes que jamais on ne doit mettre à table.

Ô douceur, coussinets de chair blanche. Ô chute, point d'aboutissement du rein après sa courbe. Ô havre, vous dirais-je le confort moelleux de leur assise… mais cette description est-elle ici de mise ? Louons plutôt le plein, la rondeur, la nature d'une vraie femme, enfin, qui aime les confitures.

Éric Holder

Les bras

Je crois qu'il faut être un individu très rêveur pour aimer les bras. Pour *voir* les bras, simplement. Pour leur accorder une importance qu'auraient, mettons, les jambes ou le dos. Je me défends de mettre en avant mes camarades artistes du club, plus que d'autres peintres ou d'autres écrivains. Mais si je pense aux bras, si je pense à quelqu'un capable de *voir* les bras, je pense à Jacques A. Bertrand. Les bras sortent du cadre de notre vision étroite quand nous regardons notre interlocuteur dans les yeux. Les bras sont hors champ. Les bras font leur vie de bras, ils travaillent pendant que nous bavardons, ils sont au fournil tandis que nous filons au moulin. Oui, je crois qu'il faut beaucoup de finesse, être une sorte de poète-dans-les-coins, comme Jacques A. Bertrand, pour saisir cette vie sans nous, là, sur les côtés. Et puis la ramasser. Et puis en faire son miel. Rêver à un bras, aimer un bras, se souvenir d'un bras, c'est un peu tomber amoureux de la fille-des-voisins-de-la-maîtresse-de-maison. Vous savez qui c'est, la-fille-des-voisins-de-la-maîtresse-de-maison ? C'est quand vous êtes invité à un buffet campagnard, avec les nappes brodées sous les grands arbres. Votre hôtesse a demandé aux voisins si leur fille pouvait l'aider contre de l'argent. Vous ne l'avez pas remarquée, d'abord, en train de servir et de desservir, ça lui fait un fin diadème de sueur au front, et puis ça brille un peu sous les aisselles, on voit ça par la robe sans manches. Vous, vous êtes en train de vous faire chier. À mesure qu'on vous parle, le fossé se creuse entre les invités et le grand vent dans les ramures, la couleur changeante du ciel. Il n'y en a qu'une qui semble être en accord avec la vraie vie dans le jardin. Il n'y en a qu'une avec qui vous seriez bien, mais bien… Alors vous allez la voir, et puis vous discutez, tous les deux. Et puis vous regardez ses bras. Elle a posé son coude dans une main, de l'autre, elle tient une cigarette près de son visage. Il y a beaucoup de paix là-dedans, une paix presque maternelle. Et c'est à *vous* qu'elle fait ce cadeau, la jeune voisine.

Voilà, c'est ça, les bras. Ça parle pendant qu'on dit autre chose.

Bon, il faut que je vous montre les miens. Eh ben c'est des bras d'homme, les mêmes qu'on croise devant la poitrine à l'église, ou bien en discutant sur la place du marché. Parce que les hommes, hein, vous savez, c'est fatigant. Ça veut tout maîtriser. Faut que tout rentre dans le cadre.

État de chose

Les objets qui nous entourent ont-ils une vie en dehors de nous ?
Quels liens les unissent à ceux qui les manipulent ?
Quels sont leurs rapports avec les autres objets ?
Des documents témoigneraient de cet état des choses.

François Caradec

Le verre à vin

N'ayant pas reçu les qualités physiques requises dans la cavalerie, j'ai dû me contenter d'être un verre à pied.

C'est une position difficile, parfois, et délicate, car au moindre choc on risque la fracture du col du fémur. Mais on ne peut pas toujours vivre dans la crainte, et il y a aussi de bons moments dans la vie d'un verre.

De mes frères et sœurs, vendus dans une boîte de six, je suis aujourd'hui le seul survivant. Je suis d'autant plus choyé par mon maître, un vieil écrivain alcoolique qui de peur de me briser ne me lave jamais.

Je sais que ce détail va faire sursauter certains d'entre vous, mais ils ont tort. Mon maître (que certains de ses amis n'hésitent pas à appeler « cher maître », ce qui me rend un peu jaloux) ne boit que du muscadet (Sèvres-et-Maine, sur lie, naturellement) et le vin blanc n'a pas les défauts du rouge qu'un de mes voisins de buffet, un vieux ballon, appelle « du gros qui tache ».

Mon maître lui-même ne se lave pas souvent. Ça ne se voit pas, mais ça se sent. Tandis que moi, je suis toujours identique à moi-même, je me dore le muscadet au soleil, comme un champagne qui ne ferait pas roter, bien frais et toujours prêt à recevoir la bouteille.

Si vous saviez quel acte amoureux est celui du baiser du goulot au bord du verre tandis que glisse le muscadet qui coule en moi comme une huile de joie, vous aussi vous ne penseriez plus qu'à devenir un verre à pied, avec ses qualités et ses défauts, ses plaisanteries et sa philosophie de comptoir.

Car un verre à pied est aussi intelligent en cuisine qu'un laguiole ou un tire-bouchon. Il n'a qu'un seul usage, certes, mais si on me permet ce facile calembour, il le remplit bien.

N'avoir qu'un pied n'est pas une tare. D'ailleurs avez-vous connu des verres à deux pieds ? Ce n'était alors qu'une fantaisie de verrier poète, ce qu'on appelle un *bousillé* en langage de souffleur de verre.

Je n'ai qu'un pied mais je tiens aussi bien debout et droit qu'un verre à moutarde. Je résiste peut-être un peu moins bien dans le buffet en cas de tremblement de terre.

Je sais bien sûr que tout a une fin, la vie des verres comme la vie des hommes. Comment finirai-je ? Je n'en sais rien. Tout ce que je souhaite, c'est de ne pas finir dans un évier ou sur le sol carrelé de la cuisine, loin de celui qui me boit tous les jours.

Ce que j'aimerais, c'est qu'à force de me serrer dans son poing il me brise, un soir de cuite, et qu'un de mes éclats lui coupe net l'artère du poignet, et que nous nous vidions tous les deux sur le parquet, moi de mon muscadet, tandis que lui perdra son raisiné.

Jean-Bernard Pouy

La pièce de puzzle

Je crie depuis de très longs mois, mais personne ne m'entend.

Pourtant je suis très jolie et surtout très précieuse. Petite, toute petite, d'autant plus petite que je fais partie d'une famille d'un bon millier de membres. C'est quelque chose d'avoir neuf cent quatre-vingt-dix-neuf frères et sœurs, qui m'appellent et m'insultent tous les jours ! J'ai une très belle et sage forme de paramécie, et, sur ma peau, j'ai deux lettres, N et I, avec un peu de mer bleue, et un petit bout de côte, un tout petit bout jaune.

Un soir d'hiver, lors d'une bousculade entre joueurs, j'ai glissé dans une rainure de la table où j'avais été plaquée, maniée, retournée et classée, et je suis tombée au fond du tiroir en dessous, coincée derrière un immense couteau en argent rouillé, une trentaine de pinces à linge et un vieux pin's. Depuis, c'est un enfer.

Invariablement, parce qu'il pleut dehors, parce qu'il fait froid, parce que l'ennui des vacances en ville pointe, les Dieux sortent le grand puzzle, celui de la carte d'Europe. Un mètre cinquante sur un mètre dix. Mille pièces. Et l'épreuve commence. Trois jours, rien que pour classer mes sœurs faisant partie de la bordure, deux jours pour chercher, éliminer et ranger tous les éléments bleus, mes frères, faisant partie des mers et océans, et ensuite, une bonne semaine pour repérer des groupes de lettres, formant des noms de villes, de régions ou de pays, jusqu'au jour où, ayant reconstruit, ré-assemblé un petit bout de Sicile, les Dieux s'aperçoivent immanquablement qu'il manque une pièce, celle correspondant à la ville de Trapani. C'est-à-dire moi. Alors, ils mettent un jour de plus pour en être sûrs. Et ils explosent. Pas question de faire un puzzle où il y aurait une pièce manquante. Et puis, s'il en manque une, il serait bien possible alors qu'il en manquât plusieurs. Ensuite, la rage au cœur, ils détruisent ce qu'ils avaient construit, ils défont ce qu'ils avaient rangé. Brutalement, ils remettent tout dans la grande boîte. Et là, j'entends mes frères et sœurs gueuler comme des ânes que c'est de ma faute s'ils ne passent pas deux ou trois semaines de plus à l'air libre, à se retrouver, à s'embrasser, à s'accoler.

Et puis les Dieux disent clairement qu'un puzzle incomplet, c'est nul, inopérant. Que ça prend de la place pour rien. Qu'on ne peut même plus le donner à quelqu'un. Que c'est bon pour la poubelle.

Ils abandonnent la boîte sur l'étagère, un an, deux ans, et puis ils oublient également, peu à peu, la caractéristique première et funeste de ma longue famille. Un jour d'hiver, ils s'y remettent, ils étalent sur la table toutes les pièces, l'espoir illumine leurs pupilles, la frénésie s'empare de leurs doigts, et moi, au fond du tiroir, j'attends avec angoisse le moment où le manque leur tombera sur la tête.

Alors je prie. Je prie pour que quelqu'un dans cette maison ait besoin de coller des pans de carton ensemble et d'utiliser des pinces à linge pour parfaire l'opération, j'attends que la mère de famille se décide à réunir son argenterie et se mette à chercher le couteau à découper, j'attends que le fils retourne tout l'appartement pour mettre la main sur son pin's AC/DC. Je suis confiante. Je sais que ce jour arrivera.

Mais quelque chose, qui est de l'ordre du destin, de l'inévitable, de l'irréparable, me dit que, ce jour-là, quand les Dieux me dénicheront dans le fond du tiroir en hurlant : « C'est la pièce de Trapani ! » ils auront, depuis une semaine, jeté mes frères et sœurs à la poubelle.

Alors, je crie. Très fort. Dès que le tiroir s'ouvre. Je crie, mais personne ne m'entend. Ma voix n'est que la millième partie de la voix d'un puzzle de mille pièces, c'est-à-dire peu de chose.

Ri

Le Petit Rimailleur illustré

Le petit rimailleur est notre dictionnaire de la langue française,
un vaste ouvrage inachevé, dont voici quelques pages.
Toutes les définitions sont rédigées en vers,
pour chaque mot un poème à réciter ou à chanter.

BLANC [blɑ̃] **adj. et n. m.**

Jacques A. Bertrand

QUINZAINE DU BLANC

Blanc blanc blanc ratablanc blanc blanc
C'est la chanson des petits blancs
Le tambour d'l'Affront National
Le Top Cinquant'du gardénal

Sec sec sec vit' fait sur le zinc
La rengain' du petit blanc sec
Du cœur à l'étroit dans ses fringues
Du blanc de l'œil et des blancs-becs

Le refrain des matins blafards
Au cimetière des Innocents
Des puceaux qui piquent des fards
Des blancs d'essai qui font chou blanc

La complaint' des petits lits blancs
Des soupirs enfouis sous la neige
Du teint de lys au blanc de blanc
Du blanc cassé qui vire au beige

Le blanc c'est toutes les couleurs
Hé garçon remettez-nous ça
Pour vous redonner des couleurs
Un p'tit blanc il n'y a que ça

BOTTER [bɔte] **v. tr.**

Jacques Vallet

La Chanson du cordonnier

La chaussure à la main elle entra du pied droit
Chez un cordonnier à la mode… c'était moi
Mon cœur battit très fort en voyant cette femme
Venir à petits pas avec le pied en flamme

« Mon pied me fait si mal, j'ai cassé mon talon,
Dit-elle, en me montrant son si joli peton.
Ô monsieur, aidez-moi, je m'appelle Charlotte
Je suis lasse, ça fait des heures que je trotte »

Je tombais à genoux devant ce pied moulu
Et entrepris de réconforter ses doigts nus :
Je masse les pieds, les tapote, les suçote
Puis me résous enfin à leur mettre des bottes

Ah, rien n'est plus doux que botter une inconnue !
Et tandis qu'elle me tendait ses pieds menus,
J'enfilais à la dame une paire au rabais
Sans lui avouer combien elle me bottait.

En remontant ses jambes d'un air extasié,
J'ai cru, j'avoue, avoir trouvé botte à mon pied !
Mon ardeur fut si grande à chausser ma Charlotte,
Je ne pus m'empêcher de proposer la botte…

Seigneur qu'avais-je fait ? Vois, son air d'inhumaine !
Je reconnais la fausseté de l'amour même !

Elle me repoussa d'un violent coup de botte
Me laissant entrevoir un bout de sa culotte.

Hélas, après m'avoir botté comme un ballon,
Mon chat botté s'enfuit en me faisant marron,
Car moi qui fabrique des bottes pour les reines,
Jamais Charlotte ne me paya de ma peine !

CHIEN [ʃjɛ̃] **n. m.**

François Caradec

Avec ce substantif, je ne serai pas chien.
Il nous vient de *canis*, en latin très ancien :
Animal domestique qui nous sert de gardien
Défend le patrimoine et le mur mitoyen.
Cador, cabot, clébard, corniaud, toutou, roquet, clebs
Sont les noms du chien, et le chien, canidé.
Sa femelle est la chienne, et son petit, le chiot :
Il vaut mieux le savoir que de mourir idiot
Et rater l'occasion d'un bel alexandrin.
Pour qui l'ignorerait, on reconnaît le chien
Aux crottes qu'il répand sur les trottoirs que guette
Le motard zigzaguant sur une caninette.
Il gronde, il grogne, il jappe, il glapit, il aboie.
Le chasseur crie « taïaut » et le chien fait « wa-wa ».
Au seul son de la voix, on reconnaît très bien
Le chien de son piqueur et le chasseur du chien.

Chien barré, chien couchant, chien courant, chien de chasse,
Mais aussi – ça dépend du chien quelle est la race :
Chien de compagnie, chien de traîneau, de berger,
Chienchien à sa mémère, à poil zain ou bringé.
Des tas de locutions – je ne sais pas combien :
Vie de chien, temps de chien, coup de chien, mal de chien ;
On est malade comme, on est enterré comme
Et on est traité comme… un chien mais pas un homme.
On est reçu comme un chien dans un jeu de quilles ;
On est comme chien et chat, entre chien et loup,
On est même pas bon à jeter au toutou.
On garde à quelqu'un un chien de sa chienne ;
On ne donne pas sa part à la sienne
Car elle n'est pas faite pour les clebs,
Et quand un beau gars montre ses biceps,
Le boudin jaloux coiffé à la chien
Se dit : « Nom d'un chien ! Comme il a du chien ! »
Connaissez-vous aussi le chien du commissaire,
Et le chien de quartier (voir ce mot). Je l'espère ;
Et les chiens disposés en frange sur le front ;
Le chien de mer, ce requin d'un mètre environ,
Et cette peau parfumée au cuir de Russie
Qu'on appelle chien par quelque facétie.
Or c'est aussi le marteau du tailleur de pierre,

Le cliquet d'une roue dentée, l'outil pour faire
Entrer de force un dernier cercle de tonneau.
J'ai gardé pour la fin le sens du chassepot :
La pièce d'arme à feu qui porte le silex
Frappe le couvre bassinet, comme un index
Tapote le menton, met le feu à la poudre,
Transformant le fusil en un engin de foudre.
Quel chiendent ! Ce mot chien m'a donné du souci
Et je vais me coucher, tel un chien de fusil.

COUDE [kud] **n. m.**

Nelly Kaplan

Un coude sans défaut vaut seul un long poème,
Articulant le bras dans sa moitié extrême.
S'appuyer sur le coude fait « Penseur » de Rodin.
Il faut du coude à coude pour faire face aux pépins.
Il n'est pas conseillé de trop lever le coude
En roulant sur des routes très parsemées de coudes.
Le coude d'une baïonnette, celui d'un phonographe,
S'écrit avec un seul *d*, faites gaffe à l'orthographe !
Si aux coudes votre veste vous semble bien lustrée,
Mettez de l'huile de coude dans vos activités !
Pour finir, un conseil : si une verge de trois coudées

Veut se mettre à vos trousses pour vous sodomiser,
N'hésitez pas à fuir coudes au corps en vaillance,
En jouant même du coude pour faire de la distance !
Et lâchez-moi le coude sur ces vers très exquis,
Car se moucher du coude n'est pas du tout poli !

DRESSER (SE) [dʀese] **v. pron.**

Patrice Minet

Mon père travaillait au cirque Bouglione,
C'était lui le dompteur qui dressait la lionne.
J'aime à m'en souvenir comme si c'était hier.
La lionne se dressait sur un vieux dromadaire,
On y dressait son lit l'été comme l'hiver.
Mon père en la dressant dressait un vieux tromblon,
Tout en dressant l'oreille un peu par précaution.
Un jour qu'elle dressait dans le buffet des verres,
Notre lionne affamée a dévoré ma mère.
Un juge dressa l'acte d'accusation,
Mais l'animal est mort, le soir, d'indigestion.
La mort, cette ennemie dressée contre la vie,
En un seul jour maman et notre lionne a pris.
Sur la tombe de maman on dressa un calvaire,
On peut, en s'y dressant, y lire ces deux vers :
« Ci-gît notre maman, verte quadragénaire,
Elle est morte d'un lion en dressant le couvert. »
Autour de son tombeau, des peupliers se dressent.

Ils se dressent à jamais contre notre détresse.
Mon Dieu, toi qui dresses montagnes et pâturages,
Mon père grâce à toi est veuf et au chômage.
Si jamais, ô mon Dieu, dressé par les remords,
Tu voulais redresser ce qui nous fait du tort,
Tu connais notre adresse au cirque Bouglione,
Réjouis ma famille, ressuscite la lionne.

EMBALLER [ɑ̃bale] **v. tr.**

Jacques Jouet

EMBALLER, poème monorime

Le Pont-Neuf, c'est Christo naguère qui l'emballe
pour l'offrir en cadeau à grands coups de cymbales
au Parisien béat qui dira : « Ça m'emballe
pas tell'ment », mais ne l'oubliera pas. Hannibal
agissant de la sorte en enfant de la balle
emballe le troupeau d'éléphants qu'il trimbale
et traverse les Alp's décrochant la timbale.
Emballez, c'est pesé ! La dent du cannibale
n'emballe le colon qu'à moitié. Mais au bal
les gros bras font danser les petits, les emballent
les font monter dans leur jaguar dont ils emballent
le moteur, les mènent voir un match de handball
où l'équipe de Bâle bat celle de Lamballe.
Le coléreux s'emballe : « Tu me dois cent mill' balles !
– Y a vraiment pas de quoi en faire une cabale !

– Si si si si si si j'en profite, et déballe
tout cela que depuis trop longtemps je ravale. »
Bon voilà, mon poème est fini sur « emballer », si ça vous plaît pas, c'est tant pis, je remballe.

ÉTROIT [etʀwa] **adj.**

Lucas Fournier

Deux pieds
Ce mot
Entier
Ne vaut
Pas mieux
Pas plus

Étroit
Nous vient
Tout droit
Du vieux
Latin
Rictus

Il est
Minus
Borné.
Logis
Réduit.
Esprit
Petit.
Auprès
De lui,

Tout est
Mini

C'est un
Infime
Mais un
Intime
Il lie
Menu.
Tenu
Serré,
Il est
Ténu

Voilà pourquoi Étroit
En bas
De page
N'en mène
Pas large

FESSE [fɛs] **n. f.**

Jacques Jouet

Ô fesse rhabillée hors du premier jardin
vous n'avez plus connu votre étymologie
la fente, la *fissa*, latine analogie
qui produit en français votre nom féminin.

Vous avez oublié comment les androgynes
furent, nous dit Platon, coupés en deux morceaux

vous avez oublié que sous vos oripeaux
on vous fit, après tout, une faveur voisine.

Vous avez oublié, ô fesse sororale
le temps où vous étiez l'unité dans le dos
vous avez oublié ce pauvre eldorado
où vous ne connaissiez aucun plaisir nuptial.

Vous avez oublié dans la caresse humaine
qu'on vous dit des « massifs musculo-adipeux »
ou bien « parties charnues », ou bien « globes pulpeux ».
Vous avez oublié, fesse contemporaine

Ô vous vous souvenez pourtant dans le miroir
qu'on vous dit basse, ronde ou haute, en goutte d'huile
et que vous permettez le coït infertile
et que vous contenez le céleste couloir

où descend, dit Rimbaud, la céleste praline.
Ô vous vous souvenez, fesse, de la rossée
ô vous vous souvenez, fesse, de la fessée
dont vous êtes le lieu, l'objet, la discipline

Vous avez oublié le coup de pied donné
vous avez pardonné celui qui vous attrape
par votre peau si douce, par votre peau qui râpe
c'est selon, mais toujours vous avez pardonné.

Vous avez pardonné, ô fesse généreuse
le fait qu'on vous prononce à la moindre occasion

pour désigner la femme avec imprécision
et tout accolement et toute respectueuse.

Ô fesse dénudée en le premier jardin
vous avez oublié qu'en terme de marine
vous étiez un morceau de la voûte où voisine
la muraille mais ça, c'est par trop anodin.

Souvenez-vous plutôt, ô fesse salivaire
de ne pas vous serrer, mais de vous agiter
de ne pas vous cacher, mais de vous exhiber.
Souvenez-vous de nous, ô fesse nécessaire.

FRAPPER [fʀape] **v. tr.**

Nelly Kaplan

« Ouvrez-moi cette porte où je frappe en pleurant ! »
S'écriait Apollinaire dans un vers saisissant.
Il parlait d'un objet, mais si c'est un sujet
Cela donne au visage un cuisant camouflet.
« Qui frappe l'air, bon Dieu ! De ces lugubres cris ?
Est-ce donc pour veiller qu'on se couche à Paris ? »
Disait le père Boileau, grand connaisseur de rimes.
Ainsi frappe l'épée, dans des tournois d'escrime.
On peut frapper le vin si l'on aime boire froid ;
Ou à la vue d'un fantôme, bien se frapper d'effroi.

« Je connais votre cœur : vous devez vous attendre
Que je vais le frapper par l'endroit le plus tendre »,
Pérore dans *Bérénice* notre immortel Racine.
Parbleu ! je suis frappée de sa verve assassine !
Les rameurs, quand ils rament, frappent l'eau en cadence.
La pluie, sur les carreaux, aime frapper avec outrance.
La foudre frappe les arbres, et même les humains.
Un mauvais mot de vous me frappe dans mon entrain.
« Ils ne mourraient pas tous, mais tous étaient frappés »,
Frappés par les impôts, ou par une hypothèque,
Ou par le ridicule du sermon d'un évêque.
On se frappe la poitrine dans le temps du chagrin,
On se frappe sur le front si on défait un nœud gordien.
Ou bien : frapper monnaie, quelle aubaine pour la bourse !
Et puis, à court de mots, j'arrête ici ma course.

GENOU [ʒ(ə)nu] **n. m.**

Jacques A. Bertrand

À GENOUX

Que ne peut-on faire à genoux,
Si ce n'est du piano debout ?
Prier, supplier après tout,

Adouber, chercher des Papous
Dans les têtes des pauvres fous,
Et faire sauter sa Doudou !

Que ne peut-on faire du genou ?
Entre jambe et cuisse, entre nous,
De Claire frôler le genou…
Faites pas ces yeux de hibou !
Que celui qui n'a pas de poux
Nous jette le premier caillou…

Ah, Sinovie, à nos genoux
S'épanche… Et quant à nos bijoux,
Pliant le coude et le genou,
À quoi donc, à quoi jouerions-nous ?
Sur nos rotules, après coup,
Nous retrouvons sur les genoux.

L'arthrose venue, voilà tout,
Plus question de piano debout…
Le missionnaire, un point c'est tout !

GRATTER [gʀate] **v.**

Patrice Delbourg

Sur mes grilles de Tac o Tac au café du coin
Sur les Millionnaires entassés sur le comptoir Ripolin
Sur mon pupitre bricolé et sur mon épiderme enflammé
Sur l'ongle écaillé, au fond du rêve calciné

Derrière la porte titillée en toute discrétion
J'écris ton verbe

Sur toutes ces pages grappillées
Dictionnaires grignotés, glossaires ratissés
Resquille, chapardage et fond de tiroir
Je bredouille ton verbe en miroir

Par le pouvoir d'un prurit, d'une urticaire
Sur les œdèmes précaires, sur les horions atrabilaires
Sur les croûtes eczémateuses, les impétigos à l'encan
Avec les champs de psoriasis en fougères exclusivement
Je suis né d'un herpès violent
Et ton verbe me démange

Derrière chaque concurrent doublé, coureur grillé
Chaque bouffée d'aurore dépassée
Sur la raclure de l'orage, l'allumette soufrée
Sous le vernis qui s'écaille dans l'épaisse tourmente
Sur la mer et les bateaux et sur les montagnes démentes
Je vocifère ton verbe

Sur l'inscription dissipée, le mur ravalé
Sur le risque effacé, avec la ferveur économisée
Le mobilier ratiboisé, toute blessure ancienne ranimée
Sur les petits profits recels et larcins

Gains illicites rackets et pots-de-vin
Je murmure en dessous de table
(ton verbe)

Et par le labeur d'une paille de fer
Je recommence ma vie avec un dix de der
Espoir bousculé qui fouaille sans relâche la vieille terre
Je ne suis pas né pour jouer médiocrement de la Fender
Pour esquinter le jambonneau les jours impairs
Je suis ici pour te nommer
NON PAS GRATOUILLER NON
NI MÊME CHATOUILLER
MAIS SEULEMENT GRATTER

JETON [ʒ(ə)tɔ̃] **n. m.**

Dominique Muller

Oh de notre pognon, toi le fatal emblème !
Ronde pièce en métal, ou en ivoire blême,
Ne crois pas qu'au magique espoir du casino
J'offre ma poche pleine où luisent tes signaux.
Marquer les points au jeu ne va pas me suffire
C'est gagner que je veux les jetons de porphyre.
Le rite est pour les gains d'y lire la valeur
La roulette tournée, perdu, tu n'es qu'un leurre.
Numéro d'ordre aussi, honorant la présence
Mais ce n'est pas à moi qu'on offrira la chance
De, siégeant au Conseil, dormant à l'Assemblée,
Recevoir un jeton symbolisant du blé.
Dans les vieux téléphones il fallait te glisser

Mais, ô mon cœur, entend le chant de l'éclipsé
La carte à puce, hélas, a rejeté le cuivre.

Le voyeur indiscret, que l'érotisme enivre
Regardant les ébats, se paie, oui, un jeton
Honoraire versé par un dodu téton
À un œil qui se rince où la chair n'est pas triste.
Le subtil hypocrite met des talents d'artiste
À être faux jeton, dissimulé, faux cul.
Quand la peur s'insinue au niveau du vécu
C'est avoir les jetons, les avoir à zéro
En les filant la crainte abolit les héros.
La liste est longue, hélas, et j'ai lu tout Larousse ;
Ô toi, règle d'acier, qui l'imprimé en pouce
Rétablis, toi, l'essaim d'abeilles hors de la ruche,
Vous n'êtes plus des manuels la coqueluche.
Je finirai ! Stylo allongeant la rature
Jette l'encre sur la jetonique nature.

LIT [li] n. m.

Jean-Bernard Pouy

Lit, poème fleuve

Où c'est qu'on va, où c'est qu'on s'vautre
Où c'est qu'on s'met où c'est qu'on s'glisse ?
Dans le lit, qui du rêve est le premier apôtre.
Où c'est qu'on reste ? Au lit, avec délices.
D'où on saute ? Du lit. Qu'est-ce qu'on garde ?
Où c'est qu'on meurt ? Et de mort naturelle ?
Dans son lit où l'on gît, avec la mine hagarde.
Où c'est qu'on est cloué ? Au milieu des dentelles.

En plus, où c'est qu'on naît ? Souvent d'un premier lit ?
Quelquefois d'un second ? Dans ce meuble, cette couche,
Lit de feuille, lit de mousse, lit de plumes amolli,
C'est là où l'on s'éteint, on rêve et on accouche.
Lit de camp à l'armée, et lit clos en Bretagne,
Lit de repos, lit de table. C'est là qu'on se repose.
Sauf au lit de justice, çui-là n'est pas un bagne
Car c'est là que le Roi dispose et puis propose.
Le lit est mécanique, aux commandes électriques,
Le lit est de parade quand il sert d'ornement
Quand il est nommé cage, il est télescopique.
Et va donc faire ton lit ! disait toujours maman.
Il faut aussi citer que le capitalisme,
Disait le grand Camus, en v'là un spécialiste,
Fait toujours en tous cas le lit du communisme.
On en aurait fini avec la belle liste
Du pieu et du paddock, du plumard et du page
S'il ne fallait parler du lit en tant que strate
D'argile ou de fumier, de roche, de marécage ;
Et du lit des grands fleuves qui les plaines hydratent
Et quand la crue s'étale on dit le lit majeur.
Et c'est le lit mineur en période d'étiage.
Du courant, de marée, quand tout en sa largeur
La force du liquide les marins décourage.
Bon, il serait temps de conclure.
C'est sûr, on a le mot en bouche
Alors disons en fermeture
Comme on fait son lit on se couche.

MÊLER [mele] **v. tr.**

Guy Konopnicki

Mêler des fleurs à des cheveux
L'or et la pourpre sur les cieux…
Tout de même un joli verbe
Pour le poète en herbe…

On venait de sonner 10 heures
Dans le métro les enfants
Mêlés aux hommes

C'est parfois lourd d'être mêlé
À des histoires de fêlés
Mêlés à une affaire
Des fois ça vous enterre

Je venais d'avoir dix-huit ans
Je me mêlais comme un enfant
Des affaires d'hommes…

Dis-moi de quoi je me mêle
Sais-tu pourquoi tu te pèles
Ça prend la forme réfléchie
Quand on n'a pas réfléchi

On peut y perdre dix-huit dents
À se mêler comme un brigand
Des bagarres d'hommes

Il y a tant de composés
Entremêlés et démêlés

Que déjà tout s'emmêle
Et qu'on y perd ses semelles

Il doit y avoir dix-huit mots
Qui tous forment un méli-mélo
C'est bien le mot

C'était un choc on se mêlait
Dans les guerres quand il fallait
Et les mêlées d'infanteries
N'étaient pas comme le rugby

Ils venaient d'avoir dix-huit ans
On les menait comme des enfants
Pour tuer des hommes.

Mêler, le mot est pacifique
Et c'est pourtant la panique
Les eaux mêlées des océans
Vous entraînent vers le néant…

Le blanc se mêle à mes cheveux
Et tout se mêle devant mes yeux
Je ne peux pas oublier que j'ai…

Trois fois dix-huit ans…

NAVET [nave] **n. m.**

Jean-Bernard Pouy

Brassica campestris, famille des crucifères
Racine comestible d'une plante potagère
Le navet détrôné du trône alimentaire

Par l'Attila des plats, la reine pomme de terre,
Pleure, geint et se plaint.
Une vraie fleur de nave
Romantique un peu mièvre, on le nomme le rave
Quand il est plat et long. Et s'il est potager
Comme celui de Nantes, et s'il est fourrager
Comme celui de Norfolk, il peut nager en groupe
Avec des viandes grasses, ou se noyer en soupe.
Avoir du sang de navet, c'est manquer de courage
Devenir anémique, perdre son pourcentage.
Et puis l'œuvre à la noix, le film plein de cli-
chetons
C'est un navet en daube, un pauvre nav'ton.
Et il faut éviter d'en faire manger aux vaches
Il donne du goût au lait, proche de la pistache.
En argot, un navet c'est le client timide
De la dame tarifée aux seins en rhodoïd
Et le champ de navets survolé de condors
C'est là où l'on enterre les condamnés à mort…
Alors le navet pleure.
Il regrette le temps
Où il était royal, vivant son seul printemps.
Souvenons-nous toujours de la *Route au tabac*
Du grand Erskine Caldwell, un auteur de là-bas.
Une bonne sœur le volait à un pauvre perdu.
Mais c'est bien au Japon, dans le sang des haï-ku
Qu'il a vécu heureux, thème prédominant
De ces poèmes uniques, au sens impertinent.
Abandonnons alors le dur alexandrin
Pour donner un exemple de haï-ku souverain :

l'arracheur de navet
montre le chemin
avec un navet.

OISEAU [wazo] **n. m.**

Hervé Le Tellier

QUELQUES LIMERICKS SUR LES OISEAUX

Retenons d'abord des oiseaux
Qu'il y en a des petits des gros
Et puis des moyens
Des sots des malins
Comme un peu tous les animaux

On reconnaîtra les oiseaux
Au fait qu'ils volent tout là-haut
S'il a des poils gris
C'est un'chauv'-souris
Et donc ça n'est pas un oiseau

Le dinosaure est un oiseau
Une sorte d'énorme étourneau
C'est à peine croyab'
Et peu vraisemblab'
Pourtant c'est prouvé par leurs os

Quand on dit : « c'est un oiseau rare »
C'est qu'y en a qu'un sur un milliard
Exemple : un passereau
Qui danserait le tango
On dirait : « c'est un oiseau rare »

Quand on vous dit « des noms d'oiseaux »
C'est qu'on vous jette des gros mots
Va donc échassier
Sale gallinacé
J'suis poli j'suis à la radio

On dit : « ce sont de drôles d'oiseaux »
Lorsqu'on pari'de gens rigolos
Un cacatoès
Qui montre ses fesses
Ah ça, c'est un drôle d'oiseau !

Un oiseau de « mauvaise augure »
Vous porte malheur à coup sûr
Un vilain canard
Qui cherche la bagarre
Et veut vous casser la figure

Quand on a une « cervelle d'oiseau »
C'est qu'on a rien dans l'ciboulot
Dans la têt' d'une poule
C'est pire que d'la s'moule
Faut voir quand elle trouve un couteau

On parle « d'appétit d'oiseau »
Lorsqu'on termine pas son gâteau
J'connais un pingouin
Qu'a tell'ment pas faim
Qu'il n'a plus qu'les plumes sur les os

« Le petit oiseau va sortir »
Ça signifie qu'il faut sourire
Lorsqu'il voit l'éclair
Le coq de bruyère
Regarde si la poule va jaillir

Trois kilomètres « à vol d'oiseau »
Ça peut en faire dix à vélo

Affirme l'autruche
Qui n'est pas une cruche
Et qui vraiment en a plein le dos

Être comm'un « oiseau sur la branche »
N'est pas une situation franche
C'est plutôt précaire
Question financière
On n'est pas loin de faire la manche

ORDURE [ɔʀdyʀ] **n. f.**

Jacques Vallet

BALLADE DE L'ORDURE

Je me retrouve au lit malade
Pour composer cette ballade
Couvert de crasse et d'excréments
Alors que fleurit le printemps

Vraiment, je ne m'attendais pas
À connaître un tel embarras
Je rêvais d'air pur de verdure
Il m'a fallu chanter l'ordure

Je suis donc parti ce matin
– L'odeur de rose et de jasmin
M'accompagnant dans la cervelle –
Pour examiner les poubelles

Que de débris, que de déchets
Le monde met dans des sachets

Que les boueux dans leur voiture
Emportent vers les tas d'ordures

Moi qui pensais à l'air du large
J'ai visité une décharge
Et pendant des heures *mordicus*
J'ai contemplé les détritus

L'âme atteinte par la souillure
Je me suis vautré dans l'ordure
Moi qui avais le cœur léger
Il s'est rempli de saletés

Et j'ai dit des grossièretés
Et même des obscénités
Et au lieu d'une rêverie
Ah, j'ai fait des cochonneries

Moi qui suis un homme charmant
On m'a dit de foutre le camp
Que j'étais une sale ordure
On m'a jeté des salissures

Je me retrouve au lit malade
Pour composer cette ballade
Couvert de crasse et d'excréments
Au lieu d'avoir le cœur content.

OREILLE [ɔʀɛj] **n. f.**

Patrice Delbourg

L'Acouphène malin

Paroles de Paul Valéry, musique de François Valéry

Ces feuilles tranquilles où stationnent des mégots
Près des tempes palpitent, tout près du ciboulot
Midi le juste y colle ses étiquettes
L'ouïe, l'ouïe toujours recommencée
Ô dans l'azur singulière conque dressée
Au bout du labyrinthe à fond les manettes

Le vent se lève, il faut chauffer nos esgourdes
Pointues, décollées, en feuilles de chou, en palourdes
L'air immense ouvre et referme ses cliquettes essorillées
Portugaises, cruelles, Portugaises, portugaises ensablées

Quel pur travail en ces marteaux enclumes étriers que je sache
Basse continue du tympan jusqu'à la trompe d'Eustache
Ce n'est certes pas tomber dans la cire à miel d'un sourd
Quand je vous vis gonfler les acouphènes de vos atours

Dans les vertiges de Ménière battent les trésors des pavillons

Près du limaçon le cérumen hélas et j'ai eu tous les oreillons
À l'entrée du vestibule il me faudra bientôt ici chausser le sonoton

Les lobes exposés aux torches du solstice
Témoins auriculaires du moindre bruit subreptice
Rendent dur de la feuille les osselets en milice
Tu cures, tu perces, tu fartes la cocotte dans un carré de myosotis

Non, non ! bergère, prête tes sécrétions à la mer exhalée
Le vent se lève ! Il faut sortir les écoutilles ! Tenter d'entraver !
Loin de l'otite cruelle, otite, otite suppurée
Dis, t'a-t-on percé le tympan d'un dard aseptisé ?
Sais-tu escalope écorchée qui t'affiches basse, rabattue,
Que sous la douceur marine l'oreille est toujours nue.

PAPA [papa] **n. m.**

Jacques Jouet

Toutes les fois qu'un mâle, au sein de notre espèce
ne peut plus supporter l'état de brute épaisse
dans lequel le confine une incapacité
(je veux dire celle d'accoucher, d'allaiter...),
il cherche à décoder les syllabes premières
qu'émet son rejeton entre deux rots vulgaires :
et les « pa » hésitants, redoublés, pa pa pa...

deviennent un hommage à son cher principat.
C'est sans doute un abus, quand le bébé qu'oppresse
le spectacle du monde au néant s'intéresse
bien plus qu'au géniteur… pas, pas, pas : non ! mais bon,
voilà papa le père, et tous le resteront,
affectueusement, jusqu'au dernier soupir,
à moins que, grands-papas, ils n'en entendent pire.
S'il gâte, il est gâteau. Papa, s'il est gâteux,
tend à signifier qu'on peut le foutre au feu,
qu'il n'est plus bon à rien, qu'il ne prend plus de risques.
Il monte à la papa la maman, mais ses disques
vertébraux sont soudés et le voilà vieillot,
dépassé par le temps et les immémoriaux.
S'il veut se perpétuer dans son fils c'est à tort,
car il l'étouffe comme un boa constrictor,
et le fils à papa pour s'en dépatouiller
aura toutes les peines, ficelé souillé
par la barbe à papa, sucre étiré à chaud,
qui le colle au passé comme au fond d'un cachot.

POUCE [pus] **n. m.** – *pollere* : avoir de la force

Patrice Minet

LIMERICK

Le pouce est le plus gros des doigts.
Dans le nez le mettre on ne doit.
Par contr' dans la bouche,

surtout quand on s'couche,
le sucer, pour bébé, quelle joie !

C'est aussi notre gros orteil,
parfois plus gros qu'une mirabelle.
Si on tape dessus,
on tomb' sur le cul,
Et on voit trente-six chandelles.

Quand on mesurait dans l'passé,
il en fallait douze pour un pied.
C'était compliqué,
faut savoir compter,
les culs-de-jatte étaient frustrés.

Dans les duels de gladiateurs,
le pouce en bas des spectateurs,
en fin de combat,
signait le trépas,
du vaincu : il fallait qu'il meure.

Manger sur le pouce est rapide :
Juste le temps d's'emplir le bide
À peine avalé,
faut tout faire passer
en s'envoyant un peu d'liquide.

Quand on met les pouces, c'est que sonne
l'heure de dire qu'on abandonne.
Même si c'est pas l'heure,
« Mon Dieu j'ai trop peur » :
c'est se déballonner en somme.

Pour d'autres sens, le mot je dis,
ça signifie que j'ai fini.
Faudrait les poucettes
pour que je complète
tout ce que pouce signifie.

POUDRE [pudʀ] **n. f.**

François Caradec

La Poudre et le Bon Dieu, fable

Après avoir longtemps bossé,
Comme on sait,
Durant sept jours avec maestria,
Dieu créa la semaine anglaise
Et s'ennuya.
Il prit entre ses doigts une motte de glaise
Comme les gens qui s'ennuient
Font avec la mie de pain de tout petits cochons.
Heureusement pour nous, merci,
Ce n'est pas un cochon qu'il fit.
C'était un homme, avec ses poils, avec ses dents
– Bref, c'était notre père Adam –
Et quelques autres accessoires,
Mais ceci est une autre histoire.
L'homme, chacun le sait, est curieux par nature.
Il fut tout d'abord étonné
D'être né
Dans un atelier de sculpture.
Et, s'adressant à Dieu avec désinvolture,
« Holà, dit-il, explique-moi,

Comment tu fis sans employer le bois d'un arbre
Ni le bronze ni le marbre,
Tu as réalisé ce chef-d'œuvre grotesque,
Unique en son genre et son sesque ? » *(sic)*
Dieu, avant de répondre, alluma son cigare
Dont il lâcha quelques nuages
Et dans un fauteuil s'assit,
Car il ressentait les douleurs de son âge.
« J'ai, dit-il, pris du plâtre en poudre,
Humecté d'un peu de salive,
Dans laquelle je l'ai fait dissoudre.
– La poudre », fit Adam, dont l'imaginative
Était encore un peu naïve,
« Qu'est-ce donc que ce mot que je ne connais pas ? »
Dieu répondit : « Voilà.
Poudre vient du latin *pulvis*, c'est la poussière.
Substance divisée en fines et légères
Particules infimes :
C'est elle que nous prîmes.
Mais j'aurais pu en outre
Prendre du lait en poudre
Et faire un camembert
Ou bien du sucre en poudre
Dont les fraises je sucre un peu plus chaque hiver.
Mais ce serait jeter la poudre aux yeux,
C'est bien mesquin quand on est Dieu.
Pourquoi pas de la poudre d'or ?
J'avoue humblement, mon trésor,
J'ai hésité devant le prix !

Ou bien encore, comme tu l'apprendras plus tard,
Cette chose pulvérulente
Parfumée d'odeurs entêtantes
Dont la femme orne son visage
Pour réparer des ans l'irréparable outrage.
Si tu préfères encore au mot vil de poussière
Celui de la poudre, sache sans retard
Qu'on la trouve aussi dans les poudrières
Où on l'introduit au fond des pétards.
Telle est la poudre, et sans me vanter,
Ce n'est pas toi qui l'as inventée !
Choisis donc : poudre ou poussière,
C'est à toi de te décidère *(sic)*
Car si tu es poudre, mon gars,
En poudre tu retourneras. »
Dieu se tut, mais Adam répondit en colère :
« Ah mais, que non ! Je veux bien retourner en poussière,
Mais jamais en poudre à canon ! »

TOMBER [tɔ̃be] **v.**

Patrice Caumon

Se casser la figure, se prendre une gamelle,
Ramasser une bûche, un gadin, une pelle…
Tout ce qui tombe du ciel est loué, mais
Tout ce qui tombe à l'eau n'a besoin de bouée.
Y tomb' pas amoureux, le tombeur, paradoxe !
Mais, tomber dans ses bras, ou sur un ring de boxe,
Les quatre fers en l'air, ou raide, ou à zéro :

On se ramasse toujours, en plein dans le panneau.
Oh ! n'insultez jamais une femme qui tombe !
Sur la paille, ou d'un lit, au champ d'honneur des bombes.
Pitié pour celle qui tombe la veste et la chemise,
Pas pour l'Agnès candide ou la chaste Denise
Celles qui tombent des nues, mais jamais ne succombent,
Et qui vous tombent des mains comm' *Mémoires d'outre-tombe*.
Devant Vénus faut tomber plus en arrêt qu'en panne !
Tu tombes bien : coup d'bol ! tu tombes mal, peau d'banane.
Car tomber sur un bec, ça c'est cornélien,
C'est tomber sur un os sans être un vrai chien !
Sous la main, sous la dent, c'est fou tout ce qui tombe
La pluie et les tyrans, les dépêches, les palombes,
Les épaules et les seins, les organes adipeux
Le jour, la nuit, les bas, tout s'écroule, mais on peut,
N'en déplaise à Newton, tomber sans gravité.
Qui vous tombe sur le dos est dur à éviter.
Perdre son assiette ça dessert, ça tombe à plat,
Vraiment les bras m'en tombent : elle me tombe dans les bras !
On peut tomber de haut, du ciel, du perchoir,
Surtout les anges !... Pour eux, on use du verbe choir.
Tomber sur le carreau, ou même tomber à pic,

N'est pas tomber l'atout !… Un tombé olympique
Veut dire qu'un judoka t'as mis au tatami.

Un beau tombé de robe n'est ni du strip-tease, ni
L'acte d'un défroqué plongeant dans le péché.
Se fiche par terre, chuter, vaciller, trébucher
Choir, déchoir, s'étaler de tout son long, au sol.
Mais ne confondons pas Saint-Ex tombé en vol
Avec le saint escroc enfin tombé pour vol.
Camus, après sa chute tombe toujours plus bas,
Son Sisyphe dégringole de Charybde en Scylla
Ça tombe sous le sens, vachement en dessous.
C'est pas du Derrida ni de l'Hélène Cixous.
Mon objet petit *a* dit Lacan c'est ton *b*
T, O, M, B, E, R, ça c'est son alphabet.

« Laisse béton ! me dit-on, t'en parles depuis une plombe… »
J'suis tombé dans le vulgaire, vous tombez de sommeil.

ZÉRO [zero] **n. m.**

Jacques A. Bertrand

ZÉRO POINTÉ

Zéro, c'est rien du tout, c'est nul.
Ça voudrait faire un numéro,
Ça se prend pour un opuscule,
Mais c'est un numéro zéro.
Zéro, ça n'a pas de beaux restes ;
Du néant, même pas un zeste.

Zéro, c'est l'absence de tout.
Même pas un brin de conduite
Au cœur de rien, c'est une fuite,
Zéro, c'est à dormir debout.
Du vide, il serait cardinal,
Ai-je pointé dans un dico ;
Alors moi, je serais papal ?
Zéro, je vous dis : c'est zéro.
Ce n'est même pas un degré,
Ça n'a pas de température,
Ou alors, la glace en aurait…
Et le reste, c'est des ratures.

Les Cuecos de la littérature ou l'art du pastiche

**Les Cuecos sont des grands prix que nous décernons chaque année,
en présence de l'artiste, le peintre Henri Cueco.
Rappelons que les Cuecos récompensent les auteurs qui ont le mieux traité une certaine thématique dans une de leurs œuvres.**

POUR LE CUECO DE LA SALLE D'ATTENTE

JACQUES DERRIDA **selon Patrice Caumon**

La salle d'attente

« *Attendre et voir et humide à la mer* », c'est une traduction bien sûr d'une conférence que j'ai faite l'année dernière à l'université du Wisconsin, le titre original était *Wait and See*, qui veut dire à la fois (pour ceux qui ne parlent pas la langue de Shakespeare) attendre et voir – donc la salle d'attente et l'œil de *ce*-lui qui attend. Mais aussi de *l'autre* qui est derrière la porte qui *le* voit et qui l'attend aussi, et *wet at the sea* qui veut dire que vous êtes encore humide de la mer, c'est tout Ferenczi, tout *Thalassa*, tout *thalassa* d'attente, lavé et non plus *sale* d'attendre.

Sur la possibilité – impossible – d'attendre *le* possible, ou *un* possible, et sur ce qui consiste *à tendre* : créer une tension, bander l'arc, pré-*tendre* au poros, au but invisible/dit visible/ mais indivisible, dresser la carte *du* tendre ou *de la* tendre… et/ou *à attendrir* : créer du mou – préparer le muscle à l'aiguille, Iphi-génie au sacrifice, saint Jean de la Croix au ravissement mystique de son âme – attendre Dieu, celui qui va vous ra-vir, le rat *vissant*.

L'attente comme la gym se pratique *in door*, en salle… Salle d'armes et de torture où se tisse l'*impatiens*, la métamorphose du sujet en patient. Prolonger l'attente, c'est dis-tordre, pratiquer une élongation, un étirement du *Dasein* heideggerien. L'être-là est là qui attend, quoi ? Godot au mieux, soi-même au pire. Il s'attend et il s'attend au pire, au diable, il s'attend à Satan. C'est la peur de l'aporie. C'est un arrêt de jeu, arrêt de mort du libre-arbitre, le cogitum suspendu comme un jambon, le sujet ne bouge plus, ne pense plus.

Ce n'est pas l'anti-chambre, c'est l'*ante*-chambre (littéralement la chambre d'avant), qui sous-ligne, sous-tend, sous-*jace* l'inconnu, derrière, non vu – non entendu – inexistant, mais menaçant. La salle d'attente est iso-loir, iso-terne, iso-*lente*, *déso*-lante. On languit, on poirote, devant une porte. Le gardien du tombeau de Kafka vit dans une salle, de l'attendre : qui attend dort, dîne et tremble. Il ne sait ce qu'il garde, ni qui il garde, ni ce qu'il regarde. Il est de garde, à vue… Salle de garde, de mise en garde, sur l'à-côté suspendu. On attend… on s'attend à… Il est attendu que… Gracq structure la citadelle du rivage des Syrtes, comme une salle d'attente de dentiste, l'imaginaire est derrière, terrifiant et masqué, la douleur est au-delà, tout près. L'attente c'est l'espace, mais c'est aussi le temps. C'est un attentat de l'ego par un sur-moi absent, attendu, derrière la porte (miroir ?).

La salle d'attente n'est pas le reflet de ce que l'on attend derrière (*plus tard*) elle est le reflet de ceux qui attendent *hic et nunc*, de leur condition sociale, légèrement rabaissée.

C'est une ruse à la Socrate, une humiliation précédant une *révélation*. Une mise en condition de l'esprit. Dialectique hégélienne : le maître c'est celui qui *sait* se faire attendre, qui doit être *l'attendu* imaginaire et fantasmé, *là tendu*, pour surgir comme de l'*in*-attendu mais réel.

Ainsi la salle d'attente est un huis clos où l'enfer c'est l'autre derrière et soi-même dedans.

C'est l'intentionnalité de la salle d'attente : faire mal, rite initiatique vers une douleur plus grande, mais qui surgira finalement comme un soulagement. C'est Thanatos qui se masque sous les traits du lapin d'Alice toujours en retard. L'esclave auquel on enlève ses chaînes se sent libre juste le temps de réaliser qu'il est gladiateur dans l'arène. L'attente est une veillée, une veille, un auparavant, un paravent qui dissimule, un autre part, *avant*. Qu'est-ce que veut dire attendre, qu'est-ce que veut dire prétendre, qu'est-ce que veut dire sous-tendre, qu'est-ce que veut dire tendre, qu'est-ce que veut dire qu'est-ce que ? l'attente *à fond*, là, qu'est-ce ?

MOLIÈRE **selon Dominique Muller**
Le gentilhomme bourgeois

Un extrait du *Gentilhomme bourgeois*, mis en vente parmi les archives de Maurice Béjard, descendant, comme chacun sait, d'Armande Béjard. Par un effet miroir, inverse du *Bourgeois gentilhomme*, Molière croque un gentilhomme, M. de Perrichon qui, harassé par les obligations de la vie de Cour, rêve à la tranquillité d'une existence anonyme, désir contrarié par une épouse qui raffole du monde.

Cette scène se situe vraisemblablement au début du Ier acte.

*

(Une chambre emplie de malles ouvertes. Perrichon est seul, songeur.)

La peste soit d'aller, au soir du vendredi
Dans un embouteillage en carrosse engourdi
Chaque fin de semaine, embourber sa voiture
Pour goûter aux tracas d'une villégiature !
Maudite soit ma femme et sa lubie du monde
Elle court ventre à terre à des lieues à la ronde
Dans la froide maison ou la lugubre ferme
Où l'on n'est invité que pour s'ennuyer ferme
Mais baste, la voici ! Plus un mot ! Vous, ma
mie ?

(Irruption de l'épouse, jeune, coquette, et prête à partir.)

Ma mie sent son vieillard ! Apprenez qu'il faut dire : milady, car c'est à London que la mode s'invente. Et ces alexandrins qui sentent le fagot ? Voulez-vous me déshonorer ? Mais que vois-je ? Ces malles ! Ah non !

LUI

Que vous ont-elles fait pour crier sur ce ton ?

ELLE

Je crie car cet osier ne vient pas de Vuitton !

LUI

Quatre, six ou huit tons, il suffit, mon épouse !
Mon parler vous déplaît ? L'osier sied à la bouse.
Que je sache, ma mie, le séjour est champêtre
On se met à son aise où les vaches vont paître !

ELLE

La campagne réclame un plus grand équipage
Voulez-vous qu'on se gausse à mon désavantage ?
J'en suis si ébaubie qu'en votre charabia
Je vous prie de mouvoir en hâte le tibia

LUI

En hâte ? Certes non ! Jusqu'à Rosny-sous-Bois
Vous voulez me traîner roue dans roue, sur la voie ?
Pour cette fois souffrez que je demeure en ville
Et que je ne sois plus cet aristo mobile
Que l'usage contraint, moi qui hais la nature,
Samedi et dimanche à subir sa torture.

Je vous dis, en english : partez seule en week-inde !
Milady, soyez snob, pour moi, vous êtes dinde.
Gloussez tout votre soûl dans les encombrements
Je n'aime que mon lit, et sans vous, croyez-m'en !

ELLE

Eh bien soit ! Je m'en vais, en songeant au divorce !
(Elle sort.)

LUI

Divorcer ? Vendredi ne plus bouger de force ?
Ça me dit, je l'avoue, vivre en paix me démange
Sans sortir de chez moi, du lundi au dimanche.
Partir chaque semaine en file avec la foule
Subir de ses marmots le piaillement qui soûle
Tout cela pour aller au grand air s'enrhumer ?
C'en est fini pour moi de m'y accoutumer.

FRANÇOIS RABELAIS **selon Hervé Le Tellier**

Les galects d'Estretast

C'est avec moult émotion et fiertez que je me trouve parmis cet auguste aréopage pour recevoir le Cueco du week-end.

Je vais donc vous donner lecture d'un extrait peu connu de mes *Galects d'Estretast*, d'autant moins que mon éditeur a cru bon de le couper dans les éditions du commerce.

Après que Pantagruel eut rangé les basgages dans la malle arrière, il se frotta les mains paume contre paume en geste de gras bénédictin, et se réjouist fort :

« En route, car elle promest d'estre longuette avec cette voiture de bren. Compagon, connois-tu enfin le chemin pour la cité d'Estretast et ses célèbres falaizes ?

– Si faict, ami, réplicqua Panurge.

Il nous fauct prendre l'autoroute A13

Qui engendre l'autoroute A131

Qui engendre la nationale 182

Qui engendre l'autoroute 29

Qui engendre la départementale 39 en direction de Saint-Romain du Colbosc (dont firent naguère ripaille les tigres en l'arène d'Aurelianus).

Qui engendre la départementale 925

Qui engendre le chemin vicinal 24

Qui débouche sur la plage et les moules-frites de Lucien.

– Mais ce sera apposé dessus un panel escrit en normand », lui respondict Pantagruel, qui tentoit de remettre en ses plis une vilaine carte de France toute escabouillée.

Eux disant toutes ces paroles, voicy desjà arrivés à la Porte de Saint-Cloud, où ils aperçurent un géans à la tignasze rouge, acroupillé sur le bord de la chaussée. Lors feist l'homme tel signe : il leva haut la main gausche puis ferma en poing les quatre doigts d'ycelle, et le poulse extendu tout droist vers l'avant.

« Par les couilles de mon mulet, s'esbaudit Pantagruel, vois donc ce que faisoit cet Anglois. »

Car à la vestimente, à la perce d'argent sur le naseau, à la fascon d'être pitoyablement navré et tant mal en ordre qu'il sembloit estre échappé ès chien, Pantagruel avoit reconnuz de quelle contrée il venoit. De plus, le compaignon tenoit une panoncelle, qui indiquoit Southampton, et qui d'aultre qu'un Anglois voudroit aller en tel endroict.

Lors Pantagruel donna de la pesdale de freinure, provocant maint coup de klakson, et lorsqu'il fut au droit devant lui, il l'enjoignit de pénétrer :

« Monte l'Anglois, car si nous n'allons point à Southampton, nous pouvons te mener jusqu'au navire. Car nous nous rendons pour le week-est admirer les falaises d'Estretast et nous basfrer de moules sur les galects jusqu'à nous faire esclater la panse. »

L'Anglois, ostant sa casquette de la teste, remercia Pantagruel doulcement. Mais l'autovéhicule n'avoit pas fait trois pas que l'engin fut agité de soubresault comme s'il avoit mangé quinze livres de plumes.

Adoncques, Pantagruel sortit et commencza paslir et trembler et s'exclamer espouvantablement qu'il sembloit que tous les desmons fussent déchaînés. Car le pneumatique gauche du costé du cul avoit crevé. Et point n'avoit de roue de salvegarde.

À la teste desconfite de l'Anglois, on pouvoit lire que la situation lui desplaisoit grandement, car il pleuvoit comme vache qui pisse. Mais il faict alors mauvaise fortune bon cuer et obtempérant, il acceptoit de pousser la voiture avecque Panurge.

Apres qu'ils eurent poussé durant deux lieulx, on parvinct à une auberge dont l'enseigne estoit la coquille de Saint-Jacques de Compostelle. L'Anglois dict qu'il estoit tout en sueur et qu'il alloit engloutir une bière ou deux. Pantagruel avisa un Sarrazin et s'escria :

« Hola, tasche de resparer le pneumatique, et profites-en pour vérifier l'huile, et laver les carelles. »

Une heure plus tard, rien n'avoit avancé. L'Anglois, pour luy, avoict vidé plus d'une barrique et commençoit à crier et à gesticuler. Panurge s'enquist auprès du Sarrazin de ce qu'il en estoit.

« Qu'est-ce à dire ? » dist Panurge. À quoi le Sarrazin respondit :

« Le pneumatique estoit si fendu qu'il ne se pouvoit gonfler. Nous l'avons changé. »

Quand Panurge eut lu la facture, il feut bien esbahi. Lors appella Pantagruel et lui montra le cas. Mais comme ils disputaient, l'on vict l'Anglois qui se bastoit à grands coups de brodequin et pissoit vinaigre bien fort, puant comme tous les diables.

« Mahon ! Mahon ! Mahon ! cria le Sarrazin, qui perça outre l'auberge a la fin d'appeler les gens d'armes.

– Pressons là, fit Panurge, avant la desconfite gigantale. »

Pantagruel secoua l'Anglais et l'entraisna vers l'autovehicule. Lors nos compères descampèrent de l'auberge plus vite que Blaireau avec chiens au cul. L'Anglois dict à Pantagruel qu'il se rendoit son esclave et se mict aussi bien à dormir et à ronfler comme forge.

L'on parcourut quelques lieulx encore en échangeant moult mocquettes quand la voiture cala pour de biau.

« Par la sainte Oie Connau, s'escria Pantagruel. C'estoit l'essence.

– Tout s'en va en désolation, se lamenta Panurge. Quel est ton conseil, fidèle amy ?

– Convenons de retourner en Paris, respondit Pantagruel, car j'en témoigne, le week-est estoit foutu. On arriveroit trop tard à Estretast pour manger des moules, ou l'on reviendroit par trop tard pour voir le match. »

POUR LE CUECO DU TROQUET DU COIN

JEAN ECHENOZ selon Jean-Bernard Pouy

Le troquet du coin

Une petite dizaine de clients du troquet du coin, bien que, dans le coin, il n'y en ait aucun, de coin, une dizaine de clients se trouvait à cette heure-ci aimantée au zinc. Dans la salle se reposaient, affalés, deux ou trois directeurs de ressources humaines dont le visage cuivré dénotait l'aisance hystérique et la chute du Nasdaq, accompagnés de secrétaires mammaires et d'esclaves hypotrophiés du moi.

Amédée Corson s'approcha du comptoir et parvint à s'y accrocher enfin, entre un couple illégitime flanqué d'un setter particulièrement collant, toujours interposé comme une mauvaise conscience ; pour se toucher et s'embrasser il leur fallait sans cesse éviter ce chien, repousser le chien, se frayer un chemin dans le non-chien, et un vérificateur de la Compagnie du Gaz fixant son verre à long pied, sans doute empli d'un muscadet qui regrettait de n'être pas un gros plant. Amédée, profil bas face à l'arrivée combative d'un garçon déjà énervé d'avoir ouvert de bonne heure, commanda un espresso avec une beurrée, ma foi assez fier d'avoir toujours à dire espresso au lieu d'express ou café, moyen qu'il avait trouvé pour peut-être émettre l'idée qu'il connaissait Gubbio et que donc il préférait l'Ombrie à la Toscane. Il espérait confusément ne pas être déçu par la tartine, craignant le poilâne asphalté ou la baguette cuite au fournil de Pierre comme chez vous avec de la vraie farine, et s'il venait ici, c'était pour le plaisir d'imaginer, un pied dans les cigarettes écrasées, l'autre dans les miettes de croissant, le garçon se jeter sur sa plaque de marbre, prendre un quart de vraie baguette parisienne, d'une dureté anémique de la veille, l'ouvrir par le milieu avec le large couteau où traînent encore des traces du pâté de foie du sandwich précédent qu'a dégusté le couple illégitime avant de s'enfuir, accompagné de leur animal infatigable bondissant entre eux, la tartiner enfin et rapidement d'un beurre mou, jaune foncé, signe d'un séjour assez long près de la rôtissoire à croque-monsieur. Et Amédée, guettant l'arrivée de la beurrée taillée en biais sur sa coupelle marron, espérait y trouver, petit serpent nouveau-né nageant dans la graisse ou civelle remontant le cours doré du beurre, le nécessaire poil ou cheveu sans quoi la beurrée n'est plus la beurrée, le matin n'est plus glauque et l'espresso n'est plus tiède.

Pour imposer son définitif pouvoir sur l'ordre préétabli du monde, Amédée demanderait ensuite d'une voix flûtée mais impérieuse, une serviette en papier s'il vous plaît. Et après, et seulement après, chercherait du regard le client plus rapide que lui s'étant déjà emparé du *Parisien libéré* de comptoir qu'il tenterait d'étaler entre des coudes mal réveillés et des verres à demi un peu collants... Il le repérerait assez vite et l'étudierait patiemment, devinant s'il a commencé, comme tous les Parisiens, question d'ergonomie, par la fin, supputant le temps qu'il mettrait à épuiser le quotidien, calculant, par une soustraction hasardeuse du temps nécessaire à l'ingestion de son automatique tartine, s'il avait le temps de pouvoir lire la page des faits divers en quatrième vitesse avant d'aller affronter ce qu'en haut lieu, c'est-à-dire l'étage au-dessus de son bureau, on appelle le travail.

Jules Verne **selon Patrick Besnier**

Voyage au troquet du coin

Le 12 juin de l'année 1863, mon oncle le professeur Litécantrock rentra à la maison à 17 h 35, une heure et vingt-huit minutes plus tôt qu'il le faisait ordinairement. Pareil manquement aux habitudes ne pouvant s'expliquer que par des circonstances extraordinaires, je descendis de ma chambre dès que je l'entendis claquer la porte. Mon oncle avait l'air surexcité d'un orang-outang qui aurait inhalé par erreur un composé d'oxygène et d'azote additionné d'une touche de ce que Eirstein Bichstein – le grand chimiste italien – a nommé le Tripelaton effectif.

« Eh bien, mon oncle, que se passe-t-il ?

– Alex, mon cher neveu, une grande, une extraordinaire découverte. Connais-tu le grand *Tractatus granaticus techtobercis* de Santiago Givaro, le grand savant de Leipzig et mon collègue à l'université Anapercolaris de Copenhague ?

– Certes, mon oncle, je l'ai souvent vu dans votre bibliothèque.

– Arrête, malheureux, je parle de l'exemplaire qui se trouve dans la bibliothèque de l'Académie des sciences où j'ai passé la journée, et qui comporte un tome *18 bis* absent de ma bibliothèque.

– Eh bien, mon oncle, qu'a-t-il d'extraordinaire, ce tome *18 bis* ?

– Mon pauvre garçon, il comporte ceci d'extraordinaire qu'on y voit une planche... mais je n'ose te le dire, tu n'es encore qu'un enfant.

– Je suis un homme, mon oncle ! » lui dis-je en tâchant d'accentuer le grave de ma voix. Et j'eus envie d'ajouter : « Allez donc demander à la petite Gretchen, la fille du receveur des Postes ce qu'elle en pense. »

Mais je jugeai préférable de ne pas insister.

« Ah, tu es un homme Alex. Alors je peux te le dire. Santiago Givaro donne, dans le tome *18 bis* de son *Tractatus*, un plan qui permet d'aller directement… Mais non, je n'ose pas te le dire.

– Achevez, mon oncle !

– Qui permet d'aller directement d'ici au troquet du coin.

– Ciel ! mais par quel chemin, mon oncle ?

– Alex, mon cher Alex ! en passant par le fond du jardin. Veux-tu m'accompagner pour accomplir ce périple, cher enfant ? »

Je n'avais pas encore répondu qu'il ajoutait déjà :

« Alors prépare-toi, nous partons demain. »

Je dormis peu tant ce voyage inespéré m'exaltait. Toutes sortes d'images fabuleuses nées de mon imagination m'obsédaient. Des ronces, de prodigieux massifs d'œillets, des plantes exotiques se dressaient devant moi. Enfin vers 3 heures du matin, vaincu par la fatigue, je m'endormis. À 5 heures, des coups vigoureux frappés à la porte m'éveillaient. Mon oncle n'avait pas renoncé. Je me levai, me lavai et descendis le rejoindre.

« En route », dit-il.

Je le suivis. Après quelques mètres, je me retournai. Je dis adieu à la vieille maison de mon enfance, à tant de souvenirs heureux. L'inconnu m'attendait. Soudain je pris peur. « Quoi, me disais-je, ce savant allemand, ce Santiago Givaro veut nous persuader que l'on peut rejoindre le troquet du coin par le fond du jardin. Mais qu'en sait-il ? Et mon oncle n'est-il pas fou ? » Cependant nous étions arrivés à la partie couverte du jardin. Hêtres et marronniers formaient un réseau dense dans lequel nous devions nous aventurer.

Des toiles d'araignées, un rameau cassé, trois feuilles mortes me parurent un mauvais présage et je frissonnai, inquiet. Maintenant le soleil se levait sur le vaste jardin. On entendait les oiseaux chanter, ils étaient heureux, eux. Ils ne tentaient pas une expédition insensée, peut-être dangereuse. Au moment où je frôlais l'if gigantesque qui donnait accès aux profondeurs obscures, pareilles à celles dont parle Virgile dans l'*Énéide*, j'entendis un son grave et mystérieux sur l'arbre. Mais, en réalité, c'était la cloche de l'église Notre-Dame qui sonnait 6 heures du matin. Le reste de l'humanité dormait encore, et moi, seul avec mon oncle, j'allais vers le troquet du coin. Nous abordâmes un sentier ombreux, couvert d'une légère mousse verte. La marne griclostractive, caractéristique de notre région, laissait deviner par endroits le substrat de grès hétéroliqueux. Mon oncle ramassa quelque chose.

« Vois-tu cette brindille, Alex ? Remarques-tu la forme singulière de sa spatule héliocyndrique aberne externe ? C'est ce que le grand Linné appelle l'hysporocébérité. Si je n'étais un savant, c'est-à-dire un esprit rationnel, je dirais que c'est là un heureux présage car c'est un phénomène très rare.
– J'ai soif mon oncle », dis-je.

POUR LE CUECO DU VOYAGE ORGANISÉ

JACQUES PRÉVERT **selon Gérard Mordillat**

Les escargots en balade

En voyage organisé
Une douzaine d'escargots s'en vont
Ils ont la limace hawaïenne
Le bermuda et les tongs
Et sur la coquille
Le sigle de la CGT
La Confédération des Gastéropodes Travailleurs
À laquelle ils sont affiliés
Nos braves petits-gris
D'ordinaire fonctionnaires
Cultivent l'art de ne pas s'en faire
Mais malgré la semaine des 35 fleurs
Après en avoir bavé
Toute une année
Ils ont bien mérité
De prendre leurs congés payés
Ils partent de Bourgogne

Pour monter à Paris
Visiter le Jardin des Plantes
Où ils pourront déguster
(c'est inscrit au programme)
Des salades exotiques
Des choux du Mexique
Quelques champignons
Et des herbacées
Qui donnent des boutons
À tout le monde
Sauf aux escargots
Qui se tapent le coquillard
De voir les emboutonnés
Se gratter le menton
Eux qui n'en ont pas
En route ils sortent leurs antennes
Et reprennent au refrain
La chanson que chacun dans le groupe
Doit chanter à l'unisson :
« Gasté y'a l'télépode
Qui pode
Et y'a jamais persode
Qui y répode ! »
Le soir ils iront
Au *Crazy Nail Saloon*
Voir des effeuilleuses
Se mettre nues jusqu'au trognon
Martine Scarole
Baba Tavia, la Teutone
Roro, la Romaine
Pipi Senlis
Macha la Mâche
Et la célèbre Mam'zelle Cresson

Mais encore faut-il arriver
Car le chemin est long
De Dijon à Paris
Ail ! Ail ! Ail !
Comme disent les escargots
Tant de kilomètres à pied
Ça use les souliers
Surtout quand on marche sur le ventre
Ce qui est la seule manière
D'y aller ventre à terre
Car il faut se presser
Dans les voyages organisés
Le temps vous est compté
Pensez, faire Paris en six mois
Quelle folie !
On se hâte, on se presse
On a à peine le temps
De photographier les beaux monuments
La Tour Airelle
Le Sacré-Coquille
La Bave de Triomphe
Visiter le musée Piscargot
Voir l'*Hermaphrodite* au Louvre
Et, au choix, sans supplément
Entendre Aristide Gluant
À Montmartre
Ou *Hamlet* à la Gastronomie-Française :
« Est-ce cargot ou ne pas être ? »
Et quand, bien fatigués
Histoire de dégorger
(les voyages c'est fatigant)
Ils rentrent dans leurs coquilles
À l'hôtel Coquillère justement

Ils peuvent pour se distraire
Passer un coup de bigorneau
Aux collègues au boulot
Lire *Madame Bavary* de Flaubert
Mollusques de Faulkner
Le Droit à la paresse de Paul Lafargue
Ou voir à la télé
Persil Impératrice
Avec Romy Schneider
Et dans la nuit qui vient
Rêver au lendemain
Où est organisé
Rue Apollinaire
La visite d'une escargotière
Où coule le beurre fondu
Et nos amours…

Paul Léautaud selon Patrice Delbourg
« Djerba-la-douche », fragment du journal littéraire

L'année 1950 voit la création du premier village de vacances par Gérard Blitz sur l'île de Djerba en Tunisie. Un voyage VIP est organisé pour donner un retentissement médiatique à cette initiative. Écrivains et artistes sont conviés. Paul Léautaud, alors âgé de 77 ans, est invité par l'organisation. Voici des fragments de ces éphémérides de vacances…

24 juillet 1950.
L'aéroplane est une invention du diable. Migraine à réaction entre les tempes. Trem-

blements violents des genoux. Dérangement de tout l'abdomen. Une sorte de diarrhée coloniale, c'est-à-dire charbonneuse. Mauvais effet de la purée de lentilles ou dépaysement de ma vieille carcasse. J'hésite. À l'arrivée au village-club on me met d'office en quarantaine. C'est toujours ça de pris. Mais non, on me ressort, on m'affiche. Le voilà, c'est l'écrivain.

Accueil avec colliers de fleurs, danses agrémentées de signes débiles. Certains veulent me serrer contre leur torse luisant de sueur. Un grand escogriffe me passe autour du poignet un bracelet de fausses perles grossières « pour m'enivrer jusqu'à l'aube », dit-il. Où est ma verveine ? Ma camomille ? Si tous les gens savaient combien je me moque d'être aimé. Je veux juste quelques jours de repos. Loin de tout. Dans le silence. Pour m'atteler à mon grand projet du « dictionnaire des gens importuns ». Il y a tant à faire.

25 juillet 1950.

Réunion de prise de contact. Mon Dieu, s'il fallait connaître tous les gens avec lesquels on a été en classe, ou tous ceux avec lesquels on a été au régiment ! Pourquoi pas tous ceux avec lesquels on a été en omnibus. La promiscuité, quelle bassesse !

Jeu apéritif au bord de la piscine chlorée comme un dispensaire. Partie de scrabble avec des handicapés. Un haut-parleur crache à tue-tête une musique de sauvageon près du pédiluve. Pourquoi tant d'épreuves ! Moi qui n'ai rien vu de grand dans la vie que cruauté et bêtise, me voilà servi au-delà de mes espérances ! Quelle engeance les vacances sous dépendance ! J'enrage déjà d'avoir cédé à la pression sans doute amicale de mes contemporains.

Soirée karaoké. Apprendre à braire aux ânes. Ils ne sauront le faire que trop tôt.

26 juillet 1950.

Ma case est à côté du miniclub Donald, c'est bien ma veine. Les enfants sont comme la crème : les plus fouettés sont les meilleurs. Je prends garde de ne pas leur parler. À quoi bon. Quand ils seront en âge de me répondre je serai mort. Tous ces marmots édentés qui sautent, gémissent et pètent dans la pataugeoire sont pour moi des êtres inachevés, des fœtus monstrueux à la fontanelle palpitante, qui préfigurent leurs géniteurs. Ceux-ci d'ailleurs sont en train de faire monter et descendre une mandarine contre leur ventre en poussant des cris d'orfraie. Quelle pitié !

Ils n'ont pu avoir de chiens, alors, ils ont fait des mioches.

Le seul short que j'ai à ma disposition est plein de reprises. J'avance vers les buffets, drapé dans les rideaux de mon gourbi. Me prenant pour un autochtone, une vieille Américaine m'a donné l'aumône. Je l'aurais pilée cette rombière aux cheveux bleus.

27 juillet 1950.

On me propose une excursion à dos de dromadaire. Merci bien. Fichez-moi la paix, je m'occupe à vieillir. C'est une activité de tous les instants. Je préfère chevaucher en rêve Marie Dormoy, restée là-bas, avec ses jolies chevilles ouvrières.

La caravane passe… les aigris restent.

Tout le club sait maintenant que je suis baptisé au vinaigre. De plus je viens d'inaugurer un nouveau dentier pour le maxillaire supérieur. Cela vous change tout de même la physionomie. Quand je souris, les villageois s'écartent en courant, surtout les femmes et les enfants, c'est toujours ça de pris.

Certains touristes m'ont reconnu. Ils m'appellent mon bon maître, je n'aime ni le mot bon ni le mot maître. Je veux m'en aller. Ces pithécanthropes ont organisé une course de voitures à pédales dans les dunes en mon honneur. On va jouer à Léautaud-école ! Oh que je les conchie ces emplâtres de premier choix !

28 juillet 1950.

Déjeuner avec des bellâtres parfumés au vétiver, constellés de tatouages grivois, qui m'ont bassiné jusqu'au flanc au caramel avec le nouvel essor du beach volley dans nos écoles. Du coup j'ai forcé sur le blanc limé pour oublier les gêneurs. Conséquence : fin de journée moche et creuse, saupoudrée de rots, de flatuosités, d'expectorations de toutes sortes et surtout un bol alimentaire trop mou. Un véritable concert de limonaire. J'ai attendu un médecin tout l'après-midi. On m'a dit qu'il était à la pêche au gros. Pendant ce temps les maigres peuvent calancher à l'aise !

Piqûre de maringouin. Le plus malveillant, c'est bien ma veine. La fièvre insiste encore. Je regarde ma langue saburrale dans la glace plusieurs fois par heure. On me propose une balle au prisonnier. Un tournoi de rami. Je veux rentrer chez moi. Je mime une convulsion sur l'estrade des chaises musicales. Avec expulsion de bile. Je crois que ça marche. J'entends déjà la douce sirène de la navette du rapatriement. Maison… Maison…

un petit mot sur la porte

ou l'art du contrepet honnête

Toute phrase contrepétrique en cache une autre.
Existe-t-il un lien possible entre ces deux phrases ?
Oui, une histoire par exemple qui irait de l'une à l'autre.

Gilbert Lascault

Le pas des gloires

« Le pas des gloires, connais-tu le pas des gloires ? » me chuchote en toussotant Marlène Swenson. Je l'avais rencontrée la veille dans une réception. Je lui avais dit combien j'avais aimé ses films des années trente, L'Inconnu au foulard noir, L'Île des meurtres oubliés, *et surtout* La Spirale du péché *où elle jouait avec Humphrey Bogart et Erich von Stroheim. Elle avait été émue par l'exactitude de mes souvenirs, par ma voix qui tremblait lorsque je la décrivais, jeune, rousse, nue sous son manteau de vison. Elle m'avait invité à venir visiter sa vaste demeure avec ses escaliers de marbre, sa piscine à l'eau mauve, ses armoires pleines de robes démodées, sa secrétaire soufre-douleur. Et à présent, elle me parle de sa voix rauque de vieille fumeuse. Elle chuchote, au bord de la piscine qui a la forme du corps qui était le sien il y a soixante ans quand elle avait vingt ans. « Oui mon petit, le pas des gloires, c'est une façon de marcher que seules les grandes vedettes savent pratiquer. Oui,*

seules les étoiles adoptent le pas des gloires. C'est une manière de glisser tout en faisant résonner ses talons. On avance, sans avoir l'air de bouger et brusquement, brusquement on se retrouve au premier rang. Mais maintenant, bien sûr, j'ai oublié ce pas. Je boite, je me traîne et d'ailleurs je n'aime plus la ville, je n'aime plus les salons bientôt je ne quitterai plus le verger qui pousse autour de ma villa, autour de ma piscine. Et tu sais, petit, tu sais, voilà quelle sera la dernière joie de ma vie : je dirai à ma secrétaire, cette gourde, de frapper en mesure sur une clochette, je me ferai porter sous le poirier que j'ai planté il y a cinquante ans. Alors, je cueillerai les fruits que je ne mangerai jamais tout en écoutant sonner le glas des poires. *»*

Jacques Jouet

Une poule murée

« Une poule murée *dans une mare de béton, une ! Trois vaches naturalisées, trois ! Un saumon saisi dans la glace, un ! Qui dit mieux ? »*

Personne, évidemment, ne disait mieux. L'artiste britannique, qui préparait son installation pour la Biennale de Venise était on ne peut plus confiant. Il avait récupéré des bestiaux suspects auprès d'un centre de dépistage de l'encéphalite spongiforme bovine et assimilés, qui était en grève. Il était en train d'actualiser son concept : comment disposer la poule par rapport aux vaches, le saumon par rapport à la poule ? Comment articuler le jeu des matières : béton, paille, glace ?

Il faisait chaud à Venise, au moment de l'accrochage, et le béton (d'ailleurs à prise rapide) sécherait rapidement. Les vaches ne craignaient rien. Le saumon nécessitait un entretien électrique du bloc de glace qui interdisait de trop l'éloigner d'une prise femelle, comme il en existait quelques-unes préparées dans le sol.

À côté de l'artiste britannique, un autre artiste, de nationalité belge avait choisi une activité fortement provocatrice. Il était connu pour ses travaux, à la Documenta de Kassel, sur la cuisson in situ de navets au miel. Les visiteurs avaient l'odorat titillé par ses préparatifs, jusqu'à ce que, les yeux dans les yeux des spectateurs assurés qu'on allait les convier à goûter la mixture, ceux-ci sentissent l'odeur de brûlé dans la poêle, jusqu'à une immonde fumée noire. Alors, l'artiste engueulait les contemplateurs en leur disant qu'à force de le regarder comme ça comme s'il était un nouveau Yves Klein, ils lui avaient fait oublier ses navets sur le feu.

Cette année, à Venise, l'artiste belge avait voulu vanter les produits du terroir en cuisinant pour les amateurs du monde entier l'un des plats nationaux de sa nation problématique. Il avait apporté un immense sac-filet tout noir et odorant. Et un deuxième plein de patates. Mais quand il avait voulu découper ses frites, il s'était coupé la main avec son opinel. Sachant qu'était présent, cette année-là, à Venise l'artiste qui faisait du boudin avec son propre sang, il ne se sentit pas capable de s'aligner. Il préféra changer complètement son fusil d'épaule et, une main bandée, chaussa des chaussures de montagne et foula, lors du vernissage, le tas de pommes de terre qu'il avait cuites sans les peler. Il avait embauché un comparse habillé en maître d'hôtel qui, sitôt qu'arrivait un visiteur, lançait à pleine voix, comme s'il surgissait en cuisine après en avoir poussé la porte saloon : « Une moule purée, une ! »

Guy Konopnicki

Sous l'effet de l'orage...

Sous l'effet de l'orage, un volet était monté jusqu'à la toiture. Le préfet entendit le bruit du fond du bureau. Il songea à l'injustice des journaux qui ne cessaient d'évoquer les privilèges des hauts fonctionnaires, avec leurs appartements de fonction... Une vieille baraque, oui, son appartement de fonction. Et pas moyen de faire la moindre réparation sans en référer à l'architecte des monuments de France. La préfecture était classée monument historique. D'époque. Qu'importe de quelle époque, après Mansart, forcément, puisqu'il y avait des volets si près du toit. Quel métier, préfet ! Surtout dans un département rural. Il y aurait certainement des manifestations après les intempéries. C'était toujours ainsi, mais cette fois, il n'irait pas parler aux agriculteurs. On ne l'y reprendrait plus, même sur la demande insistante du ministre. Il avait essayé, plusieurs fois, de se porter au-devant des manifs de paysans, avant qu'on ne répande du purin sur la place. Il avait saisi le mégaphone, depuis son auto de fonction, mais il n'avait pas voulu prendre trop de risques et il avait demandé aux CRS d'encadrer le véhicule. Les manifestants ne voyaient que les casques et les matraques. Quand ils avaient entendu la voix du haut fonctionnaire, ils avaient crié à la provocation et sous l'effet de l'orage, un tollé était monté jusqu'à la voiture.

Témoignages croisés

Un fait divers, trois témoignages.
Tout incident dans un lieu public suscite des commentaires.
Chacun a vu… ce qu'il a vu… et raconte.

Patrice Caumon, Éric Holder, Ricardo Mosner,
Hervé Le Tellier

La péniche

LE FAIT DIVERS * Patrice Caumon

À Paris, le 3 juin vers 21 h sur la Seine, à la hauteur du pont Mirabeau un bateau-mouche a été attaqué par un bateau corsaire avec une violence inouïe. Au cours de l'abordage, un grand nombre d'individus passa par-dessus bord. Sur le bateau-mouche, le congrès était en plein banquet. Jusqu'ici les revendications des corsaires semblent floues. Une première dépêche parle d'intégristes kantiens ou de disciples de Paul Celan.

PREMIER TÉMOIGNAGE * Éric Holder

Le 3 juin vers 20 h 30, j'allais à pied à la Maison de la Radio, pas loin du pont Mirabeau. J'ai vu Antoine Fayard. Vous ne connaissez pas Antoine Fayard. C'est normal, il n'est jamais devenu connu du grand public. Seuls quelques lycéens peuvent se souvenir de lui. C'est mon cas, on était au pensionnat ensemble. C'était un terroriste intellectuel, c'est pour cela que nous le respections. Avec lui, la littérature c'était Artaud ou rien, Bataille à la rigueur. *Le Grand Jeu* : Daumal, Roger Gilbert-Lecomte, et puis ce livre phare de Pierre Minet, *La Défaite*. Il avait soif d'absolu, comme d'autres ont soif d'alcool, de vertu, ou de paix. On n'acceptait aucun compromis : on ne vit qu'une fois, et pour pas si longtemps que ça. Il ne s'agissait pas pour Antoine et quelques autres, dont moi, de sacrifier notre existence sur un autre autel que celui de l'urgence, de la poésie, du théâtre et des drogues hallucinatoires. Comme il y a vingt ans, nous avons fait mine de ne pas être surpris de nous reconnaître, Antoine et moi. Il avait, depuis les années de lycée, salement dégusté. Je suppose que ça devait être mon cas aussi. Il m'a montré les bateaux-mouches qui passaient sur le fleuve sacré, le long des quais dont le plus infime pavé est chargé de l'histoire des peines, des amours et des joies depuis Paul Celan, le poète suicidé au pont Mirabeau pour lequel sa femme, qui était si grande et si belle, n'a rien pu faire. Il évoquait la pointe du Vert-Galant, avec son saule pleureur où les Russes orthodoxes de Paris croient que le Christ a été pendu. Le bateau-mouche qui faisait mal aux yeux, une véritable atteinte à la cornée, déversait un flonflon bavarois. Des serveurs de merde faisaient semblant de servir une nourriture stylée en attendant la prochaine fournée de touristes, les mêmes que partout dans le monde. Je l'ai aidé à mettre à l'eau le zodiac de la police fluviale qu'il avait repéré sur la berge. Après, j'ai laissé un bateau entier de touristes se démerder avec Antoine Fayard.

DEUXIÈME TÉMOIGNAGE * **Ricardo Mosner**

Je suis le capitaine Crochet et je suis le chef de troupe du bateau corsaire. On était parti de Disneyland avec notre bateau, vent en poupe sur la Marne, direction la Seine. Le directeur de Disneyland nous traitant de loques et nous accusant de ne pas mettre assez d'enthousiasme dans nos batailles, voulait changer l'équipe. Par ailleurs, depuis quelques mois déjà, que moi, capitaine Crochet, avec mes compagnons, Toto marche-à-l'œil, Riton patte-d'œuf, Gégé marteau-piqueur et tous les autres, on avait proposé un nouveau scénario dans lequel avec force et brutalité on dépeçait Peter Pan et on violait Wendy. Ça, c'était quelque chose, bourré d'émotion et d'aventures. Si on voulait de l'enthousiasme il fallait changer le scénario de nos batailles. Les pirates doivent crever les indiens ! Mais non, le dirlo insistait avec ses aventures gnangnan. Et malgré nos menaces, le comité artistique de Disneyland ne nous a pas pris au sérieux, et il a voulu changer les comédiens, nous virer et imposer leur stupide schéma à la con. Nous voilà, nous, pirates, qui avons démontré à la France et au monde entier de quoi on est capable. Maintenant, ils manipulent notre message et nos revendications ; moi, capitaine Crochet et mon équipe de corsaires, nous revendiquons notre attaque du bateau-mouche du congrès annuel de Disneyworld, et nos actions continueront tant que nous n'aurons pas reçu satisfaction sur trois points essentiels : liberté d'action, maintien de l'ancienne équipe, renouvellement permanent du scénario, avec recrutement de victimes tous les trois mois.

TROISIÈME TÉMOIGNAGE * Hervé Le Tellier

Je m'appelle Philibert de Lassalle. J'étais avec mes collègues enseignants de philosophie en plein banquet à élaborer les sujets du bac philo 2003. Nous étions réunis à bord de notre péniche, le *Critique de la raison pure 3*, à l'abri des regards et des oreilles indiscrètes. On hésitait pour l'académie de Créteil entre deux sujets : « Quand on perd ses illusions, où faut-il aller les chercher ? » et « Si l'économie est la science du partage, comme disait Ricardo, à qui appartient le couteau ? », lorsque nous avons été abordés par un bateau à pavillon noir qui s'appellait le *Sein und Zeit* et dont les occupants portaient tous des masques de Luc Ferry. Rapidement ils ont pris le contrôle de notre péniche et ont commencé à nous torturer, et à nous interroger en allemand. Tous ceux qui ne maîtrisaient pas la langue de Goethe, et surtout celle de Kant, Hegel, Marx, Freud et Heidegger, étaient jetés à l'eau sans ménagement et sous les quolibets. Comme la plupart d'entre nous avaient fait anglais-espagnol, je me suis rapidement trouvé tout seul sur le navire. J'ignore tout de leurs revendications, j'ai peur, j'ai faim, j'ai froid, und ich frage mich : « Warum ? »

Ricardo Mosner, Hervé Le Tellier, François Caradec, Patrick Besnier

Le mur

LE FAIT DIVERS * Ricardo Mosner

Les habitants du 174 rue du Faubourg-Saint-Honoré se sont trouvés dans l'incapacité d'entrer ou de sortir de leur immeuble. Dans la nuit du 2 au 3 juin, un mur a été édifié entre l'ascenseur et la porte d'entrée. On ignore l'auteur de cette construction. Le voisinage soupçonne M. Parpaing, avocat à la cour et membre important de la franc-maçonnerie.

PREMIER TÉMOIGNAGE * Hervé Le Tellier

Je suis le réparateur de l'ascenseur du 174 rue du Faubourg-Saint-Honoré, et j'ai donc assisté à la construction du mur. En fait, j'intervenais dans la machinerie au dernier étage parce que l'ascenseur était bloqué, comme d'habitude, à la suite des appels intempestifs déclenchés par les enfants de la concierge, Mme Dupéron. Afin d'éviter qu'ils ne touchent aux boutons durant l'intervention, qui est très très délicate, j'avais installé une palissade qui interdisait l'accès aux boutons. Mais les enfants ont alors commencé à construire un escalier, avec des briques qu'ils avaient prises dans un chantier à côté, pour parvenir à sauter au-dessus de la palissade, et enfin accéder aux boutons. Alors, de mon côté, j'ai commencé à construire un autre mur, plus élevé encore, afin, c'est logique, de protéger les boutons. Me Parpaing, du troisième étage, m'a alors aidé à édifier mon mur à l'aide de gravats, parce que je n'avais pas du tout de briques de chantier. Pour ça, il a dû démolir la cloison entre sa cuisine et le salon, je voudrais d'ailleurs l'en remercier personnellement ici. Ça a été une longue course contre la montre, les enfants de Mme Dupéron d'un côté, qui arrivaient presque au bouton de l'ascenseur, au moment où nous-mêmes posions la pierre finale obstruant totalement l'accès à l'ascenseur et même, je le regrette, à l'escalier. Vers 5 h du matin, le béton était sec et la réparation de l'ascenseur terminée. L'accès à l'immeuble se fait maintenant par le premier étage, par l'appartement de Mlle B., choriste. Me Parpaing est en train de construire un escalier d'accès à l'aide de la cloison entre sa chambre et la salle de bains.

Voici le texte que l'on peut lire, affiché sur le mur de l'immeuble :

Il faut quand même être complètement bouché pour se plaindre qu'un mur ait été édifié dans le couloir de son immeuble. Tout le quartier Saint-Honoré sait que le numéro 174 est infesté de rats. Il devenait urgent de les empêcher de sortir et de se répandre jusque dans le palais de l'Élysée qui jusqu'ici ne souffre que des punaises et plus généralement des puces, apportées dans leurs vêtements par des visiteurs de pays sous-développés qui ne connaissent ni l'hygiène ni les insecticides. Heureusement, la franc-maçonnerie est internationale, ce qui a permis à des ouvriers polonais spécialisés d'édifier en un temps record un mur dont les moindres interstices ont été hermétiquement cimentés. Ainsi ni rats, ni poux, ni araignées non plus ne pourront franchir notre seuil. Pour entrer et pour sortir, les locataires pourront continuer à emprunter l'échelle de corde fixée à la rambarde de la fenêtre du 4e étage, appartement de madame veuve Gousi. Les heures d'entrée et de sortie seront affichées dans la cage d'escalier. Avec un peu de discipline, nous pourrons nous habituer à nous passer de la porte d'entrée. D'ailleurs cette décision ne se discute pas. Les locataires qui ne sont pas d'accord avec ces mesures recevront leur préavis de résiliation de bail dans le courant du mois.

Pour exécution, le propriétaire,
Salomon Parpaing.

TROISIÈME TÉMOIGNAGE * **Patrick Besnier**

Je suis l'arrière-arrière-arrière-petit-neveu de Jacques de Molay, je suis le dernier descendant des Templiers. Depuis soixante ans déjà, j'en ai quatre-vingt-neuf aujourd'hui, j'essaie de reconstruire au cœur de Paris le mythique édifice du Temple, dont mon ancêtre fut le dernier grand maître. Mes recherches, qui ont utilisé les procédés les plus modernes de la numérologie et de la radiesthésie assistée par ordinateur, m'ont permis de prouver que le Temple historique ne se trouvait pas dans le Marais, comme de trop faibles historiens se plaisent à le dire, simplement parce qu'on y trouve la station de métro Temple, argument qui vous me l'accorderez a bien peu de poids historiquement parlant. Non, le Temple se trouvait au niveau du 23 de la rue du Faubourg-Saint-Honoré, et c'est là que j'ai entrepris de le reconstruire, en commençant par la chapelle. Malheureusement, ce crétin de Me Parpaing, à qui j'ai eu la sotte idée de confier les travaux, s'est trompé, et a commencé la construction au 174, quatre-vingts mètres plus loin et de l'autre côté de la rue en plus ! Tout est à recommencer. Décidément, les francs-maçons me décevront toujours.

Les suites allitératives

L'allitération est un effet produit par l'usage répété dans une phrase d'un même son. Et si on abusait du procédé ?
Des mots comportant tous un même son ont été imposés à un ou deux écrivains. À eux d'imaginer des histoires avec ces mots,
et rien que ces mots, ou presque. Textes à lire à voix haute.

SUITE ALLITÉRATIVE EN *cré*

Dominique Muller
La crémière

« Crénom ! Quelle crétine, cette créature ! C'est pas le saint chrême, c'est de la crépinette ! Vite, mets-y de la crème, mais écrémée », décréta-t-il à ladite créature, crémière de son état, et unie par le lien sacré du mariage et de la crémerie au décrépit maître des lieux. Elle, corsage en crépon échancré, se récréait, en secret, sa croyance ancrée dans les douceurs ocrées des crépuscules créoles, accrédités par *La Crécerelle nacrée*, le roman rose plutôt sucré créé pour sécréter les rêves d'évasion des crémières.

Elle voyait le feu crépiter dans la cheminée à crémaillère du manoir d'un discret soupirant, discret et créatif, pour les caresses crescendo. « Alors, cette crépinette ? » crêtela, cot cot cot ! le crémier au pancréas imbibé de crémant. « Mets-y du cresson aussi, mais pas trop, je ne suis pas Crésus ! » braillait-il de sa voix de crécelle. Et elle, la crémière : « Qu'est-ce que t'en dirais, qu'on achète à crédit un bungalow dans les îles ? – Crénom de crénom », éructait le crémier incrédule. Mais, pour lui, hors le concret, pas de salut. « Tu la sécrètes, la crétinerie, dis donc ! Prends la craie, là, sur la crédence, et vas écrire le prix en vitrine : Crépinette, 10 euros. » Elle le regarda, si cracra, son Cricri, capable seulement d'incréer, de massacrer ses rêves crémeux, sucrés, et même sacrés, de les transformer en excréments, dans l'immonde crémation de leur jeunesse en cendres. « Qu'il crève ! » Une crêpe, voilà ce qu'était la crémière devenue. Une crêpe, qui espérait les porter bientôt, les crêpes de veuve. « Encore un peu de crémant, dit-elle, mon Cricri. C'est bon pour ton pancréas. T'inquiète, je m'en occupe, des crépinettes ! Va te coucher, mon Jésus, dans la crèche. Je garde la crémerie. » Et elle le poussa dans l'escalier crépi, aux marches crénelées, décidée à en changer, de crémerie. C'est ce jour-là, un mer*cré*di, que la crémière s'enfuit, sans bagages, avec *La Crécerelle nacrée*. Nul n'a jamais su où elle avait ancré ses rêves.

Jacques Vallet

Sacré secret

Craignant d'être exécré, un banquier de Créteil, vrai Crésus, n'osait confier son secret : il aimait une crémière créole et créative.

Celle-ci créait de sacrées crèmes, des crêpes crénelées et des crépinettes crémeuses.

Or, par un crépuscule de craie, Créon, l'ami du banquier, fut indiscret. D'une voix de crécelle, il alla crételer auprès de la crémière que le credo concret de Crésus était de sacrer la crémière, de l'ancrer, de la nacrer, de la sucrer, de pendre la crémaillère et de procréer !

Elle se tenait derrière une crédence recouverte de crépon.

Incrédule, la créature au corsage échancré jusqu'au pancréas crépita de colère, sécréta crescendo : « Cré-nom ! cré-nom ! cré-nom ! »

Puis voua le banquier à la crémation : « Ton crétin de Crésus n'est pas crédible ! Cet excrément incréé ne m'a jamais fait crédit, il s'est discrédité ! Dis-lui bien que jamais son saint chrême ne pourra ancrer mon cresson, jamais ma crèche n'accréditera sa crête ! Et je décrète, foi de Créole, que s'il ose entrer dans ma crémerie, je le massacre ! »

SUITE ALLITÉRATIVE EN *con*

Jacques Jouet

Concert sans contrebasse

Écoutez mon vieux, je suis contre les circonvolutions encombrantes. Oui, ce concerto pour hélicon est inconsistant. Je suis consterné. C'est bête pour vous car jusqu'ici vous bénéficiiez de la considération de la comtesse, mais là vous êtes complètement inconscient.

J'étais au balcon, dans mon convertible, prêt à décompresser un peu, mais concentré. Je digérais mon tacon décongelé à la chiffonnade de concombre et de chicon, et votre hélicon incongru, embouché par votre complice rubicond s'est mis incontinent à compter ses « oin, oin ». Je conviens que je suis inconsolable. Votre concerto est abscons. Les racontars lancés par les plumitifs du *Satyricon*, dont l'existence est pourtant anticonstitutitionnellement avérée sont incontestables. Ah, considérez que j'ai rejoint désormais le camp de vos contempteurs. Je compte être désormais l'accompagnateur de votre déconfiture, le compilateur de ses moindres péripéties. Comprenez que je dois défendre la forme concerto de toute contagion. C'est peut-être con, mais c'est « con'm ça ! »

SUITE ALLITÉRATIVE EN *ette*

Lucas Fournier

Mistinguett

« Non, madame Josette, c'est une levrette de Lettonie… enfin, c'était. Mistinguett… elle avait pris une assiette de blettes et de coquillettes, et paf !… écrasée par une mobylette. C'est trop bête.

« Non, c'est pas une levrette ossète, c'est une levrette de Lettonie… ben, oui, ils l'ont ratée !

Surtout sa tête. Elle n'a pas ce nez en trompette genre starlette de la jet set, non… C'est *Sous les Palétuviers*, empailleur rue de la Villette. C'est hétéroclite, chez eux : des mouettes, des fauvettes, des étourneaux, des alouettes… même des ablettes. Que des petites bêtes ! Je donne Mistinguett à la dame un peu pète sec, Babette. Et Babette, pas très nette, me dit : "C'est ça, votre levrette ? Une vraie omelette !" Pensez… une mobylette. "Bon, je vous la toilette. Je fais la tête ou toute la bête ? – Toute la bête", j'ai dit.

« Et puis, p'tête, sept jours après, j'récupère Mistinguett. J'm'en faisais une fête. Elle était prête eh ben, même avec mes lunettes, j'ai pas reconnu Mistinguett. Le nez en trompette ! Pas de tétons, non, non… où ils avaient la tête ? des frisettes en balayette, les gambettes centripètes… j'arrête, j'me fais du mal, j'm'entête. Enfin, mame Josette, je vous embête avec Mistinguett… Et votre Minette ?… Elle est chouette. Si j'avais su, j'serais pas allée à la Villette *Sous les Palétuviers*… Vous, c'est les *Belles Mirettes*, à la Muette, au 27. C'est bon à savoir. Pour la prochaine. J'ai plus de levrette, mais j'ai mon Étienne… enfin, j'avais. Il a pris une assiette de raclette et de paupiette, et paf !… écrasé par une camionnette, cet après-midi, c'est trop bête.

« Je vais l'emmener *Aux Belles Mirettes*… Non, que la tête… Il avait pas un corps d'athlète, c'était un ascète, cet homme… mais il avait une fossette, une fossette, vous savez…

comme cette vedette… Oui, madame Josette, une tranche dans la palette, ou plutôt non, une côtelette. Allez, passez de bonnes fêtes. Au revoir, mame Josette. »

SUITE ALLITÉRATIVE EN *cor*

Nelly Kaplan

Cortège de licornes

Quand au fond des bois, les licornes incorrigibles s'accouplent en cordée au son de l'accordéon dans de sauvages corps à corps, en criant « encore ! encore », pires que de vulgaires pécores, leurs corsets défaits, leur intimité pleine d'écorchures, ivres de mauvais cormé, cornes monocordes prêtes à se décorner, je pleure leur peu de décorum, leur infâme corrida plus proche d'un corps de garde que des douces porteuses de cornets évangéliques. Elles me font plutôt penser aux bicornes d'un corpus guerrier.

Corne gidouille ! Pourquoi faut-il que tout soit si coriace, si corruptible, si incorrigible. Rien ne concorde, rien ne s'accorde, rien ne corrobore ni ne correspond avec les mythes chrétiens. Devant ce dilemme cornélien, mes coronaires défaillent. Vite, que des cordons-bleus accorts déguisés en coryphées me portent un cordial de champagne à la cortisone, et un rôti de cormoran servi dans une assiette en corolle, pour que je puisse raccorder avec la réalité rugueuse et croire encore au concordat.

Gérard Mordillat

Pas de concordat à la Concorde !

L'accordéon pécore ne pouvait s'accorder ni au coryphée et à son décorum, ni au cornettiste dont le corps, la corolle et les coronaires ne concordaient plus. Trop coriace l'accordéon, pas raccord, pas de correspondance pour parvenir à un accord. Trop d'écorchures, corne gidouille !

Sur la place, la corrida virait au corps à corps entre un cormoran racorni et une licorne sans corne ; le concert, à un corpus de corps de garde. Et encore !

Pour corser le tout, un cornac en bicorne hésitait entre cordial et cormé.

Incorrigible ! Cortisone, sa correspondante, décorée en cordon-bleu, incorporait accortement et dans un temps record un bocal de cornichons à un corset couleur corail. Tout est corruptible !

SUITE ALLITÉRATIVE EN *car*

Patrice Minet

Au bar *Le Carthage*

« Alors, Carole, tu l'as eu ton rencard ?

– Oui, Karen, je me suis décarcassée. Oh ! la la ! t'aurais vu comment il était carrossé ! Je le vois à l'écart près de l'escarpolette rue Descartes.

Une face de carême chantant la carmagnole sans les bécarres, ou alors *Carmina Burana*. J'aurais dû décarrer ! Une espèce de macaroni pas du tout carbonara.

« Mais bon, un rencard c'est un rencard, surtout après quinze ans de placard... et puis, trop tard pour me carapater, il me voit et caracole vers moi en écarquillant ses mirettes. J'aurais voulu voir son caryotype, car mon sang à moi n'a fait qu'un tour un quart. Et même si Cupidon a parfois de drôles de flèches dans son carquois, sous ma rude carapace y a un cœur qui bat.

« Caramba ! Il a glissé... La chute d'Icare ! Je ne me suis pas écartée, il m'a cassé le cartilage du nez, plein de sang sur mon cardigan ! Quinze ans de carmel à bâiller pendant l'eucharistie incarcérée, quoi... et me voilà scarifiée par un ambulancier. Oui, j'tai pas dit, Karen, mais c'est un ambulancier ! Et ça, c'est un coquard !

« Tu reprends un quart de côte ? Pour moi, un bicarbonate, garçon ! »

Jean-Bernard Pouy

Un repas de trop

Le Caravage avait caracolé à son rencard avec Descartes, un menu à la carte, une carambouille pour acariâtres, bref un vrai stock-car. D'abord, des macaroni carbonara, pleins de cartilages aussi durs que des carapaces carrossées en cartable. Caramba ! La carmagnole dans la carcasse, le crâne en escarpolette, il se décarcassa pour ne pas placarder le cartilage sur son cardigan en jacquard et se rencarda pour un bicarbonate. Sinon, c'était l'escarre carabinée dans le placard. Il écarta les macarons, un bécarre dans ce carnage, car son caryotype écarquillé réclamait soudain un brancardier. Écartelé alors devant l'eucharistie d'un caramel de Carcassonne, le Caravage, en carpette, écarta le cartésien, jeta son carquois, et entra au carmel.

SUITE ALLITÉRATIVE EN *ac*

Guy Konopnicki

Télémaque – acte final

Patraque sur le tarmac aqueux, un cloaque où on pourrait bientôt accéder en kayak, Télémaque, un maquereau de pacotille actait le traquenard.

« Ma claque de ces baraques où elle se fait empaqueter pour des cacahuètes, » craqua-t-il entre ses ractiches. « J'ai de l'acouphène, dac ou pas dac ? Non, ce tic-tac c'est l'accordéon, l'attraction de l'entracte. On va accéder aux sacrements. Il a pas l'trac ! Qui j'haquebute en premier ? »

L'acrimonie de Télémaque accusait en vrac l'accordéon désaccordé, la baraque près du tarmac, ce claque de Mérignac où il claquait ses facultés de cornac.

« Elle accomplit le miracle ou je la matraque ? » Estomaqué, quand un frac accourut dans le claque, Télémaque claqua d'une attaque.

Lucas Fournier

Les dents en vrac

Pas trop l'trac, m'sieu Télémaque… Il claque des dents. C'est qu'une extraction. Une petite extraction de cacahuète coincée dans les canines. Un cognac ?

Allez, santé ! m'sieu Télémaque. Non, m'sieu Télémaque, ça c'est pas un accordéon… faites AH AH… Oh ! la ! la ! Quel cloaque là-dedans ! Ça, c'est une haquebute, on l'accroche au maxillaire. On fait tic tac et clac ! le miracle s'accomplit. Sans acrobaties. Ça vous estomaque, hein ! Je suis estomatologue. Toujours pas de cognac ? Alors, santé ! AH ! AH ! À part les cacahuètes, vous avez pris du maquereau, monsieur Télémaque. Non, non, ce n'est pas un traquenard.

Accrochez-vous au fauteuil, m'sieu Télémaque… enfin pas trop, c'est de l'acajou… AH AH AH ! La cacahuète, elle est empaquetée dans la barbaque de la gencive. Bon, je vais acter. Ça va craquer…

Ah ? *(déçu)* cognac ? armagnac ? Non ? m'sieu Télémaque, on va faire un entracte pour vous décontracter. Regardez ces photos. Là, c'est moi à Pâques, en kayak à Bergerac, là à Akaba avec un cornac. Là-bas, j'étais l'attraction. Ah ! *(tonique)* Cognac, armagnac, je me sens d'attaque.

Vous vous sentez patraque… Non, vous allez pas claquer ! Oui, vous avez vos facultés. La cacahuète ? Pas encore. Mon haquebute est désaccordée… Pas d'acrimonie, m'sieu Télémaque. On est bien d'accord. Un tic, un tac, clac… et le miracle. Ça va craquer un peu.

Ah ! *(désappointé)*. M'sieu Télémaque, m'sieu Télémaque. Je vous le dis : vos dents c'est un micmac. Elles sont en vrac. Vous n'avez jamais eu d'accident ? Un coup de matraque dans les… On vous a accroché des canines de pacotille… un travail de cosaque ! M'sieu Télémaque, m'sieu Télémaque… Il a l'air d'accuser le coup. Et plac !… Une flaque et un morceau de barbaque sur mon acajou. Vite ! de l'ammoniaque, il va saloper la baraque ! Mademoiselle Acouphène, mademoiselle Acouphène. De l'Ajax, du dakin aqueux pour m'sieu Télémaque et un prozac !

Je prends mon sac et j'file, faut que j'accède au tarmac pour Acapulco. Et, mademoiselle Acouphène… prenez un cognac. Tenez, y reste même des cacahuètes.

Gérard Mordillat

Chambord

Chantal chantonne une chansonnette appuyée au chambranle de sa chambre, et c'est un enchantement. Le méchant chambellan, lui, n'est pas enchanté de faire antichambre. Il déchante. Quant à l'échanson malchanceux, il est de corvée de rechampissage dans la chambrée. Se penchant, Chantal, championne du shampoing, tranche l'échancrure de son chandail en shantung, et c'est un échantillon inchangé de deux beaux champignons que le chanceux Chambertin léchant la marchandise fait chanceler au soleil couchant, juste avant le chamboule tout.

Patrice Caumon

Chambardement champêtre

L'échanson n'avait pas fait dans l'échantillon avec le chambertin. J'étais chambré, chantonnant, comme rechampi par le champagne. Après Longchamp, j'appuyai sur le champignon, la chevrolet chambord, championne à Francorchamps dévorait le bitume comme un chancre, chevauchant les méchants virages. Chantal qui poussait aussi la chansonnette semblait enchantée d'aller voir le soleil se lever à Chambord.

Elle avait quitté Chambourcy et son chandail. En se penchant, dans l'échancrure de son corsage, on voyait champignonner une paire de chanceux alléchants.

« Tes quarantièmes B rugissants, c'est le détroit de Chambellan, fis-je, un peu chancelant.

– Magellan », dit-elle d'un ton tranchant, presque méchant.

Je déchantai et débrayai itou. Je dépassai un camion Champion en pensant que le réservoir demandait un rechampissage rapide. On n'était pas dans la chambre ni même dans l'antichambre, pourtant je me faisais chambrer. Je tentai une carte chance : « Jolie marchandise », fis-je, regardant son isthme en me léchant les babines. Champignon, champigneul, comme dirait Chandernagor, change pas de vitesse et regarde la route ! Boum, boum, chamboule tout, la chevrolet dans le champ fait des rouleaux.

Ce ne fut pas Chambord mais Azay-le-Rideau.

« T'es trop "chan" comme mec », me lança-t-elle en s'éloignant sur la route.

La mort m'offre un shampoing, l'agonie est un enchantement, dans le détroit de Chambellan.

Patrick Besnier

Lassitude

J'entre dans l'ascenseur. Un gros dégueulasse occupe toute la place avec sa contrebasse. Il a une gueule grasse de rascasse, un regard astigmate, une tignasse pleine d'asticots, et d'asticots vivaces. Rien ne m'agace plus ; rien qui me fasse autant faire la grimace ; j'aspire à ce qu'il trépasse, mais hélas ! nul assassin qui passe, le menace, le transperce d'un coup de bécasse ou l'assomme à coups de calebasse. Puis il veut que je lui dédicace une liasse de paperasses. Ensuite, quelle angoisse ! il veut que je l'entrelace et même que je l'embrasse, mais je reste de glace, je finasse, je feins l'asthme, je suis acescent, plein d'aspérités et fugace.

Tout ça me lasse, me dépasse et m'assèche la gorge. Aussi je vais en terrasse prendre une tasse de thé, et… le voilà qui passe, vêtu d'astrakan, toujours sur mes traces. Serait-ce Fantômas ? ou Isidore Ducasse ?

Dominique Muller

Une foire du livre à Carcassonne

Je m'assois à ma place, je m'y astreins, tenace. J'ai écrit des livres de classe, hélas ! moi que les gosses agacent, avec leurs tignasses, leurs grimaces. Faut que je les embrasse, en plus, ces petits dégueulasses, avec leurs glaces ! Quelle angoisse ! Les séances de dédicace, ça me dépasse. Mais j'assume, assidue. Bien sûr, mon éditeur, cette feignasse, cet assassin, m'a mis dans le fond, à côté de l'ascenseur ! Une catastrophe. Bon, allez, j'assois ma carcasse, je brasse ma paperasse, je sens que je vais me ramasser, la tasse ! Mais… Mais… C'est quoi, cette aspérité ? Deux clous qui dépassent ! Mon collant trépasse, dis donc ! Et mon astrakan beigeasse, assorti à mes godasses, par quel tour de passe-passe est-il passé chez la blondasse, là, fadasse, grasse, des lunettes d'astigmate avec du strass en plexiglas ? Non, mais quelle bécasse ! « Pardon, vous pouvez ramasser mon astrakan, s'il vous plaît ? Il s'est entrelacé par miracle à votre… euh… limace ?… asticot ?… Ah non, c'est un chien de race, pardon. On va pas finasser, grognasse, rends-moi mon astrakan, et basta ! Vous écrivez quoi ? Des méthodes de contrebasse ? Ça me tape sur la calebasse, la contrebasse, ça me casse les pieds, mais chacun ses goûts ! » Aïe ! je suis pas dans mon assiette ! J'ai la gorge asséchée, j'aspire à assouvir ma soif, et pas de trace du premier client ! Tous passés à l'as, dans l'ascenseur. C'est que c'est fugace, ça fait volte-face, le client. Tiens, un bout de croissant rassis ! Je le ramasse, avec astuce. Il a l'air encore vivace. Beurk, il pue la rascasse ! Et cet arrière-goût acescent ! J'ai beau avoir une carapace assez coriace, là, je me lasse ! Ça y est, mon asthme. Je manque d'espace. Et celle-là, l'hommasse crasseuse qui croasse, qu'est-ce qu'elle vient m'assaillir ? Un livre sur les Assyriens ? Sur Picasso ? Sur Samothrace ? Mais qu'elle aille en grande surface, moi, c'est les livres de classe ! Comment ? Pardon ? C'est pas ma place ? Faut que j'aille au hangar de Carcassonne-Basse ? Ça va, j'ai entendu, j'y vais, il m'a assourdie, l'aspirant libraire.

Je suis même abasourdie. Quoi, que je me casse, que je libère la place ! On y va comment, à Carcassonne-Basse ? À pied ? On suit l'autoroute, dans la caillasse. Bon, j'y vais. Il n'est pas dit que je perdrai la face. C'est que je suis tenace !

État de chose

Les objets qui nous entourent ont-ils une vie en dehors de nous ?
Quels liens les unissent à ceux qui les manipulent ?
Quels sont leurs rapports avec les autres objets ?
Des documents témoigneraient de cet état des choses.

Hervé Le Tellier

Journal d'un gant de toilette

10 janvier.
Sans me vanter, je ne suis pas mal. Rouge, avec une frise orange. En fait, je fais partie d'une parure complète, serviette de plage, sortie-de-bain, tapis de pied. Mais dans la bande, c'est moi le plus réussi. Petit, mais élégant. Et solide, avec ça, double couture, attache cordelette tressée. C'est normal qu'on m'ait choisi.

11 janvier.
Je suis très déçu. Je n'ai rien contre les couples, mais j'espérais être chez un célibataire. Ou mieux, une célibataire, parce que je suis un gant de genre masculin. C'est vrai, les couples ont tendance à se partager tout, même les gants. J'ai même connu des brosses à dents qui vivaient une double vie. Quelle époque !

12 janvier.
C'est ma première douche. Franchement, je préfère ça au bain. C'est plus hygiénique. Dans les bains, on coule toujours au fond, c'est

comme une noyade, et puis on sert d'éponge en permanence : je te prends, je te presse pour faire sortir l'eau, je te prends, je te presse. Alors que sous la douche, pas de confusion des genres. Un gant, c'est un gant !

13 janvier.
Elle vient de me reposer. Je ne m'attendais pas à quelque chose d'aussi intime. Je dois être naïf, c'est vrai, mais je ne pensais pas qu'il y avait autant de zones différentes dans le corps humain. C'est très intéressant.

20 janvier.
Une semaine s'est écoulée. Je note avec consternation à quelle point ma maîtresse est routinière. C'est toujours le même ordre. Le visage le buste les jambes les bras les fesses les pieds, le visage le buste les jambes les bras les fesses les pieds. Très décevant.

24 janvier.
Première machine à laver. Fait la connaissance de quelques sous-vêtements. Conversation limitée. Ne parlent que d'histoires de fesses. Sinon, j'ai un peu déteint. J'ai essayé d'éviter, mais à soixante degrés, impossible de me retenir. J'ai coloré en rose un slip blanc, qui me fait la tête depuis.

12 février.
J'ai séché plié en deux. C'est terrible, j'ai un mal de dos pas possible. Je suis complètement dans le coton.

13 février.
Ma maîtresse a reçu des amis. Dans la salle de bains, nous avons eu des visiteurs. Longue discussion avec une serviette italienne. Elle n'avait jamais vu de gant de toilette avant. Elle m'a dit qu'elle ne trouvait pas ça hygiénique. On aurait dit que je la dégoûtais… raciste !

20 février.
Elle utilise depuis peu un nouveau savon surgras. Très désagréable. J'ai l'impression de ne jamais être rincé. Et en plus elle me pose de plus en plus souvent sur l'arrivée d'eau chaude, absolument brûlante.

1er mars.
Ça devait arriver. Le savon m'a usé les coutures. J'en ai une sur le point de craquer.

2 mars.
Rince-moi mieux que ça. Mieux que ça. Il reste plein de savon. C'est insupportable. Et déplie-moi. Mais, mais… Elle s'en va, elle me laisse roulé en boule… Il faut qu'elle revienne. Il faut absolument qu'elle revienne.

7 mars.
Ça y est, je pue. Ça devait arriver. Elle est partie en vacances en me laissant comme ça, la tête dans les pieds. Je me sens poisseux, comme une algue. Et je sens la mort. C'est presque insupportable.

10 mars.

J'ai fait mes adieux à tous. Aux serviettes, au tapis de pied, au gant de crin. C'est trop injuste. Mais j'aurai fait mon devoir, jusqu'au bout. C'est une consolation.

François Caradec

Le container à verre

Je suis né un soir d'été dans une décharge publique des amours d'un seau d'ordures et d'un tesson de bouteille qui était venu y chercher « la poubelle pour aller danser ». Au cours des ans, je suis devenu un joli conteneur vert réservé à la récolte du verre usagé.

Ah ! je ne manque pas d'allure, campé sur mon socle amovible, et je me flatte de faire peur aux enfants dans la journée et aux ivrognes qui rentrent tard dans la nuit, avec mes deux yeux ronds, ouverts, comme une grosse grenouille verte à l'affût dans un carrefour du centre-ville.

Et j'aime mon usage. C'est autre chose que celui de ma voisine jaune qui n'avale que des bouteilles en matière plastique qui font un son mat : « bloc ! », en tombant et qui serviront seulement après récupération à fabriquer de la laine polaire. Tandis que moi, j'empêche tout simplement le voisinage de dormir. Écoutez plutôt le son aigu de la bouteille qui me tombe dans le ventre : « bling, ping, clididing », le joyeux son du verre brisé, ponctué parfois du « boum ! » puissant du culot d'une bouteille de champagne.

Bien sûr, le tout-venant, le quotidien, c'est la boutanche du prolétaire, le 12° du travailleur, mais j'ai parfois d'agréables surprises comme cette main féminine qui la semaine dernière a délicatement posé dans mon œil gauche un flacon de cristal de Bohême légèrement fêlé dont les échos ont retenti en moi durant de longues minutes en vagues cristallines. Ça, ce n'est plus du simple travail de récupération que je fais, c'est de la musique, de la grande musique. Quand je pense qu'en fin de semaine, le grutier va venir me prendre par les oreilles pour me vider dans la benne, sans même distinguer dans le vacarme assourdissant du déversement, le verre commun du cristal d'art, je regrette parfois de ne pas avoir de petits compartiments pour un premier tri par l'usager.

Car tout est là : le tri – ce joli mot de la langue française sans lequel il n'y a ni tir ni rite. Je suis si passionné de tri qu'il me vient parfois des idées de changer d'usage. Que diriez-vous si venant un matin jusqu'à moi, les bouteilles à la main, vous constatiez que je ne trie plus le verre mais une autre matière noble. Le papier par exemple.

Ah ! vos journaux, vos magazines, vos emballages, vos cartons ondulés comme les indéfrisables de la gardienne du 39… comme j'aimerais les recevoir, les entasser, les cajoler, et les regarder partir pour la déchetterie d'où ils sortiront déchiquetés, lessivés, réduits en pâte – bref : recyclés.

Et à nouveau ramassés, triés, lessivés, recyclés – en un mouvement perpétuel, un éternel retour du déchet à une vie nouvelle.

Image de la vie, le conteneur du coin de la rue ou de la déchetterie de banlieue a droit, sinon à votre dévotion, du moins à votre respect.

Gâcheurs, gâcheuses, aimez-nous !

Emmanuel Brouillard

Le flacon de Chanel N° 5

Je suis aux trois quarts vide. Hier, quand elle a mis en marche la radio, j'ai cru que cette bavarde impénitente (elle cause elle cause c'est tout ce qu'elle sait faire !) m'adressait enfin la parole après des mois d'insolence. « Le niveau baisse ! » ai-je entendu. « Ah, tu as remarqué ? » allais-je lui répondre tout émoustillé quand j'ai compris que ce n'était pas à moi qu'elle s'adressait ; c'était à un parent d'élève qui se plaignait du déclin de l'institution scolaire. La radio et moi, on a beau voisiner sur la même tablette depuis que je suis arrivé, on ne se supporte pas ; elle prend mon silence pour du mépris, et moi, sa cacophonie me vrille le goulot.

Mon niveau baisse. Que fera-t-elle de moi quand je serai vide ? Un jour, elle m'a laissé tomber, j'ai glissé de ses mains savonneuses, et je me suis dit : « ça y est, elle me laisse tomber » ; heureusement ! elle m'a rattrapé juste avant que je ne m'écrase sur le carrelage. Pendant la chute, j'ai revu toute ma vie défiler, je parle de ma vie avec elle, parce que avant (le remplissage, le stockage, la mise en vente – oui, on nous vend comme de vulgaires esclaves !) ça n'avait pas beaucoup de charme. J'ai revu l'instant où elle m'avait choisi parmi des centaines d'autres aux Galeries Lafayette : c'était au printemps, presque un an déjà ! J'ai revu mon installation (qui valait mieux que mon instillation !) dans sa salle de bains sur le rebord du lavabo, près de ces autres flacons minables de chez Guerlain et Balenciaga. Et ça vous a des noms pompeux et des formes alambiquées pour se faire remarquer ! Et des fragrances d'un vulgaire ! Est-ce que je me fais appeler « Shalimar » ou « Rumba », moi ? Non : « N° 5 », bien plus sobrement. J'ai un nom carré, j'ai une forme carrée. Je n'arbore pas de ces vocables british, style Fahrenheit, d'outre-Channel.

J'aime quand elle me promène sur son corps, qu'elle me glisse entre ses seins, qu'elle caresse sa peau ferme et laiteuse avec mon goulot et qu'elle me laisse me répandre sur elle. J'adore ses aisselles, ses cuisses, ses oreilles, son cou, enfin tous les centimètres carrés d'elle qu'elle me présente. Et surtout, j'aime son odeur. Je l'aime presque autant que la mienne. Et pourtant, il lui arrive de m'être infidèle, de me tromper avec cette horrible Shalimar à l'odeur détestable. Parfois, pendant une semaine entière, elle fait comme si je n'existais pas et se livre à ses cochonneries devant moi, en toute perversité ! Comment peut-elle être aussi cruelle ? Nous avons beau être des objets inanimés, nous n'en avons pas moins une âme !

Mon niveau baisse. Que va-t-il m'arriver ? Vide, fera-t-elle fi de moi ? Ne peut-elle pas comprendre ceci : je l'aimais à ras bord, aurais-je fait fi d'elle ? Je l'aimais à ras bord, ah ! qu'aurais-je fait vide ? Avant-hier, elle a ramené un homme à la maison ; ça lui arrive de temps en temps ; je ne vois pas quel charme elle peut leur trouver ; en général ils ne sentent pas bon, ou alors ils empestent une eau de toilette encore plus vulgaire que les deux pécores avec lesquelles elle me fait cohabiter. Le spectacle qu'ils m'offrent quand ils débarquent le matin, hagards, dans sa salle de bains est affligeant, mais je ne peux pas me retourner, je dois donc le subir. Pourtant, je leur dois ceci : juste avant leur arrivée, elle se met nue pour moi, et après s'être baignée, me promène longuement sur son corps dont elle me laisse entrevoir les charmes les plus secrets. Cette séance spéciale dont j'attends impatiemment le renouvellement compense largement le désagrément qu'occasionne leur présence.

Mon niveau baisse. Que fera-t-elle de moi ?

Roman interactif

Trois auteurs pour un roman en trois chapitres.
Chaque auteur de ce roman écrit à son tour un chapitre, chaque chapitre se terminant par trois hypothèses pour une suite possible de l'histoire…
Une phrase de départ est imposée au premier auteur, ici une phrase de Jean Tardieu. Elle doit être le point de départ de son récit.
Ce roman est inachevé, vous pouvez vous amuser à le poursuivre.

Jacques Jouet, Jean-Bernard Pouy, Patrick Besnier

Une vie de pirate

PREMIER CHAPITRE * Jacques Jouet

Hélas ! hélas ! le sombre chef pirate est décidé à enlever la belle Hilda de Castel Castilio, qui, sans se douter de rien, continue de rêver, appuyée sur le bastingage. Elle rêve de son grand amour, qui est, curieusement, Garcia, le nain de la cour de Philippe II d'Espagne. Hélas ! le sombre et géant chef pirate, qui sans le connaître déteste Garcia à un point difficilement imaginable, lève sa main droite terminée par un crochet de boucher qu'il s'apprête à planter dans le gras de l'épaule de Hilda, qui, d'ailleurs, aurait bien dû prendre la précaution de poser un quelconque vêtement sur ses belles épaules. Hélas ! la pointe du crochet fend l'air en sifflant imperceptiblement, et le sombre chef pirate se souvient que sa main droite a été coupée naguère à Abou Dhabi par les sbires d'un émir cousin du nain Garcia ; le crochet n'est plus qu'à deux millimètres de la peau fine et appétissante de Hilda. Hélas ! trois fois hélas !

Mais heureusement, trois possiblités :

Hypothèse 1 : Une mouette qui vient de fienter à la verticale de son œil unique, celui qui n'est pas remplacé par un carré de tissu, fait que le sombre chef pirate a un mouvement de recul.

Hypothèse 2 : Hilda de Castel Castilio a un moment de folie, et plonge dans la mer ; elle s'imagine pouvoir rejoindre Garcia à la nage, sachant qu'elle se trouve au large de Dakar, et qu'elle veut rejoindre Cadix.

Hypothèse 3 : Le sombre chef pirate, venant de se rendre compte *in extremis* que l'épaule de Hilda de Castel Castilio pèle salement suite à un coup de soleil, si fréquent en pleine mer, décide au dernier moment de changer de main, et pose, presque respectueusement, sa main humaine, quoique caleuse, sur l'épaule de Hilda.

DEUXIÈME CHAPITRE * Jean-Bernard Pouy

Le sombre chef pirate, venant de se rendre compte *in extremis* que l'épaule de Hilda de Castel Castilio pèle salement suite à un coup de soleil si fréquent en pleine mer décide au dernier moment de changer de main, et pose, presque respectueusement, sa main humaine, quoique caleuse, sur l'épaule de Hilda.

Et là intervient un de ces mystères insondables vérifiés tant de fois dans l'histoire mystique : la célèbre imposition des mains, qui apporte révélation, lumière et vérité. Hilda se retourne, et c'est comme si c'était la première fois qu'elle voyait le visage du sombre chef pirate : la beauté des traits, malgré les stigmates laissés par le courage de ce pourfendeur des mers ; l'acuité du regard, malgré le manque d'une des deux parties de ce regard ; la chevelure, pleine de sel, de goémon et du sang séché de ses adversaires croupissant au fond des abysses ou des estomacs de requins et autres cœlacanthes.

Hilda, l'espace de cette illumination claudelienne, ne pense plus, tout à coup, au nain Garcia, et quand ce dernier lui revient en mémoire, il lui apparaît tout simplement comme un gnome cruel, tout juste bon à servir de modèle à un peintre de cour.

Le sombre chef pirate ne sait pas ce qui se passe. Son métier de soudard aquatique, sa réputation d'étripeur sans reproche, lui interdit à jamais de s'approcher d'une quelconque illumination. Mais il s'aperçoit – il n'est pas aveugle, il n'est que borgne – de la pâleur subite de Hilda, de sa prochaine pâmoison, et du délicat geste qu'elle fait pour dénuder un peu plus ses épaules caramélisées par le soleil tropical. Il sent en son âme brûlée par le mal qu'il va ravir Hilda ; mais pas l'enlever, la ravir, au sens propre du terme, ce terme qu'il a lu dans Cervantès, du temps où il avait deux yeux, du temps où il pouvait encore lire et surveiller l'horizon en même temps.

La propre carcasse abîmée du sombre chef pirate est secouée par la pose abandonnée de la splendide infante, comme une felouque abordée par une goélette, en pleine bataille maritime. Il voit les grappins s'accrocher au bastingage, et il pense, justement, que la belle Aragonaise lui a jeté un grappin. Cruelle ironie du sort : un homme doté d'un crochet acéré se faire mettre le grappin ! Le monde devient blanc autour de lui, comme s'il allait s'évanouir dans la lumière cisaillante des cieux.

Pour la suite, trois possibilités :

Hypothèse 1 : Il prend Hilda dans ses bras avec la fougue aveugle de la passion, et, sans le faire exprès, lui plante son crochet dans le dos.

Hypothèse 2 : Au moment où les lèvres de Hilda et du sombre chef pirate vont se joindre, une voix crie : « Un galion espagnol droit devant ! » C'est le nain Garcia qui, atteint par une prémonition, vient délivrer sa belle.

Hypothèse 3 : Le sombre chef pirate, dont le taux de cholestérol était monstrueusement élevé, à cause de toute la morue séchée qu'il ingurgitait, tombe, victime d'un infarctus.

Au moment où les lèvres de Hilda et du sombre chef pirate vont se joindre, une voix crie : « Un galion espagnol droit devant ! » C'est le nain Garcia qui, atteint par une prémonition, vient délivrer sa belle.

Peu de stratèges, à l'époque, avaient, comme le nain Garcia, le sens de l'abordage efficace et rapide. À peine la vigie avait-elle crié que le vaisseau triomphal du nain abordait la nef du chef pirate. À la suite d'un bref combat, les hommes du pirate étaient mis hors d'état de nuire, et le chef pirate lui-même était pendu.

Sur le pont arrière, Hilda et le nain se retrouvaient face à face pour la première fois depuis si longtemps. En dépit de son nom impressionnant, Hilda de Castel Castilio n'était pas si grande que ça. Elle était d'une taille moyenne, mais plutôt du côté petit des tailles moyennes. Parallèlement, en dépit du sobriquet dont il se voyait depuis longtemps affublé, le nain Garcia n'était pas si petit que cela. Pour un nain, il était même plutôt grand, sans qu'on puisse pour autant prétendre que c'était un géant. Si bien qu'ils n'étaient pas si mal assortis que cela.

C'était précisément ce que se disait Hilda. Et cet esprit paradoxal s'en trouva tout désabusé. Le nain, son grand amour, n'était donc pas si nain que cela ? Il n'y avait donc pas entre eux le gouffre dont elle avait rêvé ? Ce n'était donc pas le ver de terre amoureux d'une étoile ? Elle vacilla sur le pont arrière du vaisseau ; elle était au bord de l'évanouissement ; elle était prête à s'imaginer que le nain était plus grand qu'elle, qu'il était l'étoile, et elle le ver de terre.

Quant au nain Garcia, l'esprit moins délié que Hilda de Castel Castilio, il était à la fois plus et moins confus. Il n'avait pas, comme Hilda, reçu les leçons des Jésuites, pratiqué l'art de la pointe et joui des paradoxes jusque dans leur âpreté fondamentale. Sans doute, avait-il tout l'esprit du nain de cour, tel que l'a peint Vélasquez, tel que l'a chanté Quevedo ; mais Garcia n'avait pas la tête philosophique ; en face de Hilda, ce n'était qu'un homme, un simple homme. Quelque chose brilla dans son regard, quelque chose à quoi put se raccrocher *in extremis* la vacillante Hilda, quelque chose de très primitif et de très fort. Le nain fit un pas en direction de la belle jeune fille.

Pour la suite, trois possibilités :

Hypothèse 1 : Le nain Garcia se met à réciter un sonnet de Garcilaso de la Vega.

Hypothèse 2 : Hilda commence à réciter un sonnet de Góngora.

Hypothèse 3 : D'une seule voix, et sans s'être concertés, Hilda et Garcia se mettent à réciter un sonnet de Quevedo.

Lettres de vacances

Les vacances séparent.
Les uns partent, les autres restent…
alors on s'écrit.

Henri Cueco

Le dos

Madame Marcelline Marino

À monsieur Paul, physiologiste,
Professeur d'anatomie comparée
au Collège de France

Cher ami,

Vous nous avez gâché nos vacances mais je ne sais si je peux vous en tenir rigueur. Il s'agit de mon pauvre Henri. À la suite d'une conversation que vous avez eue avec lui, il a été troublé au point que ses lubies habituelles se sont intensifiées. Souvenez-vous, la veille de notre départ, vous avez dîné à la maison et au cours de la conversation vous avez dit à Henri (je ne sais comment vous en étiez venus là, peut-être cela vous reviendra-t-il ?) que les hommes, depuis que l'humanité existe, sont préoccupés par la situation qui leur est faite de ne pouvoir contempler, ou simplement voir, *de visu*, leur propre dos. Vous avez convaincu Henri, qui s'est senti orphelin de la moitié de son corps.

D'abord, le soir, après votre départ, il n'a pas voulu se coucher et je l'ai surpris au bord du lit en train de se retourner brutalement sur lui-même comme pour se voir à la dérobée, sans que l'objet de sa vue ne puisse se soustraire à son regard. Il avait l'air navré et disait : « C'est vrai… c'est bien vrai. » Le lendemain, nous sommes partis pour notre résidence de vacances et ça a continué. Il a essayé par le jeu de miroirs de se voir et l'ayant fait il a paru soulagé mais il s'est rendu compte rapidement que ce qu'il voyait de son dos n'était qu'une image. Déçu de cette vision par ricochet, il est devenu pensif. Il a alors fallu que je lui décrive objectivement ce que je voyais lorsqu'il me tournait le dos. Puis il m'a demandé de le photographier. Il n'arrivait pas à accepter de ne pas voir son dos. Il disait : « Ça, je ne le supporterai pas… c'est pas étonnant qu'il y ait des agressions si on ne peut pas surveiller ce qui se passe dans son dos. On est devenu vulnérable. Il faudra bien en revenir à la vie collective, marcher en colonnes… » Il exigeait que je marche derrière lui en allant à la plage. Et il se retournait brutalement, de plus en plus vite.

Je vous en ai voulu, cher ami, vous saviez Henri fragile, vous n'auriez pas dû. Ce matin, il est dans le jardin et il court de plus en plus vite autour du tilleul. Il pense qu'il va se rattraper et qu'enfin il verra son dos. Je crois qu'il y parviendra, il a encore une bonne pointe de vitesse… mais que se passera-t-il après, lorsqu'il apprendra que nous ne voyons pas notre corps de face non plus, à part quelques fragments déformés par la vue en contre-plongée ? Et que lui dire, mon cher Paul, lorsque poursuivant cette logique, il apprendra que nos yeux ne voient pas nos yeux ?

Marcelline.

P.-S. En fait, je ne vous en veux pas, mais vous nous devez une lettre, une idée, un remède pour que mon pauvre Henri cesse de tournicoter. Vous devriez profiter de votre influence sur lui pour lui proposer une autre lubie. Par exemple, comme il est encore souple, pourquoi ne pas lui proposer de regarder le monde à l'envers en mettant la tête entre ses jambes comme le faisait Breughel pour voir les paysages – sans toutefois dire à Henri que le pauvre homme en est mort ?

Gérard Mordillat

Émile à Monique

Monique,

Il y a maintenant presque trois jours que tu es partie et je commence à m'inquiéter de ne pas avoir de tes nouvelles. J'espère que tu as bien suivi mon plan et qu'après l'embranchement de l'A56 et de l'A58 tu es restée sur la droite, pour prendre la bretelle provisoire en direction de la déviation qui indique la R118, celle qu'il ne faut surtout pas prendre, car comme je te l'ai indiqué, si tu la prends tu te retrouves sur l'itinéraire bis, et là à moins de faire demi-tour au carrefour de la C47 et de l'échangeur tu te perds à coup sûr. Sinon je crois bien t'avoir précisé qu'il faut compter trois stop après l'ancien magasin de sport en plein air qui maintenant est un restaurant ou une scierie, je ne me souviens pas. Et là, tourner au deuxième feu rouge après. C'est-à-dire très exactement à mi-chemin entre la V824 qui va tout droit rejoindre la C24 et la D222, celle que j'indique sur mon plan d'une flèche afin que tu ne la confondes surtout pas avec la D223 qui bien que parallèle s'engage sous le pont, et interdit de rejoindre le raccordement qui mène à la bonne route, celle qui descend juste après l'arrêt du bus, enfin… un peu avant ou un peu après, et te conduit sans problème jusqu'à la N17A, tu sais le tronçon en cours d'aménagement où tu dois rouler à gauche sur la bande d'arrêt d'urgence, ça tu ne peux pas la manquer. Là, environ 47 kilomètres plus loin à la sortie du bled où il y a une église juste à droite de la patte d'oie, surtout bien faire attention à ne pas t'y engager, c'est le chemin de la falaise mais prendre tout droit à droite et rejoindre la route que tu connais, où le chantier avance. Enfin je ne sais pas pourquoi je te redis tout ça, peut-être pour calmer mon inquiétude en refaisant par la pensée ce voyage que j'aurais tant aimé faire avec toi, maman, les gosses, la chatte qui j'espère s'entend bien avec Kiki le fox à poil dur de ma mère. Quelle chance vous avez d'être en vacances. Je vous embrasse tous.

Ton mari Émile.

François Caradec

Lettre de Balthazar à sa mémé Madeleine

Chère Mémé Madeleine,

Ouf, les voilà partis. Je viens d'entendre la ouature tourner le coin de la rue. J'ai gémi un peu, tu sais, comme quand ils m'empêchent d'entrer le soir dans ta chambre, juste un peu, pour qu'on puisse leur dire que j'ai pleuré à leur départ, mais pas trop non plus pour ne pas inquiéter inutilement le gardien qui pourrait me prendre pour un sentimental. Non je ne ferai pas d'eczéma, je vais seulement regretter la ouature ; j'aime bien coucher sur le siège arrière, renifler par la fenêtre entrouverte et baver sur la vitre ; et engueuler les flics, et les gosses qui jouent au ballon, et les cons qui attendent avec nous aux feux rouges.

Cette année encore, ils m'ont mis au chenil des Acacias, je n'ai pas trop à me plaindre, ma cage est grande et j'ai déjà pissé aux quat' coins et montré les dents à mon voisin, un vieux connard de berger allemand qui a la truffe sèche et le poil grisonnant. Il doit bien tirer sur les douze ans bien tassés. La petite teckel de l'an dernier est déjà arrivée, je l'ai reniflée, elle doit pas être loin. Je la retrouverai sûrement au cours d'une promenade et alors… crac crac, tu vois ce que je veux dire ! Pas toujours facile de coller une teckel quand on est épagneul, mais on arrive à tout avec de l'adresse et de la persévérance, comme dit mon maître. Tu dois le savoir puisque c'est ton fils !

Et toi, comment est ton chenil ? J'ai déjà entendu dire que tu leur revenais à 485 francs par jour, tout compris. À ce prix là, ma vieille, tu dois pas croquer que du canigou, et la paille de ta niche doit être changée tous les jours, veinarde. Évidemment tu ne dois pas avoir le droit de sortir, c'est le régime de la laisse. Je connais ça. Je suis passé par là dans ma jeunesse, avant d'être bien dressé, comme ils disent. Mais c'est ta faute aussi. Nous autres chiens, quand nous avons des chiots, on ne les garde pas longtemps, une petite annonce dans le journal et c'est vendu, sinon la SPA. L'avantage, c'est que quand ils sont adultes, nos chiots, ils peuvent partir en ouacances sans avoir besoin de nous mettre dans un chenil.

Je suppose qu'on t'installe tous les après-midi devant la télé, pour te faire tenir tranquille. Heureusement ici pas de télé, je vais échapper pendant un mois au Bigdil et à Star Academy.

Je te quitte, le gardien m'apporte ma soupe, des croquettes et de l'eau fraîche. Tu vois, nous les chiens, nous avons aussi notre nouvelle cuisine. Ça ne vaut pas un bon vieux steak oublié dans le frigo, un peu verdi sur les bords.

À bientôt de tes nouvelles, je te donne la patte,

Balthazar dit Zazar.

Patrick Besnier, Hélène Delavault

Nicolas (Patrick Besnier) et Lucie (Hélène Delavault)

Chère Lucie,

Je t'ai promis de t'écrire : voilà donc ma lettre. Tu te souviens que j'ai décidé de passer mes vacances à la recherche du ru médiéval de saint Frey dont Michelet fait une évocation à la fois si charmante et si exaltée au livre douze de son *Histoire du Moyen Âge*.

Mais on m'a expliqué que l'expression « le ru médiéval de saint Frey » n'est pas de Michelet mais d'un poète local, Maurice Virgot, postérieur à Michelet puisqu'il est né en 1873 et mort en 1946. L'endroit est ravissant, la couleur des pierres du clocher de Saint-Julien-des-Laudes m'émeut particulièrement, une couleur aile de mésange qui vers les crépuscules prend des reflets gorge de pigeon. La pierre se met alors, pourrait-on dire, à roucouler dans le soir qui descend sur la campagne. À l'horizon le soleil se couche, comme un père majestueux qui dit bonsoir à ses enfants.

Je ne m'étonne pas que Michelet reprenne une tradition locale qui veut qu'à l'époque romaine un temple de Neptune s'élevait au bord du ru médiéval. L'endroit est vraiment fait pour cela, bien qu'on ne sache pas exactement où coulait le ru médiéval. Les archéologues modernes, qui ont toujours peur de s'en laisser conter, prétendent que c'est des histoires et qu'il n'y a jamais eu de temple de Neptune à cet endroit. Mais je ne désespère pas de prouver l'exactitude de la thèse de Michelet, où plutôt de la tradition qu'il reprend à son compte. Nos bons archéologues modernes ne tendent-ils pas à oublier que Neptune, dieu des mers, fut aussi à une époque archaïque – mais pas si archaïque que cela, une allusion de Lucain le montre assez – que Neptune donc, fut jusqu'à un certain point le dieu du troc, ce qui se marierait bien avec le carrefour que fut dès le VIIIe siècle av. J.-C. Saint-Julien-des-Laudes, l'antique Vespertinum.

Une vieille dame m'a expliqué l'autre jour comment on était passé de Vespertinum à Saint-Julien-des-Laudes, mais je ne me souviens plus, c'était un peu compliqué. Donc, en un mot, des vacances magnifiques. Seul problème, il n'y a pas de librairie à cent cinquante kilomètres à la ronde, et le soir je m'ennuie mortellement. À vrai dire, le soir commence dès deux heures de l'après-midi. Pourrais-tu m'envoyer quinze ou vingt romans, de bons polars par exemple ? Il me reste encore trois semaines à tirer.

Nicolas.

Cher Nicolas,

Merci de ta lettre comme toujours si revigorante intellectuellement ; je vais faire l'impossible, l'impossible étant toujours l'horizon éternellement fuyant qui fait reculer les limites de l'océan de notre désir, désir lui-même attisé telle une fournaise par le souffle haletant des anges noirs de l'espérance guettant le misérable mortel bavant de soif au porche de la deuxième vertu. L'impossible donc, si tant est que l'expression « faire l'impossible » se distingue radicalement de l'expression « faire son possible » qui implique une prise de position par le sujet proférant du signifié proféré, lui ajoutant de ce fait une connotation abusivement personnelle, qui en réalité loin de lui ajouter de la masse de signifiant, lui en retire par la limitation du champ sémantique s'y référant. L'impossible donc puisque l'amitié qui nous unit ne saurait être circonvenue par les fils de fer barbelés d'un mot qui la limiterait à une interaction non reliée à l'émergence d'une cosmogonie universelle, et de là plus nous-mêmes que nous-mêmes, confer saint Augustin, *Confessions* chapitre V. L'impossible donc pour te trouver quelques polars, le vocable de polar évoquant irrésistiblement par sa voyelle finale, la plus ouverte de la langue française, émergeant du gouffre de la glotte vers les espaces inaliénables de l'infini de la conscience, coupé dans cet élan du sens par la consonne *r*, roulement de la langue au niveau des cordes vocales tel le roulement des tambours accompagnant autrefois le couperet de la guillotine, évoquant dis-je les vocables analogiques tels que sonar, anar, mare aux canards. J'ai malheureusement peur que ma collection se soit actuellement dramatiquement dispersée parmi nos collègues de l'institut. Je ferai cependant l'impossible, voire plus haut, et j'ajouterai en confidence, mon chou, je t'envie !

Lucie.

Jean-Bernard Pouy

Le paradigme du frigo

Désœuvrement, désœuvrement, dehors, le ciel était bas et lourd, balourd comme un babar imbibé de bourbon et c'est alors que mes yeux ont glissé sur la porte blanche du frigo, et ce blanc était comme celui imprégnant le monde et toutes choses, le blanc de la fin des *Aventures d'Arthur Gordon Pym* et comme lui je me suis posé la question, la seule question ontologiquement valable depuis qu'un humain très intéressé par une anthropomorphique avancée du progrès a inventé le nom de frigidaire – tout le monde se l'est posée, cette question, un jour ou l'autre – est-ce que la lumière est toujours allumée à l'intérieur du réfrigérateur quand la porte est fermée, ou du moins est-ce qu'elle ne se rallume pas dès qu'on a refermé la porte, prise elle-même d'indépendance, n'en faisant qu'à sa tête, comme si ses petits filaments devenaient aussi épais qu'un cortex humanoïde, car il est envisageable de considérer que cette petite lumière, généralement fomentée par une ampoule de cinq watts à peine, serait celle qui baignerait un autre monde, plus secret, empli pour une fois seulement de bonnes choses, concerné par ces nourritures terrestres qui ne demandent qu'à devenir célestes, et alors j'ai ouvert la porte du frigo, aussi parce que j'avais la dalle, parce que moi je subissais l'inexorable cours du temps biologique et que la veille au soir je n'avais avalé que des poireaux en salade, arrosés il est vrai d'un meursault 78, et que je trouvais anormal que mon estomac gargouille alors que cet énorme ventre de métal ne faisait que ronronner paisiblement, et que ce ronronnement était comme celui d'un chat qui attend qu'une main caressante se pose sur lui et c'est ce que j'ai fait et dès que ma main a tiré vers moi la poignée de métal et que le déclic a signalé l'ouverture, ce déclic, toujours le même, on raconte que les bruiteurs de cinéma ont un frigo sans caoutchouc autour de la porte pour imiter parfaitement le claquement des portières de bagnole et c'est ainsi que depuis quarante ans toutes les portières de voiture et Dieu sait combien de fois on claque des portières de bagnoles dans les films français eh bien tous ces bruits, ces claquements secs ou feutrés, de Safrane, de 404, de PL 17 ou de Clio eh bien c'est le même son, celui produit par une porte de frigo pourri, débarrassée de cette bande cannelée de caoutchouc blanchâtre, vite maculée de taches impavides et une simple anecdote comme celle-là en dit long sur le soi-disant réalisme d'un certain art qui s'autoproclame le septième, mais c'est bien sa place, il faut le redire, ou sur l'honnêteté de tous ceux qui pensent que le cinéma c'est la vie et qui claquent des portes de réfrigérateurs pour faire croire que c'est de bagnoles qu'il s'agit, bref j'ai ouvert le frigo et bien sûr, à droite, la petite lumière s'est allumée, je n'en attendais pas moins, peut-être aussi qu'elle m'avait vu m'avancer, la petite lumière, et qu'elle s'est éteinte juste avant que je pose ma main sur la poignée carrée, stylisée années cinquante, avec des angles rappelant vaguement l'allure générale de l'appareil, en se disant, cette foutue lumière, il va croire une fois de plus que je m'allume, que je me remets à vivre dès qu'il ouvre la porte, ce crétin d'être pensant qui croit qu'il est le seul être pensant dans l'Univers, alors que je fais ce que je veux, je suis libre face au monde et à tout ce qui se les gèle devant moi, car moi je suis bonne, j'ai une sorte de conscience de classe et quand les aliments se plaignent d'avoir un peu trop froid eh bien, en m'allumant, je les réchauffe un peu, ces pauvres compagnons de misère, et je leur donne un peu de clarté pour qu'ils puissent se voir, se regarder et s'admirer, tous ces aliments, pour que le livarot puisse contempler la fabuleuse rougeur de la tomate italienne et pour que la tomate italienne puisse se satisfaire de la merveilleuse blondeur du livarot, mais tout à coup j'ai réalisé justement que le livarot, j'avais, la veille, au Monoprix, absolument oublié d'en acheter et que question fromages, il ne devait y avoir, au fond, derrière la pile néfaste des bifidus, qu'un ancien bout de chèvre du Poitou, aussi racorni qu'une corne de bouc mais aussi odorant que ce même bouc à la période des amours quand il se frotte aux femelles de son espèce caprine en marmonnant des borborygmes gutturaux qui font plaisir à entendre tant ils rassurent sur la pérénité des choses, sur la nature en pleine possession de son syntagme de base, alors que nous-mêmes, obnubilés par la complexité de nos propres parades d'amour, nous sommes malheureux, inodores et souvent sans saveur, et en plus nous ne donnons que peu de lait, et c'est alors que la salade, qui dépassait du bac à légumes, de ce beau vert qui rappelle à tout instant la couleur du paradis de l'enfance, a semblé me dire évidemment de ne pas en faire, de salades, avec toutes ces pensées moroses qui se mettaient à emplir les corps caverneux de mon propre bulbe cervical, alors que c'était tout simple, je venais simplement d'ouvrir la porte du frigo pour chercher quelque chose à me mettre sous la dent, mais c'était comme ouvrir une porte de prison, et c'était absolument anormal que tous les aliments ne s'enfuient pas immédiatement pour envahir le carrelage vaguement jaunâtre de ma cuisine, pour s'échapper, pour échapper à la fureur culinaire d'un humain désœuvré mais affamé, et s'ils s'étaient échappés, il y aurait eu bousculade et qui dit bousculade dit écrasement et qui dit écrasement dit casse et douleur et je voyais mal les œufs, au nombre de six, d'ailleurs pourquoi les œufs vont-ils par six, ou par douze, quelle est cette accointance étrange entre les œufs et les nombres pairs, est-ce uniquement une commodité d'emballage, en tout cas, j'aimerais assez pouvoir acheter cinq ou sept ou neuf cocos bien frais avec cette hiérarchie absurde de l'emballage, œuf pondu le, emballé le et mangeable jusqu'au, bref, pourquoi je parle de ça, je ne sais plus, tout ce que je vois cette fois-ci, dans la contre-porte, c'est une demi-bouteille de vin, du bordeaux 91, au frigo, quelle angoisse, qui a mis ça là, quel est l'assassin qui a mis ça là, je ne vois pas qui ça pourrait être d'autre que moi-même, ce qui donne une preuve relativement exacte de l'état dans lequel j'étais hier au soir, confondant frigo et cellier, bien que je n'aie pas de cellier, c'est en fait la cachette juste derrière la poubelle où je garde quelques bouteilles pour les grands soirs quand les amis viennent, et encore ça dépend des amis, il y en a à qui je sers du vin tout-venant, et ces copains-là je les nomme les témoins de gévéor, ça leur va bien…

un petit mot sur la porte

ou l'art du contrepet honnête

Toute phrase contrepétrique en cache une autre.
Existe-t-il un lien possible entre ces deux phrases ?
Oui, une histoire par exemple qui irait de l'une à l'autre.

Patrice Caumon

Oh ! qu'il est bas, et lent, le nigaud vu du bar...

Oh ! qu'il est bas, et lent, le nigaud vu du bar... Il a l'air plus bouché que son cidre. Il ne dit rien. Comme l'infante, il tient à la main sa dose et regarde.

Ce marin on le surnomme Genêt car il a des yeux d'ajoncs.

Il ne dit rien mais il sait : Port-Saïd et Valparaiso, la baie d'Along et Liverpool, Shanghai et Carthagène, les Indes...

Dans ce bar d'Ostende, il ne voit pas la blonde Vénitienne toute proche, qui dévore ses frites des deux mains et notre marin des yeux.

Elle se dit qu'avec les gars au long cours, la progression en amour est assez lente, les distances se comptent en jours de mer.

Mais c'est la couleur jaune d'or de ses yeux qui la fascine.

Elle pense qu'il est perdu dans ses alizés, déboussolé dans les brumes de la mer de Chine, guettant un horizon qui fuit sans cesse devant l'immensité océane.

Elle pense qu'il ne la voit même pas, que son fard est éteint, qu'elle ne balise plus et que sa proue, aux globes parfaits, n'attire plus le marin.

Elle est une sirène aphone, sans compas ni sextant quand le temps n'est pas au naufrage.

Elle se trompe sur toute la ligne. Le marin avec son œil de cormoran n'a pas besoin ae longue-vue. Il l'a repérée depuis le début, dès qu'elle a surgi derrière le bar. Simplement, lui, les femmes, il les regarde tourner comme des mouettes. Il les observe sans avoir l'air, il les scrute sous un embrun d'indifférence. Il ne s'embarque plus à la légère, il aime bien secouer le pont du rafiot, assurer les bouts, sonder la coque, tester timon et gouverne avant de prendre le large.

Pendant qu'elle ronge son frein et songe à l'inefficacité soudaine de son décolleté pigeonnant certes, mais sans faire roucouler la marine...

Il est la mouette, il a l'air gauche de l'Albatros de Baudelaire, mais il est là-haut avec Jonathan le goéland, plus haut que la vie, plus haut que le grand mât et il se voit Ulysse devant Nausicaa : Ah ! qu'il est beau le nibard vu du goéland...

Lucas Fournier
Un boudin sur le cou

« Je vous ai trouvé un boudin sur le cou ou plutôt dans le cou.

– Mais docteur, je pensais que c'était une simple micro-poly-adénopathie !

– Non non... c'est un boudin. D'ailleurs j'ai été étonné mais sur votre IRM, tenez, regardez ! c'est patent.

– C'est même épatant.

– Et oui... le boudin est irréfutable. Comment est-ce qu'il est arrivé là ? c'est une question bien sûr. Mon hypothèse c'est que vous avez dégluti trop vite en omettant de mâcher, et hop ! la chose est restée en travers de la gorge à l'entrée de l'œsophage.

– C'est une hypothèse intéressante... à ceci près...

– À quel cyprès ?

– Écoutez, docteur, je conçois que la situation puisse prêter à la badinerie. Sachez en tout cas que cette histoire de boudin m'affecte.

– Moi aussi – d'ailleurs j'adore le boudin et... je voua adore aussi.

– La chose, docteur, c'est que je ne mange jamais de boudin.

– Jamais ?

– Jamais !

– Ah !... je vois. Maintenant que vous le dites, en regardant votre radio, sur le coup, je me suis dit : "Et si ce n'était pas un boudin, et si c'était autre chose."

– Oui, mais quoi ?

– Une saucisse ! Et là on change non pas de dimension mais on change de nature. Boudin, saucisse, ça n'a rien à voir, faut en être conscient.

– Oui mais quoi... merguez ? Toulouse ? Strasbourg ? Francfort ?

– Ttttttt... non, regardez bien le cliché, une capsule oblongue, ni inclinaison ni hernie... contenu dense presque homogène... et pourtant on soupçonne qu'il y a des nuances et que la chair est...

– La chair est faible ?... triste ?

– Non, tendre, je suis désolé, vieux, je vais être brutal et il vaut mieux que ce soit moi qui vous l'apprenne, c'est pire que du boudin, c'est une saucisse de Morteau.

– Morteau ?

– Oui, Morteau, vieille ville espagnole, 7 000 habitants, 800 mètres d'altitude, dans le Haut-Doubs, magnifiques forêts de sapins, fête de la Saucisse au mois d'août.

– Vous êtes dans le coup sur Morteau !

– Oui, mais c'est vous qui l'avez dans le cou la Morteau.

– Docteur, qu'est-ce que je dois prendre ?

– Votre mal en patience !

– Vous ne me marquez rien ?

– Non, et puis si puisque vous insistez, vous allez prendre à midi et le soir du jambon fumé, de la purée de poireaux, du morbier, du comté, le tout arrosé de vin jaune.

– Et, je vais guérir ?

– Non, mais vous apprécierez encore plus la gastronomie locale.

– C'est que je suis de Brignogan, dans le Finistère.

– Je vois... Attendez j'ai peut-être quelque chose pour vous... le Gault et Millau des Deux-Sèvres ! La cuisine ébroïcienne.

– Ébro quoi...

– Ébroïciens, les habitants d'Évreux... Ah ! voilà, regardez... c'est pour vous,. je vous ai trouvé un bouquin sur le Doubs. »

Patrice Minet

Les passe-montagnes au portemanteau !

« Les passe-montagnes au portemanteau ! » brailla Dédé en se débarrassant du sien.

« Putain, elle colle la neige ! » cria Jojo avec des grandes claques sur sa parka.

« J'aurais jamais cru qu'on aurait si chaud par moins dix !... » gémit Gilbert, en s'extrayant de sa combinaison.

« Je veux, trente bornes de course à trois mille mètres sous le soleil ! » s'exclama Roger en libérant ses pompes des raquettes.

« Nom de Dieu, la prochaine fois, je mets pas de caleçon long... » dit Henri en balançant ses sous-vêtements.

« Tu crois que les filles nous attendent au jacuzzi ? » dit le petit Jonas qui se demandait où poser sa montre.

« Tu parles, on les entend brailler, ça va être notre fête ! » rigola Jean-Marie qui avait eu envie de pisser toute la matinée et qui là, d'un seul coup, bizarrement, n'en avait plus envie.

« Ah les filles, ah les filles ! » barrit le gros Marcel, avec sa figure brûlée par le soleil, et le reste de son corps blanc comme une andouillette.

« Oh... les filles... oui, bon..., hein... » dit simplement Antoine, qui s'en voulait un peu de préférer les garçons.

« Bon, on y va ou quoi, on est prêt ou bien ?... » demanda le grand René, toujours prêt avant les autres, toujours endormi avant tout le monde.

« Ah les filles ! » dit Jean Marie, « Ah les filles ! ah la neige ! ah la chair ! ah les soupirs ! la sueur ! l'extase ! ah le plaisir ! les cris ! la joie ! les poils ! ah les jacuzzis ! ah les caresses ! l'amour ! le rire ! ah ah ! allons-y ! plus

d'attente ! le dernier à l'eau est un con ! j'y vais ! à l'attaque... ! »

Le jeune Bébert lui tendit un maillot en murmurant :

« Jean-Marie, les mots t'emportent, ho ! passe ton pagne ! »

L.S.D. : léger strabisme divergent ou un regard tordu sur la peinture

« Réservant au peintre la tâche sévère et contrôlable de commencer les tableaux, attribuons au spectateur le rôle avantageux, commode et gentiment comique de les achever par sa méditation ou son rêve. »
Outre qu'il est toujours agréable de citer Félix Fénéon, cette phrase correspond bien à la règle de notre jeu.

Patrice Caumon, Serge Joncour
La Laitière de Vermeer

DESCRIPTION OBJECTIVE * Patrice Caumon

La Laitière est une huile sur toile de 45 par 41 centimètres. Au premier plan, un breakfast, à l'anglaise ou à la hollandaise, avec des petits pains, des brioches, des muffins, des puddings, des pancakes. La jeune femme verse son lait tiède sur un muesli, elle a l'air cruche et en tient une, la peau de ses bras est aussi blanche que sa coiffe, elle pourrait être normande, elle est hollandaise. Sa forte poitrine est contenue par un gilet couleur puce, son tablier est bleu de Delft, son front bombé semble en faïence. En haut à gauche, une fenêtre à petits carreaux et, sur le mur, un cadre noir et un panier d'osier accrochés, ainsi qu'une jardinière ou cache-pot traditionnel de la Hollande en cuivre jaune. La laitière cache avec son corps volumineux une partie du sujet principal du tableau, sujet qui avait donné à l'œuvre son premier titre : « Le Mur du fond ». Ce mur trahit des enduits successifs, avec remontées de bleu et de salpêtre. Deux clous y sont encore plantés, dont un juste au milieu du tableau, ce qui donne l'impression en trompe-l'œil d'une image épinglée. La jeune laitière a les mains et le visage rouges, ou plutôt rougis. Tout indique l'hiver : la lumière, la neige du sein, la neige du lait, la neige de la coiffe, et la présence d'un chauffe-pieds sur le sol rouge de Venise.

INTERPRÉTATION * Serge Joncour

Ce qui m'intéresse dans ce tableau, c'est qu'en fait il s'agit du premier vrai nu commis par le peintre, et il faut bien le dire, le seul. On peut le regretter.

Soit, me direz-vous, mais tout de même en regardant ce tableau objectivement, on ne peut pas soutenir que cette femme-là n'est pas habillée. Il n'empêche que, contrairement aux apparences, il s'agit bien d'un nu. Pour comprendre ce paradoxe, il faut revenir, je crois, sur la genèse de l'œuvre.

Ce qu'il faut savoir de Vermeer, c'est qu'il n'avait pas une vie marrante ; ce n'était pas un garçon verni ! D'une part il habitait en Hollande… d'autre part il n'avait pas le sou, et du fait d'une femme à la fertilité poldérienne, ils se sont vite retrouvés dix-sept à la maison : le couple, les quatorze enfants et la belle-mère qui venait sans cesse leur donner un coup de main ; je rappelle qu'en plus, à l'époque, il n'y avait ni eau courante ni électricité !

Pour se distraire un peu de cette existence, le peintre avait eu l'idée de prendre une jeune femme pour modèle, une femme affriolante et gaie malgré les apparences, et de la faire poser nue de la tête aux pieds pendant des heures, histoire d'égayer ses journées de travail. Pour justifier la nudité de la dame, il la faisait poser debout, une jambe à peine plus avancée que l'autre, portant une jarre sur l'épaule, un prodigieux récipient d'où jaillirait une cascade d'eau, allégorie de la source, et de l'opulence, tout cela dans un décor champêtre et plus ou moins méditerranéen fait de chênes verts et d'oliviers, car jamais un peintre n'aurait l'idée de représenter une femme nue en pleine nature dans un décor batave ! Travailler enfermé des heures dans son atelier, face à une femme à la nudité généreusement exposée, rendait Vermeer heureux, parce que les dentellières, les peseuses de perles et les vues du port, il commençait à en avoir… je ne vous dis que ça ! Mais hélas les jarres en terre cuite sont lourdes et la Hollande globalement mal chauffée. L'artiste dut très vite se résoudre à rhabiller son modèle et à lui faire porter la jarre, non plus à bout de bras, mais comme elle le fait sur le tableau, c'est-à-dire à deux mains. Évidemment, d'une jarre portée aussi bas, Vermeer ne pouvait plus faire s'écouler de l'eau… d'où l'idée du lait.

J'aimerais tout de même attirer votre attention sur plusieurs indices qui témoignent des vestiges de son idée première. Tout d'abord la chaufferette en cuivre accrochée sur le mur (non, il ne s'agit pas d'un cache-pot, mais tout le monde peut se tromper !), ainsi que le petit chauffe-pieds qui traîne négligemment sur le sol : deux ustensiles dont se servait le peintre quand il voyait son modèle frissonner, des ustensiles que le climat pourri a bien vite rendu dérisoires. Autre indice, encore plus probant, cette marque que l'on voit sur le mur du fond. La marque d'un grand quadrilatère que l'on vient tout juste de décrocher maladroitement, et dont seuls subsistent deux clous et les trous des deux autres. Eh oui, dans un souci de réalisme, le peintre avait fixé sur le mur la vue d'un paysage hellène, un poster où figurait une petite montagne calcaire parsemée d'oliviers et de chênes verts ; un petit artifice de création qui avait le mérite d'aider le peintre dans son évocation d'un arrière-plan ensoleillé.

On l'aura compris, dès lors qu'il rhabilla son modèle, plus rien ne justifiait la présence de cet arrière-plan méditerranéen, et à la place de ces éléments de décor, le peintre disposa ce qu'il avait sous la main pour agrémenter son tableau, de là ces trognons de pain qui traînent sur la table en guise de nature morte, ce torchon et cette grosse miche au premier plan, sans doute un clin d'œil à la vocation première de son œuvre.

Ricardo Mosner, Henri Cueco

La Naissance de Vénus de Sandro Botticelli

Description objective * Ricardo Mosner

La Naissance de Vénus de Sandro Botticelli (1444-1510), Toile rectangulaire qui se trouve à la Galerie des Offices, à Florence.

Au centre du tableau, une femme nue d'environ vingt-deux ans pose dans une grande coquille avec pudeur et poésie. Ses cheveux très longs et orangés sont traités par le peintre avec une grande virtuosité. Elle cache son sein droit de sa main droite, et de sa main gauche tient le bout de sa chevelure, qui masque son pubis. Du côté gauche de la toile, un couple entrelacé souffle vers la donzelle, au milieu d'une pluie de fleurs blanches et roses. L'homme est drapé de bleu et porte des ailes. Il plane. De l'autre côté, une femme habillée d'une robe blanchâtre à fleurs présente à la demoiselle dans la coquille un manteau rougeâtre, à fleurs aussi, pour offrir un vêtement à sa nudité.

Sur le côté, un paysage paradisiaque de forêts avec quelques arbres tropicaux.

Au fond et au premier plan, le paysage est aquatique.

Quant au ciel, il est clair, avec quelques nuages.

INTERPRÉTATION * **Henri Cueco**

C'est une recette de cuisine codée. Son titre est : La préparation de la coquille Saint-Jacques.

La coquille sur le tableau est au centre. Elle flotte sur un bouillon garni d'herbes odoriférantes. Les éléments de cette recette sont ici figurés sur le principe des personnalisations utilisées pour la publicité des insecticides où l'on voit des personnages répugnants hurlant et fuyant devant des nuages toxiques. On peut reconnaître dans ces personnages des voisins de palier. J'ai de l'affection pour ces soi-disant parasites qui mènent leur vie d'insecte.

Ici, sur le même principe de la personnification, ce sont des dames appétissantes qui sont proposées à notre décodage de la recette des coquilles Saint-Jacques. Il s'agit bien sûr de glisser du désir sensuel vers le plaisir gastronomique avec retour sur l'incitation initiale. Le tableau nous propose un va-et-vient entre le plaisir pictural, le désir sensuel et un accompagnement gastronomique qui serait la phase ultime et concrète de toute sublimation. Tout est fait ici pour rendre appétissant ce pied légèrement tendineux qui fixe la bestiole à son habitacle. Sa couleur est nacrée, précisément comme la jolie personne qui se dresse sur sa coquille, résignée à son sort de Saint-Jacques et qui danse sans lever les pieds.

La noix de couleur orangée ou saumonée est figurée par le tissu (peignoir de bain ou torchon) que tend la belle femme, de profil, à droite. La noix est couverte d'un semis d'herbes. Elle se présente dans sa volupté gustative et sa magnificence décorative. Les tissus près du corps mettent en évidence une nudité d'autant plus sensible qu'elle est cachée. Les cheveux, les coiffures de ces deux femmes, mademoiselle Pied-de-Saint-Jacques et mademoiselle Noix-de-Corail, sont largement déployés et flottent dans la direction du souffle produit par le couple de gauche en train de revenir, comme on dit en cuisine. Les chevelures ondoyantes imitent en même temps les flammes en évoquant le feu de cuisson. En haut à droite, au deuxième plan, le bois de laurier pour obtenir une cuisson parfumée. On voit à droite de mademoiselle Pied des langues qui partent du bois et semblent sortir du corps de mademoiselle Noix.

Revenons au couple qui incarne le souffle. Monsieur Vent-Coulis et mademoiselle Alizé se tiennent par la taille. Mademoiselle Alizé exprime l'air qui sort des joues de monsieur Vent-Coulis en lui appuyant sur le ventre. C'est le principe du soufflet. Il arrive que mademoiselle Alizé appuie trop fort sur le ventre de Vent-Coulis qui expulse en même temps que le vent quelques morceaux d'ail qu'il projette dans la coquille et le bouillon. J'ai oublié d'expliquer qu'il s'agit d'une recette dite au court-bouillon qui se trouve enrichie d'herbes projetées « à la bouche », expression reprise pour le camembert dit « à la louche ». Monsieur Vent-Coulis et mademoiselle Alizé sont maintenus en l'air par une paire d'ailes. Après être revenus, ils partiront annoncer que « Madame est servie », mais c'est une autre histoire. C'est l'Annonciation.

C'est une recette, vous l'avez observé, dansée. Les quatre personnages, trois femmes, un homme, développent une figure complexe qui rythme la préparation du plat. Danse en couple côté ventilation. C'est un tango (d'aucuns disent paso doble) avec des figures d'enlacement des jambes. C'est la danse de la Saint-Jacques qui avait lieu chaque année à la Coquille dans les Deux-Sèvres et à Compostelle en Espagne. Mademoiselle Pied-de-Saint-Jacques exécute une danse statique tout en se frottant les seins de la main droite et le pubis de la main gauche avec sa superbe chevelure. C'est une sorte de rumba, danse solitaire sensuelle un peu triste (que l'on s'arrête sur la grâce du mouvement des pieds dans l'espace réduit de la coquille !)

Ces figures de danse sont des moyens d'assimiler la recette. On voit les pieds de mademoiselle Pied presque immobiles pendant que mademoiselle Noix frémit autour de la coquille. La danse du corail est une des plus élégantes.

C'est un menuet, vieille danse de cour avec figure de couple (la la li la la, la li la la, la li la, la). À la fin de ces danses, les protagonistes se retrouvent dans la coquille tandis que le bouillon se parfume de la grâce mêlée de leurs figures chorégraphiques.

Si certains doutaient de cette interprétation, ils pourraient reconnaître aussi dans ces langues que j'ai décrites, des langues de feu, des langues gourmandes (au nombre de cinq) proches du corps de mademoiselle Pied-de-Saint-Jacques. Ces langues ont des formes bizarres mais expriment pour la plupart le désir, la concupiscence, ou la gourmandise. Elles peuvent être des caps qui avancent sur la mer, des baleines ou des squales, des casques de soldats français (mais pourquoi ?), des limaces noires (en met-on dans les coquilles Saint-Jacques ?). Les dates de 1483-1485 ont été longtemps prises pour les dates à laquelle l'œuvre a été peinte. En réalité, il s'agit du temps de cuisson, 14,83 égale 14 minutes 83 secondes, soit le temps idéal : au-delà de 14 minutes 85 secondes le plat se rembrunit, se caramélise, comme le bas de la peinture, le légume devient noirâtre. La date de 1510, réputée être celle de la mort de Botticelli, le peintre, est en réalité le temps (15 minutes 10 secondes) que l'on ne doit pas dépasser si l'on veut éviter la calcination.

Au XVe siècle, l'usage des fruits de mer dans la cuisine posait le sérieux problème de la conservation à une époque où la chaîne du froid n'existait pas. Les intoxications provoquaient des éruptions dermatologiques fréquentes. Aussi voit-on dans ce tableau sur la robe et le peignoir de bain ou torchon des animalcules parasites, provoquant rien qu'au regard des démangeaisons. La recette exposait à des risques et il y avait obligation de prévenir les usagers, ce qui n'existe aujourd'hui que pour les médicaments alors que la nourriture, qui en stimule l'usage, produit elle-même des effets indésirables.

La coquille, après usage, était récupérée pour servir de protection aux gladiateurs et aux chasseurs. De nos jours, les joueurs de rugby utilisent les coquilles Saint-Jacques refroidies pour se protéger les parties vulnérables du corps. Ils se la mettent dans la culotte et aussi dans la bouche comme protège-dents (dans ce cas ils disposent de deux coquilles).

Serge Joncour, Ricardo Mosner
Numéro 14 de Mark Rothko

Description objective * Serge Joncour

Ce tableau se trouve au musée d'Art moderne de San Francisco. Il mesure 289,6 centimètres de haut, ou de large, cela dépend dans quel sens on le regarde, et 266,7 centimètres sur les faces perpendiculaires à celles citées précédemment. Il s'agit d'un tableau non figuratif.

Souvent le titre est la clé d'une œuvre, dans la mesure même où il la résume ; le titre est donc : *Numéro 14*. À partir de là, le mystère de cette œuvre, qui tient à son absolue rectangularité, le mystère s'éclaircit. 14 est indéniablement un chiffre pair, donc divisible par deux, comme l'est cette toile, elle-même divisée en deux, par une ligne, une ligne abstraite certes, à peine esquissée par le maître, mais efficace cependant, car quelle que soit la totale volatilité de cette démarcation, deux parfaits rectangles s'en dégagent. Penchons-nous d'abord sur le rectangle du bas, puisque ultérieurement nous nous hisserons vers celui du haut.

Le rectangle du bas est le plus petit. Il occupe à peu près le tiers inférieur de la toile, il est d'un violet plus ou moins soutenu, qui tire par moments vers le noir. La couleur semble s'abîmer en aspirant notre regard.

Le rectangle du haut est quant à lui rouge, rouge comme un ciel incandescent où le soleil se répandrait tel un jaune d'œuf dans une écuelle.

INTERPRÉTATION * Ricardo Mosner

Le critique français Nuridsano décrit cette œuvre comme une vue aérienne du volcan Stromboli par une fenêtre carrée. La surface sombre en bas du tableau serait la moustache du peintre. Car il nous explique que, quand on regarde d'en haut, la première chose qu'on aperçoit c'est notre moustache. Si on n'a pas de moustache, notre nez. Si on n'a pas de nez, on est à l'abri des mauvaises odeurs. Mais, oublions les divagations de ce critique ignare pour trouver la vraie signification de cette épatante peinture.

On voit, en bas de la toile, une forme rectangulaire noire violacée. C'est de toute évidence un lit austère, un divan couvert d'une couverture violette, un peu effilochée sur les bords. Cette effilochure a été traitée avec une technique hyperréaliste. Le moindre fil y est, c'est une prouesse d'observation et d'adresse. Ce n'est pas là l'intérêt de cette œuvre. Il faut se focaliser sur ce divan. Il est vide, il évoque une absence. Personne n'est couché comme chez Matisse, ni assis comme chez Munch, ni allongé comme chez Carl Gustav Jung. Mais on a les couleurs de Matisse, l'angoisse d'Edvard Munch et la vibration psychoanalytique rôde autour du divan vide. Ce n'est pas le psy qui est parti mais le patient. L'analyste, hors du tableau, est donc le peintre. Nous, spectateurs, nous analysons. Et c'est dans cette communion artiste-spectateur analysant le vide que l'on trouve l'essence de la toile n° 14 de Mark Rothko. Quatorze : deux fois les sept péchés capitaux. Sept péchés pour l'artiste, sept péchés pour l'observateur. Mais qu'est-ce que regardent l'artiste et le regardeur, à part le rien en bas ? Le feu en haut. Le critique n'était pas loin avec son idée de volcan. Mais, comme le proclamait déjà Rothko lui-même, le critique n'a pas les mots pour décrire l'expérience spirituelle de la peinture. Moi, comme je ne suis pas critique, je vais le faire. Donc, en bas le néant, la mort. En haut, pas de volcan, mais l'enfer. Un volcan intérieur, peut-être, qui déverse sur la toile une lave vermillon diffuse et qui, derrière ses flammes, cache un escabeau. Bon, l'escabeau, c'est une subtilité un peu subjective. Je reviendrai plus tard pour l'escabeau.

Le divan mortuaire occupe moins d'espace que les flammes de l'enfer. L'artiste donne la prépondérance à l'enfer (la drogue, le sexe, l'argent, la célébrité – oui je sais, jusque-là ça va – mais avec son revers inéluctable : la folie, la maladie, la ruine, l'oubli). Le divan de la mort est inachevé. Si, pour le bord inférieur de la couverture, l'artiste s'est appliqué, le reste du divan est une masse informe, plutôt floue. C'est exprès, car il ne doit pas être fini, ce lit. Sa mère pendant son enfance à Odessa le poursuivait de ses « Markus, t'as pas fait ton lit ! ». Rothko veut fuir la mort, il ne faut pas achever ce lit. Même si on doit aller brûler en haut à la recherche de l'escabeau subjectif. C'est la richesse de l'artiste : préférer les demeures infernales, courir le risque et abandonner la paresse absurde où nous entraînent les préjugés du corps social, les habitudes viciées de l'âme et le poids des traditions. Alors, montons vers le carré rouge : ce ne sont pas des diablotins à la Méliès mais une surface rythmée par des touches orangées. Il existe plusieurs versions antérieures de ce tableau où cette partie rouge est plus foncée, carmin ou magenta. C'est le passage du bortsch russe au ketchup américain, nous dit encore le critique français. Mais non, je pense (et la peinture de Rothko, il ne faut pas la voir mais la penser selon ses propres instructions). Donc, je pense que cette caractéristique de Rothko, de refaire toujours le même tableau, consiste à nous livrer de véritables mandalas qu'il répète inlassablement comme un mantra : cocorothko, cocorothko, cocorothko... dans le meilleur des cas. Et dans le pire des cas ? On revient à l'explication du lit mortuaire d'où le peintre veut s'échapper car comme Baudelaire, comme Nietzsche, Schopenhauer et même Socrate, il préfère brûler à petit feu que de rester dans le lit violacé de la mort. Et, qu'est-ce qu'il fait notre pauvre Rothko ? Il refait le même tableau, il répète une litanie, le célèbre « Hélas mon frère, il faut mourir », cité par Jankélévitch dans *La Méditation de la mort*. Il peint ce tableau avec un carré rouge comme un tic, un memento, un refrain funèbre de désespoir. En bas la mort, en haut la hantise infernale du bas. Toute son œuvre pourrait être définie comme la dislocation de la créature.

« Et l'escabeau ? » me demande une voix.

Je lui réponds : « Je ne sais pas, c'est ma voisine qui l'a pris. De toute façon, c'était un escabeau subjectif. »

Lucas Fournier, Henri Cueco

People in sun d'Edward Hopper

DESCRIPTION OBJECTIVE * Lucas Fournier

Extérieur jour.
Sur la partie gauche du tableau figure un groupe de cinq individus, assis sur des chaises pliantes, et tournés vers la partie droite du tableau, un paysage agreste. Attardons-nous sur le paysage. En haut une large zone bleu azur, c'est le ciel. Au milieu, une longue masse grise, ce sont les montagnes, et en bas, au pied des montagnes, une grande étendue jaunâtre, c'est un champ.

Observons à présent les personnages, trois hommes et deux femmes, assis en position relax, tous de profil, tous very smart, et ne portant pas de lunettes de soleil bien qu'étant *in sun*. À l'extrême gauche, en retrait, un jeune homme avec une écharpe bleue. Il ne regarde pas le paysage, il lit.

Devant, au premier plan, un monsieur chauve en costume gris et chemise blanche, affalé sur son siège. À sa gauche, une brune avec un grand chapeau, une écharpe rouge, des chaussures à talons, un 95 B. Enfin les deux autres, un roux à moustache rousse, en costume cravate et, à ses côtés, un peu dissimulée, une blonde en robe bleue.

Derrière ces *People in sun* se découpe une façade blanche, percée de deux ouvertures, dont on n'aperçoit que les angles.

INTERPRÉTATION * Henri Cueco

C'est une course de transats. Ce que l'on voit ici, c'est le peloton de tête. Nous sommes en 2002. Comme toujours, l'artiste est prophétique. On a remplacé les vélos à cause du dopage par les transats de course, les XX de compète. L'avantage des XX, c'est que les coureurs fatigués sort autorisés sur le plat à piquer un petit roupillon réparateur. C'est très spectaculaire à voir et à entendre ces ronflements qui se mêlent au claquement des XX. En fait, ici, c'est une course mixte (la coureuse n° 4, en partant de la droite, a des chances de gagner). Sa tactique pour gagner la course : passer devant. Les hommes derrière elle suivent son train et d'un coup de reins elle gagne.

Le deuxième que l'on voit sur le document, c'est Poulidor, le plus grand sportif de l'histoire du cyclisme. On se souvient de ses duels avec Anquetil, le frimeur qui passait devant Poulidor alors que lui, plus robuste, demeurait plus longtemps sur le vélo.

Sur notre document, Poulidor est coiffé d'un chapeau de paille prêté par sa mère. Il a rembourré son maillot à cause du froid en y mettant des journaux, ce qui est efficace et économique. Il a les jambes nues et des chaussures à talons qui lui donnent de l'allonge et de la puissance. C'est une œuvre moderne, l'artiste a réduit les effets de perspective et ce que nous avons pris au second plan pour un champ de blé n'est autre que le sillage des coureurs attardés. Dans le lointain se déroule une autre course, c'est une course de montagnes. La montagne de droite mène, c'est la Fromagère du Cantal, devant la Laitière du Jura et, oh ! surprise, le Cabécou d'Avignon. Un autre aspect de cette modernité d'Edward Hopper est le fait de suggérer au niveau des limites, ici à gauche, que le tableau commence avant d'être dans le cadre. C'est une subtilité qui n'existe dans aucune autre œuvre, au contraire de Marcel Duchamp qui profite du musée pour introduire une pissotière inutilisable – son fameux ready-made. Hopper fait figurer dans son tableau, à gauche, sur le bâtiment jaune, l'entrée réelle des toilettes du musée. Ce clin d'œil à l'histoire de l'art est d'autant plus fort que le tableau de Hopper fait réaliser une économie de gardiennage, alors que l'œuvre de Duchamp doit être présentée accompagnée d'une cohorte de philosophes pour l'expliquer, et d'un gardien qui doit veiller à ce que la fonction initiale du fameux ready-made ne soit rétablie par le premier incontinent venu, qui n'aurait pas lu la posologie de l'œuvre.

Nous terminerons en indiquant, pour le cas où il y aurait des amateurs de XX, le fonctionnement de l'engin. Le mouvement qu'on imagine est produit par une poussée en avant du buste, suivie d'un retrait de celui-ci, en rétro-poussée sur le dossier du XX tandis que les jambes à l'inverse avancent et reculent en allant chercher la pression le plus loin possible en avant tout en demeurant parallèles. La motricité est produite par une démultiplication des forces en x – type tire-bouchon – et la mise en jeu d'énergies dialectiquement exploitées qui combinent l'avancée des jambes avec le retrait du buste. Cette énergie démultipliée par l'effet technique en tire-bouchon réduit l'effort des coureurs.

De nombreux coureurs âgés ont repris du service avec le XX de compétition, très confortable. C'est ainsi que l'élargissement du siège a réduit l'usage du furoncle comme aiguillon de l'effort. On retrouve les noms de Poulidor, Van Steenbergen, Van Vliet, Impanis. Anquetil, décédé, a dû déclarer forfait. Le résultat de la course sera communiqué ultérieurement. Il n'était pas connu à l'heure où fut terminé le tableau d'Edward Hopper, à l'exception de la place de Raymond Poulidor.

Les bouts rimés ou rimes de hasard pour poèmes à notre façon

L'un a choisi dix mots, l'autre, après réflexion, a trouvé dix mots rimant
avec les premiers. Chacun a « son monde »
et son « approche »
de la versification ! Cependant la contrainte pour deux écrivains
est d'imaginer un poème avec ces vingt mots imposés.
Bonne chance…

Mots : Serge Joncour ; rimes : Hélène Delavault ; poèmes : Lucas Fournier et Hervé Le Tellier

Femelle/*semelle*, hareng/*parent*, mot/*tombeau*, cahier/*mouiller*, lessive/*lascive*, parfum/*hautain*, été/*raté*, pied/*guêpier*, tard/*routard*, café/*chauffer*.

Lucas Fournier

La mort du hareng

Sur les monts cévenols aux avens hautains
Aux cascades écumant en bouillantes lessives
Des torrents aux gargouilles épandues et lascives
Se glisse en l'air du soir un singulier parfum.
Cette odeur qui surprend la marche du routard
Et qui suspend son pas et qui retient son pied
N'est pas celle des fleurs ou du miel du guêpier
Ni des rosées du soir, ni des mares aux têtards.
C'est l'odeur âpre et rude qui imprègne l'été
Plus sûrement encore que l'infect café

Quand il est trop bouillu et qu'il est surchauffé
Et que l'homme rugit : « Le café est raté ! »
Voici l'heure terrible où les hordes de harengs
Remontent de la mer pour frayer les femelles,
Pour trouver ardemment chaussure à sa semelle,
Et faire don de leurs corps pour devenir parents.
Ils vont vers ces sommets qui seront leur tombeau
Les laboureurs le savent, sans livre et sans cahier
En regardant passer les grands poissons mouillés
Les harengs vont mourir, et mourir sans un mot.

Hervé Le Tellier

La harangue du hareng

Je veux chanter ici la joie d'être hareng
Un bonheur que je dois à mes très chers parents.
Mon père, bel hareng mâle, ma mère, jolie femelle,
Vivaient en bancs distincts, les voici qui se mêlent
Et, d'un coup de nageoire, ma mère soudain lascive,
S'approche de papa qui faisait sa lessive.
Elle portait ce jour-là un vigoureux parfum
Et mon poisson de père quitta son air hautain
Il a suffi d'un geste, il a suffi d'un mot
Pour que leur solitude entre enfin au tombeau.
Pour la postérité j'écris sur ce cahier
Mon destin familial avec des yeux mouillés,
Car le drame arriva à la fin d'un été
Que l'on peut sans mentir qualifier de raté.
Nous vîmes le filet, mais il était trop tard

Ma mère s'échappa mais mon père, vieux routard,
Se retrouva coincé dans des mailles d'un pied,
Et ne sut comment faire pour fuir de ce guêpier.
Il mourut, c'est affreux. D'accord c'est réchauffé
Mais je ne peux pas faire mieux, moi, quand je manque de café.

Mots : Lucas Fournier ; rimes : Serge Joncour ; poèmes : Guy Konopnicki et Hélène Delavault

Chemise/*remise*, convoite/*boîte*, bécasse/*rascasse*, chatouilles/*ratatouille*, azalée/*alizé*, cabine/*câline*, delco/*hélico*, pastis/*bis*, nacelle/*violoncelle*, océane/*profane*.

Guy Konopnicki
Matin

Mauvais réveil dans le bruit des hélicos
Maudite radio et l'auto muette du delco
Pistons immobiles dans leurs chemises
Pour ce matin ce sera partie remise
Impossible d'atteindre la boîte
Et ce boulot qu'un autre convoite
Et si enfin je quittais les azalées
Des jardins de banlieue pour les alizés
Partir n'importe où loin de ces bécasses
Qu'importe le bateau, un chalut à rascasses
Un paquebot aux luxueuses cabines
Où tout prépare les nuits câlines
Sur le pont on sirote le pastis
Aux musiciens on lance des bis
On ne se lasse pas du violoncelle
Naviguer ou monter dans une nacelle
Partir sur les voies océanes
Ces ondes que rien ne profane
Quand cette envie vous chatouille
De la cantine on supporte mal la ratatouille.

Hélène Delavault

Fiasco dans le bosquet

Elle enfile sa bleue chemise
Dans la chaleur de la remise.
Depuis longtemps il la convoite
Et cela lui est égal qu'elle boite.
Elle est d'ailleurs un peu bécasse
Elle a des gros yeux de rascasse
Mais quand elle lui fait des chatouilles
Ça met son cœur en ratatouille.
Au milieu des plants d'azalées
Bercés par de doux alizés
Ils se sont fait une cabine
Pour quand elle se fait câline.
Mais est-ce un problème de delco ?
Il ne part pas, son hélico !
Il se verse un verre de pastis
Pour s'encourager à un bis.
Elle avait rêvé de nacelles, de mélopées, de violoncelles
Las, pour la grande houle océane
C'est décidément un profane.

Mots : Hélène Delavault ; rimes : Hervé Le Tellier ; poèmes : Nelly Kaplan et Serge Joncour

Haleine/*baleine*, mousse/*frousse*, gentille/*quille*, forme/*s'endorme*, mouille/*carambouille*, vitrine/*margarine*, entrave/*choux-rave*, fumer/*grande armée*, dame/*macadam*, veille/*treille*.

Nelly Kaplan
Les travailleurs de la mère

Oh combien de marins, se forçant hors d'haleine
Sont partis courageux, pour chasser la baleine,
Alors qu'en fond de cale, un minuscule mousse
Pleurait appelant sa mère, se trémoussant de frousse.
Mais l'infâme salope, qui était tout sauf une dame,
Sourde aux sanglots, marchait sur le sale macadam,
En lubrifiant son sexe avec la margarine,
Ou encore futilement en léchant les vitrines
Tandis que son maquereau, féru de carambouille,
Attendait au bistrot que des clients se mouillent.
Il est grand temps pour moi de devenir gentille
Dans cette chasse aux baleines digne d'un jeu de quilles.
Vous dire que Moby Dick déteste les entraves
Et préfère les bipèdes aux incipides choux-raves
Et qu'un vieux cuisinier, au meilleur de sa forme,
Sodomise le mousse avant qu'il ne s'endorme.
Voici la vraie histoire racontée dans une veille
Par Melville s'enivrant à l'ombre d'une vieille treille.

À moins que ce ne soit, soûle aussi de fumée,
Les délires d'un grognard d'une mythique grande armée.

Serge Joncour

La pluie sans parapluie

C'était le matin du jour même de la veille
Que je me levais digne, matinal et en forme.
Dans ma cour je sortis en épousant la treille,
En sifflant sous les fleurs de peur qu'elles ne s'endorment.
Pour le reste, j'avais tout ce qu'il faut de menthol
dans l'haleine
Une menthe qui me soulevait d'un air droit comme
pour le parapluie la baleine.
Mais au bout de cent mètres, le ciel me fit sa carambouille
En me gratifiant d'une de ces pluies d'ondée qui mouillent.
Et c'est là que mon humeur fraîche connut comme
une entrave
Et que ma belle veste poireau vira dans les choux-raves.
Je le vis bien en passant devant une vitrine :
Je commençai rien moins qu'à suinter comme une margarine.
Je projetai donc d'acheter un pébroque avenue
de la Grande-Armée,

Mais comme c'était dimanche, les magasins
étaient fermés.
C'est là par chance que sous un parapluie je vis
une dame
Figée dans le surplace comme un poteau sur le
macadam.
Et puisque de loin elle avait l'air gentille
Je ne craignais donc pas qu'elle m'accueille,
comme le chien
dans un jeu de quilles.
Elle m'accueillit sous son aile, d'un grand sou-
rire qui mousse
Au point que j'en cours encore, submergé par
la frousse.

Drôles d'épistoliers

Un échange de lettres entre trois correspondants.
Le premier écrit au deuxième, le deuxième
au troisième, et le troisième répond… à qui il veut.

Hervé Le Tellier, Henri Cueco, Jacques Jouet

Le loup, l'agneau et La Fontaine

LETTRE DE L'AGNEAU À LA FONTAINE *
Hervé Le Tellier

Cher Monsieur La Fontaine,

Je me permets de vous contacter sur les recommandations d'un ami, M. Jean-François Corbeau, pour qui vous avez été naguère de bon conseil.

Je suis en effet dans une situation qui me semble fort mal engagée auprès d'un individu d'assez mauvaise foi et qui me semble mal intentionné. Mais voici les faits.

Je me promenais dans la forêt, non loin de la demeure de mes parents. Soudain, j'eus un peu soif. Je me dirige vers un ruisseau et je me mets à boire. Survient alors un loup, dont je ne crois pas dire du mal en affirmant qu'il cherchait l'aventure. Alors que je ne m'adressais pas à lui, il me dit : « Qui te rend si hardi de troubler mon breuvage ? » J'ai été très surpris de son agressivité. En effet, je buvais plus de vingt pas en dessous de lui (je vous joins un plan des lieux, je suis à l'endroit marqué A, le loup est à la position B, et le sens du courant est indiqué par la flèche. Il est donc en amont et je ne puis le troubler d'aucune façon).

Je lui réponds donc, de la manière la plus courtoise possible, en usant même de formules que je pourrais qualifier de courtisanes : « Sire, que Votre Majesté ne se mette pas en colère », etc., et je lui présente mes arguments. Il me répond que je le dérange et, alors, tenez-vous bien, que j'aurais « médit » de lui « l'an passé »

Or, Monsieur La Fontaine, il se trouve que l'an passé, je n'étais même pas né. Alors, je vous le demande, comment aurais-je pu faire pour médire de lui ? Je vous joins d'ailleurs également ma carte d'identité et mon extrait de naissance, à toutes fins utiles. Voici d'autre part une photographie prise hier, et où je suis avec maman, qui prouve que je tète encore ma mère. La brebis aux petites pattes noires, c'est maman, et en dessous, c'est moi.

Pour revenir au loup, il me répond alors une chose incroyable : « Si ce n'est toi, c'est donc ton frère. » Vous avez bien entendu.

Or, il se trouve que je n'en ai pas, moi, de frère. C'est quand même incroyable. J'ai bien dans la famille un cousin qui a mal tourné, une brebis galeuse, mais je ne l'ai jamais rencontré. Je crois qu'il habite dans le Var, où il a obtenu un poste d'adjoint de mairie.

Voilà où nous en sommes, Monsieur La Fontaine. Je profite d'une tirade un peu longue de cet individu où il est question des « bergers et des chiens qui ne l'épargneraient guère » pour vous envoyer cette lettre. Je sais, par Jean-François Corbeau, que vous connaissez bien la psychologie de ce Monsieur Loup, puisque vous l'avez évoquée à plusieurs occasions, en particulier dans des textes où il est en compagnie d'un chien, d'une chèvre et d'un chevreau, d'une cigogne, d'un lion et d'un renard, et j'en passe.

Auriez-vous donc l'amabilité, sitôt ce courrier reçu, de vous mettre en contact avec Monsieur Loup, dont l'animosité à mon égard est tout à fait injustifiée, et de faire ce que se peut afin d'apaiser notre différend. Je ne doute pas qu'il ne vous échappera pas, à vous, qu'être le plus fort ne lui donne nullement raison pour autant.

Bien à vous,
Lambert L'Agneau.

LETTRE DE LA FONTAINE AU LOUP * Henri Cueco

Mon Loulou,

Je reçois à l'instant une lettre de ce petit con de L'Agneau, Lambert, le fils de la brebis aux pattes noires dont j'ai oublié le nom. Il se plaint de mauvais traitements dont il aurait été l'objet de ta part. Je suis persuadé, te connaissant, que tout ce qu'il raconte sur toi est vrai, mais le hasard fait que je connais bien ce petit morveux de Lambert et que j'imagine sans peine l'irritation qu'il peut déclencher ! Je n'aime absolument pas son côté Filles-du-Calvaire et en même temps très Issy-Les-Moulineaux, si tu vois ce que je veux dire. Il prétend dans sa lettre que l'année dernière il n'était pas né ! Est-ce une raison pour troubler ton breuvage ? Il accumule les arguments de mauvaise foi, il provoque ! Je l'ai vu se promener parfois dans le quartier avec un couteau sous le cou. Que cherche-t-il ? Aimerait-il passer pour un mystique ? Je ne comprends pas que tu n'aies pas trouvé le moyen de lui faire son affaire. Cela ferait cesser ces bêlements qu'il vient proférer sous ma fenêtre. (Je n'aime pas « proférer », enfin… tu vois ce que je veux dire.) Il fait la chèvre par-devant pour qu'on le cajole par-derrière. Au passage, il cite ce salaud de corbeau qui l'a rencardé sur toi. Ah, celui-là ! N'attend pas qu'on lui refile du fromage pour lui faire son compte ! En ce moment il pose dans un champ de blé pour ce fada de peintre hollandais qui se coupe les oreilles. Quel monde ! Quand je pense, mon Loulou, à tout ce mal qu'on dit de toi, ça m'excite et me donne envie de te voir bientôt. On pourrait faire un méchoui… si tu vois à quoi je pense. D'ailleurs propose ça à Lambert, il est capable de dire oui et de te tendre son cou. Si tu acceptes mon plan, j'en ferai une fable.

Jean de La Fontaine

P.-S. Il y a trop de témoins à toutes mes histoires, il serait temps de faire le ménage !

Tout va bien, camarade L'Agneau. Qui tu sais a mordu à l'hameçon. La citerne, on va la couler. La source, on va la souiller. La chasse d'eau, on va la tarir. Ta lettre devait être parfaite ; j'aimerais bien en avoir une copie pour la faire circuler parmi les camarades. Je pense que Corbeau justement et ce bougre d'âne pourraient en prendre de la graine. L'imbécile parle de méchoui, alors on va faire exactement comme si... Je vais lui suggérer une réconciliation générale, qu'il devra non seulement honorer de sa présence mais même de sa présidence ! La première difficulté, c'est de parvenir à le pousser, lui, sur les braises. Je pense que la licorne pourrait s'en charger ou le narval en l'embrochant avec sa corne unique. Jusque-là c'est assez facile, ce qui m'inquiète c'est plutôt la façon dont on va se partager les morceaux. Ce n'est pas tellement que je craigne qu'on se batte pour ça, j'ai plutôt peur que chacun rivalise de réactions dégoûtées et que je sois condamné, sous prétexte que je suis vorace et sous-alimenté chronique, à me le faire en entier. Il n'en est pas question. Le bonhomme est une vieille carne sans tendresse, d'accord ! mais il faut que les herbivores comme toi ne s'arrêtent pas à la perruque et à lui brouter les aisselles, hein ! et je suis poli. Je compte bien sur le cochon qui n'est pas regardant, mais comme à lui ainsi qu'à veaux, vaches et couvées on a déjà dit adieu, je ne sais pas s'il sera là le grand soir. À mon avis il faut prendre langue avec le lion et ne rien dire au renard, ou du moins ne l'informer que le plus tard possible.

Affinons notre plan, camarade L'Agneau, et banzaï ! Comme dit le proverbe : « Le fabuliste est un loup pour les fabulés. »

Fabulés de tous les pays, réveillez-vous !

Loup.

Du 23 rue des Faisans à Mouloud *

Dominique Muller

Cher Mouloud,

Ce tutoiement crée déjà un lien entre nous, tu ne trouves pas ? Et puis, en tant qu'éboueur africain, tu dois avoir l'habitude. J'habite le 23 de la rue des Faisans. Si tu ne me connais pas personnellement, tu as dû me voir comme je te vois balayer le trottoir avec ta poussette si ingénieuse. Mais tu connais sûrement, sinon l'occupant, du moins la poubelle du 25 puisque tu la vides tous les matins.

C'est là que loge une personne qui m'intéresse énormément, pour des raisons trop longues à t'expliquer mais dont il me serait agréable, nécessaire, indispensable d'apprendre ce qu'elle jette. Je veux tout connaître : ce que cette personne a mangé, de quel produit elle a fait usage, quel courrier elle juge inutile de conserver. Tout.

Il te suffit donc d'apporter chaque matin la poubelle du 25 au 23, et de la récupérer le lendemain, une fois mon inspection finie, sans que personne ne s'en aperçoive ! Je suppose qu'il n'y a pas de contrôleur de poids et mesures pour les ordures.

Pourquoi ferais-tu ça, Mouloud, te demandes-tu dans ta langue chantante ? Je vais te le dire.

Un emploi régulier, surtout le beau métier d'éboueur, est très convoité. Et si tu perdais le tien ? Si par malheur quelqu'un t'accusait, par exemple, de déplacer les poubelles d'une maison à l'autre, de les fouiller, de les voler même ? Songe à ce qu'il adviendrait de ta position dans notre beau pays ! de ta carte de séjour ! du magnifique studio où loge ta nombreuse famille !

Le chantage me répugne. Et je pense avoir un moyen plus élégant de te convaincre. J'ai beaucoup d'amis dans les galeries d'art du quartier. Et, puisque les poubelles n'ont pas de secrets pour toi, tu pourrais devenir un artiste reconnu, en te spécialisant dans ce qu'on appelle des installations, sur le concept de « Planète pourrie », très en vogue. Ça pourrait marcher, Mouloud, songes-y !

Quoi qu'il en soit, je suis prête à tout pour posséder la poubelle du 25. La passion est un sentiment puissant qui balaie tout sur son passage. Tu comprends ça, le balayage, hein ? Inutile de me répondre par écrit, je conçois que la rédaction en français ne soit pas ton fort... La poubelle du 25 le plus tôt possible dans la cour du 23 sera ta réponse.

Avec un intérêt sincère, que j'espère bientôt partager.

Le 23 rue des Faisans.

De Mouloud à son chef de service, 25 de la rue des Faisans * Jacques Vallet

Chef,

J'ai un problème avec ma vocation d'éboueur.

Jusqu'ici j'avais ta confiance. Tu m'as donné un emploi régulier. Tu m'as donné la maison pour ma famille, ma femme et mes enfants. Tu m'as donné la carte de séjour.

Et c'est toi qui as choisi ma tournée dans la rue des Faisans, car tu habites au 25. Chaque matin, tu me demandes de prendre la poubelle du 23 où réside la directrice de l'entreprise, et de l'échanger avec la tienne. Tu peux ainsi surveiller son courrier, ses trafics, je n'sais quoi !

Alors, j'suis bien embêté.

Aujourd'hui, au 23, la directrice me demande de faire la même chose avec ta poubelle. Pour tout connaître de toi, dit-elle, ce que tu manges, les produits que tu utilises, quel courrier tu jettes ! Et moi, je suis coincé.

Me voilà entre deux poubelles.

J'peux quand même pas escamoter chaque matin deux poubelles, ça ferait un trou dans mon quota. De plus, ça serait malhonnête vis-à-vis de toi, qui le premier m'a intégré dans ton beau pays et m'a offert cette balade quotidienne en camion-benne.

Seulement, la directrice me fait miroiter une récompense. Une promotion. Elle me propose de devenir artiste. Je n'aurai plus à vider les poubelles chaque matin, mais je les déposerai dans une vitrine.

Chef, je ne sais plus quoi penser.

Je doute maintenant de la solidité de ma vocation d'éboueur.

Qu'est-ce que tu peux faire pour raffermir ma vocation ?

Tu ne peux pas parler à la directrice pour qu'elle cesse de me casser la tête ? Ou me proposer un poste de chef d'équipe ?

Mouloud.

Du maire adjoint chargé de la propreté et de la collecte des ordures, 24 rue des Faisans, aux habitants du 23 et du 25. * **Serge Joncour**

Mes chers concitoyens,

Sans vouloir entrer dans le détail des différentes affinités qui vous unissent ou vous opposent, je tenais à vous signaler que votre petit manège, pour discret qu'il soit, n'est pas passé inaperçu à mes yeux puisque j'habite en face. Après tout, que vous échangiez entre vous vos poubelles, cela vous regarde. Tant qu'il s'agissait de faire transiter la poubelle du 23 au 25, pendant que celle du 25 passait au 23, tout ça, dans le fond, n'était pas très gênant.

Seulement, je vous rappelle les nouvelles dispositions qui sont entrées en vigueur depuis la fin de l'été, et qui tiennent à l'application de ce que l'on appelle, vous devez être au courant, le tri sélectif.

Ainsi, je vous signale que ce n'est plus une poubelle qu'il y a aujourd'hui par immeuble, mais six. Une pour les papiers, une pour le verre, une pour les déchets divers, une pour les vêtements, une pour les sacs en plastique, les emballages… et une dernière… au cas où les autres seraient pleines. Six poubelles !

De telle sorte que le technicien de surface qui répond au nom de Mouloud passe maintenant près de trois quarts d'heure, chaque matin, entre vos deux résidences. Et, obstiné qu'il est à vouloir déplacer vos six poubelles respectives – ça fait douze –, les unes après les autres, il génère un bouchon dont les applications se font ressentir jusqu'au boulevard Morland. Ce n'est plus possible !

Alors de deux choses l'une. Soit vous arrivez à communiquer entre vous autrement que par poubelles interposées, ce qui est quand même faisable ! Soit on colle votre rue en zone piétonne… Soit on envoie du renfort à l'agent Mouloud – au bas mot, six gars dans un sens, six gars dans l'autre –, ce qui au niveau de la taxe d'habitation se fera rudement ressentir.

Voilà, mes chers concitoyens, veuillez agréer, etc.

Le maire adjoint
chargé de la propreté
et de la collecte des ordures.

État de chose

Les objets qui nous entourent ont-ils une vie en dehors de nous ?
Quels liens les unissent à ceux qui les manipulent ?
Quels sont leurs rapports avec les autres objets ?
Des documents témoigneraient de cet état des choses.

Éric Holder

Le briquet de Malraux

Bien qu'en argent massif, je suis un briquet sans prétention de grand bourgeois, et j'attends le chaland depuis cinq ou six ans dans la vitrine basse d'un brocanteur connu à Saint-Ouen. Ma forme rétro, mon prix (800 francs, ce n'est pas prohibitif après tout) ni n'encouragent ni ne découragent de m'acheter. Mon seul handicap, voyez-vous, c'est d'être monogrammé, pas « Y » ou « Z » non, même pas, mais « A. M. ». On pourrait faire de moi un beau cadeau, beaucoup de personnes s'appellent A. M., sans compter que dans la catégorie objet, je serais même un prototype, souvenons-nous des vers de Lamartine : « Objets inanimés, avez-vous donc une âme (AM) qui s'attache à notre âme et la force d'aimer ? » Ne me prenez pas pour un outrecuidant, c'est qu'à force de fréquenter durant de longues années – quoique épisodiquement – mon précédent propriétaire, André Malraux, le goût de déclamer m'est venu quasi à la naissance, ce qui a le don par ailleurs d'énerver mon voisin de feutrine E. R. Laqué rouge grenat du plus bel effet, mais qui, ayant appartenu à un certain Eugène Réveillon, ne sait dire que : « Ta gueule, morue, aboule ton sac ou je t'en mets une autre. » On me dit très années vingt, on ne se trompe pas. C'est Clara qui m'a offert à André, à peine étais-je sorti des mains du bon faiseur en 1923, avant qu'ils n'embarquent tous deux pour l'Indochine. J'ignorais à l'époque qu'André avait déjà eu une liaison avec Florence, peut-être Clara voulait-elle par mon truchement se l'attacher davantage (« Il n'y a pas d'amour, il n'y a que des preuves d'amour », c'est Cocteau qui disait ça, je crois). Le fait est qu'à peine arrivés, le temps de voler quelques vieilles pierres près d'Angkor, nous avons été consignés quatre mois à l'hôtel Manelisse. Ah ! le temps heureux où ne sachant que faire nous lisions des journées durant, tous trois allumant cigarette sur cigarette. Oui, j'ai sans doute vécu là mes plus beaux moments si j'y ajoute près de cinquante ans plus tard, les années que nous passâmes auprès de Louise de Vilmorin, où il ne se séparait plus de moi qui lui rappelais avec insistance sa jeunesse. Pour le reste je n'étais, je l'ai dit, qu'épisodique. Je n'ai pas vu son Goncourt en 33, je n'ai pas été en Espagne, je ne parle pas des cendres de Jean Moulin où cette fois la décence l'emporta. Pour le reste, je ne pouvais que l'entendre s'écrier par-delà le rempart d'un tiroir ou perdu dans les plis de sa robe de chambre : « Putain, qu'est-ce que j'ai encore fait de ce foutu briquet ! » Deux épisodes, et deux seuls, auront marqué notablement mon existence. Le jour où je refusai de brûler des papiers compromettants alors qu'il travaillait dans la Résistance sous le nom de colonel Berger. Je n'étais pas programmé pour cela et de surcroît mon monogramme le trahit. Mais qu'eût-on dit si j'avais été capable d'allumer les noyers de l'Altenburg, comme il tâcha de le faire ? Le jour, enfin, où le Général lui-même m'emprunta et, comme je refusai de fonctionner, me jeta par-dessus son épaule. Les fidèles qui le suivaient se jetèrent sur moi tels des rugbymen en touche. Une relique ! Ce fut Chaban, le plus sportif, qui m'attrapa. Je l'entends encore me restituer à contrecœur à mon propriétaire : « Tenez, André, je crois que ceci vous appartient. » J'attends depuis incognito, je doute fort qu'on me reconnaisse. Je ne désespère pas pourtant de recommencer une nouvelle vie. Je ne songe pas à Alain Minc qui ne fume pas et ne conçoit pas davantage les grandes aspirations auxquelles littéralement je contribue. J'ai brillé d'excitation quand un des amis d'Armistead Maupin, alors qu'il passait aux puces, voulut m'offrir en gage de fidélité. Je doute cependant que cela aurait servi mes projets, car je rêve moi-même en secret de rencontrer le fume-cigarettes, oublié lui aussi neuf fois sur dix, d'Ariane Mnouchkine.

Gérard Mordillat

Journal d'une poignée de porte

Lundi.

Il ne m'a même pas touchée aujourd'hui. Rien. Pas même un frôlement, une caresse. Il m'a ignorée. Il a poussé la porte avec son pied comme si je n'existais pas. Il a posé le plateau sur le bord du lit. Il a dit :

« Bon, faut que j'y aille, à ce soir… »

Et il a quitté la chambre sans se retourner.

Elle, elle s'est prélassée au lit en prenant son petit déjeuner, et il était au moins dix heures quand elle s'est levée. Elle est venue vers moi un petit sourire au coin des lèvres. D'abord, je n'ai pas compris ce qu'elle voulait mais, soudain, elle m'a tiré par le cou sans aucune précaution et a fermé la porte, me laissant toute tremblante, la faïence en émoi. Pourquoi ferme-t-elle la porte pour téléphoner alors qu'il n'y a personne à la maison ? À qui téléphone-t-elle ? D'habitude elle ne se gêne pas pour se promener toute nue devant moi ou accrocher sa serviette trempée sur ma tête. Quel manque d'éducation ! Confondre une poignée de porte avec un portemanteau ou une patère…

C'est d'un vulgaire !

Mardi.

Rien. Ou pas grand-chose. Il m'a prise une fois ou deux, mais avec un détachement qui frôle l'indifférence. Il n'avait à la bouche que des histoires de fenêtres ouvertes ou fermées, de portes qui claquent…

Tout de même, rien qu'une fois ou deux, ça me travaille la tige. Quand sa main chaude se referme sur moi, que je sens ses doigts me prendre tout entière et me tourner d'un côté puis de l'autre, j'éprouve une volupté à en perdre le clou. C'est étrange de l'écrire, mais c'est la vérité : la poignée de porte perd le clou dans ses transports comme le clou perd la tête si on le fout en l'air.

Aujourd'hui ce n'était pas assez intense pour que cela m'arrive mais c'était bon quand même…

Mercredi.

Mercredi, jour maudit : les gosses sont à la maison toute la journée. J'ai cru devenir folle. Ça n'arrêtait pas ! Et que j'entre et que je sors. Et que je te tire d'un côté et que je te tire de l'autre, de leurs petits doigts nerveux. Et je ne parle pas des mains noires de crasse ou gluantes de chocolat, les cris, les hurlements…

L'Enfer.

J'ai cru que j'allais péter mes vis.

Heureusement la porte a réussi à se refermer sur les doigts de la petite dernière et, après ça, on a eu la paix.

Jeudi.

J'attends samedi avec impatience. Le samedi, c'est notre jour. Notre jour à tous les deux. Rien que lui et moi. Pendant qu'elle emmène les gosses chez sa mère, nous sommes tranquilles.

D'abord, il me lave délicatement avec une éponge trempée dans l'eau tiède. Puis il me sèche avec un tissu doux avant de me masser avec une crème parfumée. Et quand je sens son souffle chaud sur mon anneau de cuivre, j'oublie tout, je m'abandonne. Je veux que ça dure, longtemps, très longtemps, le plus longtemps possible. Je me ternis exprès pour qu'il frotte encore et encore, pour qu'il m'astique à s'en déboîter le bras. Je veux qu'il me tienne serrée dans sa main, qu'il ne me lâche pas, jamais. Je veux être toute à lui, je veux tout de lui. Qu'est-ce que ça peut me faire si l'aspirateur s'impatiente ?

Vendredi.

Ils se sont disputés. C'était indescriptible. Il me tirait d'un côté, elle me tirait de l'autre. Une fois, deux fois, dix fois jusqu'à ce qu'elle ferme la porte à clef.

Et alors là, quand j'y repense…

Il me secouait comme un furieux, il me tournait, me retournait, me poussait vers le haut, vers le bas, vers l'avant, vers l'arrière, je ne savais plus où j'habitais. Sa main était brûlante, vigoureuse. Soudain, sans cesser de me secouer, de me tourner et retourner, poussant des cris de dément, son autre main m'a prise aussi.

Il m'a prise à deux mains !

Jamais il n'avait fait ça…

Ça a été comme une explosion nucléaire, un grand boum qui m'a fait sauter le clou et lui a fait perdre l'équilibre. Il est parti en arrière et je suis partie avec lui. Nous sommes partis ensemble, au même instant, à la même fraction de seconde dans un immense basculement, une féerie, un ouragan à la renverse.

Samedi.
Je ne sais pas si je retrouverai ma place. Pour l'instant j'attends sur la petite table de l'entrée, à côté du téléphone. Il paraît qu'un serrurier doit venir… La maison est d'un calme étrange bien qu'ils soient nombreux autour d'elle. Tout le monde parle à voix basse. Il y en a qui pleurent en silence. Je dois reconnaître que le noir lui va bien. Elle est très chic en deuil. Très belle même. Moi, je me sens un peu déplacée avec ma faïence blanche. Si au moins j'étais chromée, cela serait plus de circonstance. Me remettrai-je de sa mort ? Je ne sais pas. La seule chose qui me console, c'est de penser qu'au moment où sa tête a heurté le coin du radiateur et qu'il m'a lâchée sur le parquet, j'ai senti son sang m'envahir, rouge comme la passion.

L'autruche à l'eau

Contrainte périlleuse puisqu'il s'agit pour un auteur, Patrice Delbourg,
d'imaginer une histoire dont le début et la fin
lui sont imposés.
La phrase de départ a été empruntée à Pierre Bettencourt,
la phrase de fin a été mijotée, peut-être avec l'intention de piéger,
par Patrick Besnier. Elles sont naturellement très éloignées l'une de l'autre.

Phrase de début : « Aujourd'hui je me suis fait descendre au fond du puits.
C'est l'époque des pluies, le niveau monte de 20 cm par heure. »
(Pierre Bettencourt)

Phrase de fin : « Eh bien tu vois ma petite, dit mon grand-père en appuyant sur le bouton rouge, tu vois,
sur ce plan-là au moins, Staline avait parfaitement raison. »
(Patrick Besnier)

Patrice Delbourg

Aujourd'hui je me suis fait descendre au fond du puits. C'est l'époque des pluies, le niveau monte de 20 cm par heure. Gontran Chasseuil, Basile Rouffignac, Hervé Cotentin et Victor Maury sont déjà en place dans les wagonnets plombés. C'est la septième épreuve de « Défi pour une gueule noire », grand jeu organisé par Télé Luxembourg dans les anciens corons de la Chapelle-d'Armentières. Les environs ont été transformés en Fort Boyard ; sur les terrils les caméras filment sans relâche. Des hôtesses en mini-tailleurs Chanel canalisent les spectateurs.

Au début du jeu, en décembre dernier, nous étions 43 candidats. Tous volontaires. Maintenant nous ne sommes plus que 5 : Gontran, Basile, Hervé, Victor et moi. Ce soir il y aura 3 nouveaux éliminés. Je suis la seule fille parmi les rescapés. Mon nom est Annette, Annette Flahute. Ma famille est venue m'encourager. Avant de descendre au fond du puits, je peux apercevoir mon cousin de Saint-Omer, Dadi, la petite Lise de Bailleul, et mon vieux pépé qui a fait toutes les guerres. Cela fait chaud au cœur de les voir là.

Je prends place dans le wagonnet qui est déjà à moitié immergé dans l'eau glacée. Quelques tarentules grouillent dans l'habitacle. On doit boire un flacon de jus de poisson avarié, et se glisser des aiguilles de gramophone sous les ongles, tandis que le wagonnet tourne sur lui-même dans le marigot. C'est la règle du jeu. Des caméras à infrarouge ne cessent de filmer dans le limon. Je sens que Victor Maury essaie de dégraffer mon soutien-gorge, avec une clé de douze. Je lui rectifie les joyeuses. Hervé Cotentin me tire les cheveux et tente de m'arracher mon tuba. Je lui plante mon piolet à grisou dans la fémorale gauche. La mêlée fait rage au fond du puits de la mine !

Trente-cinq secondes déjà sans oxygène, le corps est dans une glacière, mes tympans se transforment en sangsues, j'essaie une dernière fois de griffer mes adversaires au visage. Mes jambes ont des fourmis rouges. Un coma terreux m'agrippe les tempes. Je me réveille avec un masque à oxygène sur le nez.

Tout autour de moi on applaudit.

« Je suis en finale ! Je suis en finale ! » Contre Basile Rouffignac.

La dernière épreuve est un quizz. Chaque finaliste a le droit de se faire aider par un renfort. Moi je choisis mon vieux pépé, il est sacrément balèze. Basile Rouffignac choisit « géographie ». C'est le curé qui lui sert de renfort. On lui demande la capitale du Bhoutan : Punakha qu'ils disent.

Faux, c'est faux, c'est Thimphu !

Rétamé ! Éliminé !

C'est notre tour maintenant. Si on dit bon on a gagné. À nous le gros lot de « Défi pour une gueule noire » : une semaine de visite guidée à Berck-Plage pour deux, dans les nouveaux établissements de Proprio Sensitivité. Ça c'est drôlement chic !

Voilà la question qui nous est proposée : « Combien de dissidents furent déportés dans l'île de Sakhaline entre 1948 et 1951 ? »

– 180 000 ?

– 1 800 000 ?

– 18 000 000 ?

Trois boutons sont à notre disposition, un jaune, un vert, un rouge, correspondant à chaque réponse.

Pépé exulte, ses yeux jettent des éclairs et des faucilles. Ses membres sont soudain animés d'un shimmy de roue motrice. Il ne prend même pas la peine de me consulter : « Eh bien tu vois ma petite, dit mon grand-père en appuyant sur le bouton rouge, tu vois, sur ce plan là au moins, Staline avait parfaitement raison. »

Les anniversaires occultés

Sur les traces de Pierre Dac qui fêta en son temps
le centenaire de la naissance
d'Alcibiade Ladislas Reluire,
inventeur de la brosse qui porte son nom,
célébrons à notre tour trois grands oubliés.

Patrice Caumon

Départ

Alexandre Maximilien DÉPART est né en 1740 à Albi, où il fut dans sa jeunesse le condisciple de Jean-François de Galaup, comte de La Pérouse, qui restera éternellement son ami. Si l'histoire n'a retenu que son nom, Départ simplifié très citoyennement, et surtout *très* prudemment dès 1789, son véritable titre était comte de la Ligne de Départ, par son père, et de La Course, par sa mère.

À vingt ans, on le vit disciple préféré de Condillac et il rédigea même pour lui son *Traité de logique*.

Il fut aussi l'ami de Condorcet jusqu'en 1791, tout au moins. Car l'engagement politique de son ami lui fit peur, et en 1792 lorsque Condorcet fut élu à la Convention, Départ lui écrivit pour la dernière fois une lettre étrange, en fait un alibi :

« Citoyen Condorcet, je vous retourne une lettre que vous m'avez sans doute adressée par erreur, puisque je ne vous connais pas, parce que je n'entends rien à l'instruction publique, parce qu'un simple citoyen issu du peuple comme moi ne saurait se frotter, ni hier ni demain, à un ancien petit marquis comme vous… »

À l'arrestation de Condorcet, cette lettre sauva peut-être la tête de Départ qui, on le verra par la suite, n'était pas vraiment courageux et avait écrit, ne l'oublions pas, une *Apologie de la lâcheté comme vertu*, à vingt-deux ans, en 1762, l'année où Rousseau qui ne fut pas lui-même un exemple de courage publiait son *Contrat social*.

Ensemble pourtant ils avaient collaboré à l'*Encyclopédie*.

Une lettre de Diderot à son imprimeur témoigne de l'estime que le maître lui portait :

« Non ce n'est pas un mauvais, mais un bon Départ, je dirai même plus c'est un foudroyant Départ. »

Notre Alexandre Maximilien fut mathématicien avant d'être philosophe, puis naturaliste.

Il confia à La Pérouse sa méthode pour faire le point en mer, même par temps de brouillard.

Notons qu'aujourd'hui encore toutes les courses de trimarans équipés jusqu'au pont d'électronique de pointe naviguent toujours à partir du point de Départ.

Il fut aussi le premier à faire l'observation du point à la ligne. En effet, auparavant, les typographes ne faisaient pas ce retour systématiquement, c'était empirique et aléatoire.

Avec le point à la ligne de Départ, c'est toute l'écriture qui prenait conscience de ses temps et de ses espaces. « Avec le passage à la ligne, ponctuer n'est plus tuer », déclara-t-il en 1778 à l'académie départementale de Grenoble, ville natale de Condillac. Son maître le félicita, et entretint avec Départ une correspondance nourrie de points à la ligne jusqu'en 1780, année funeste qui vit disparaître le plus grand philosophe français : Étienne Bonnot de Condillac, notre KANT à nous, quant au KANT à soi, il publiera l'année suivante la *Raison pure*.

Ses travaux sur le point et la ligne impressionnèrent Lavoisier, qui le fit appeler dans la commission chargée d'établir le système métrique. D'ailleurs à la nomination de Lavoisier comme fermier général en 1778, Départ, dans un discours flatteur et obséquieux, compara le chimiste à un héros grec, médiateur entre les Dieux et les hommes. Mais lorsque Lavoisier, redoutant d'être décapité, fit appeler le citoyen Départ pour témoigner, celui-ci fit savoir au préfet de police qu'il n'avait jamais approché de près ni de loin le fermier général Lavoisier.

« Mon seul ami, confia-t-il à Madame de Staël, fut Jean-François La Pérouse ; je ne l'ai jamais trahi. » Faut-il rappeler que La Pérouse eut l'intelligence de ne plus donner de nouvelles dès fin 1788, soit une bonne année avant les événements regrettables qui firent si peur à Maximilien Départ.

L'Astrolabe et la frégate *La Boussole* avaient quitté Brest en 1785. La Pérouse, le cadet de

Départ d'un an, avait alors 44 ans. Départ disait : « Si Le Havre est un port, le port est un havre. » La Pérouse en fait était parti avec l'élite intellectuelle de l'époque, non pas comme on le laissa croire pour faire des découvertes à la Cook, mais pour créer un royaume utopique et rousseauiste dans une île. C'était cela l'hypothèse de Départ. Il avait remarqué que l'homme, dans un espace réduit, cachot ou île par exemple, perd la notion du temps. Les saisons au contraire accentuent la perception de la fuite du temps, par la notion de cycle, de repère, d'anniversaire. Donc il faut trouver un petit espace, une île, loin de tout lien avec la civilisation condamnée et dans un climat sans saisons, pour retrouver l'Éden et se confondre avec l'éternité du temps. Dans l'idée de Départ, Louis XVI devait rejoindre l'île en secret. Mais la Révolution et surtout l'arrestation du roi à Varennes alors qu'il allait s'embarquer à Ostende pour l'île modifia le projet. La Pérouse n'avoua jamais sa destination réelle. Confronté à ce dilemme cornélien, rentrer en France pour retrouver son épouse, la monogamie et la guillotine, ou continuer la polygamie en Polynésie et en vie.

Départ, le seul qui avec Sa Majesté connaissait la latitude et la longitude de cette île, put la rejoindre en 1795. Car La Pérouse avait fait construire en Australie et en secret un troisième bateau. Puis il coula *L'Astrolabe*, et envoya *La Boussole* avec un équipage de marins imbéciles et d'officiers rigides vers le Nord. *La*

Boussole fit naufrage à Vanikoro, où l'on cherche encore des traces de ce que La Pérouse fit semer en faux indices, pour que ni la révolution, ni qui que ce soit ne le cherche, et ne le trouve. Avec son troisième bateau, *Le Galaup de Départ*, il atteint cette île baptisée « l'Arrivée de Départ ». Ce fut une espèce d'abbaye de Thélème, où les plus grands savants échangeaient les idées et les femmes, selon la coutume mélanésienne. Simplement pour goûter et vivre le rêve de l'Arrivée, il avait fallu adhérer à l'idée de Départ. Nul ne sait à quel âge s'éteignirent en paix sous le soleil sacré les deux amis philosophes, La Pérouse et le grand Départ.

Jacques Vallet

Sueur

Nous fêtons cette année l'anniversaire d'Antoine Sueur, né en 1853 à Tournevent en Normandie. Le cent-cinquantième anniversaire.

Son père était débitant de tabac et habitait en face de la mairie. Antoine Sueur était-il un véritable Sueur ? Un Sueur de sang ? On dit que le maire était pour quelque chose dans sa naissance, car son père avait toujours laissé Mme Sueur froide…

Vous savez, ce sont les commérages de la campagne normande. Telle que l'a dépeinte Maupassant. Le père Sueur était un brave homme, et rien n'arrête les mauvaises langues à la campagne.

Ce qui est certain, c'est que le petit Antoine ressemblait au père Sueur comme deux gouttes : il avait la peau moite de Sueur, le front qui luisait de Sueur, bref, il était le fils de son père.

Et la suite prouve qu'ils avaient, père et fils, beaucoup de points communs. Car cet Antoine Sueur est le père Toine qu'a décrit Maupassant dans une nouvelle publiée en 1885 dans le *Gil Blas*.

Antoine Sueur avait pris la succession paternelle dans le fameux cabaret de Tournevent.

Alors bien sûr, Maupassant a un peu travesti les noms, les faits, les événements. C'est l'alchimie de l'écriture. Je vous résume la nouvelle de Maupassant : le père Toine est un brave homme qui adore plaisanter et sert une fine qui est renommée dans tout le canton. Un jour, il a une attaque et doit garder le lit. Sa femme, furieuse qu'il ne fasse plus rien, lui fait couver des œufs, qui finalement éclosent.

Antoine Sueur tint effectivement le café de Tournevent et abreuva le pays d'un petit alcool artisanal qui faisait courir tout le canton.

Une goutte claire, limpide, transparente, chaude, qui, disait-il, « chauffe la tripe… nettoie la tête ! ».

Les gens venaient même de Fécamp et de Montvilliers pour goûter la fameuse goutte de Sueur.

Et Antoine prélevait un petit verre pour lui sur toutes les tournées qu'on buvait dans son café.

Alors, il devint épais et gros, rouge et soufflant.

De là, le portrait qu'en a fait Maupassant et qu'on a déjà évoqué : le front luisant, la peau moite.

C'était vraiment une curiosité rien que de regarder boire le bonhomme. Le visage mouillé, trempé, baigné, ruisselant de Sueur.

Ainsi Antoine Sueur rayonna sur Tournevent et le voisinage. C'était devenu une référence, l'expression de tous les farceurs du pays, qu'ils évoquaient pour se moquer dans toutes les occasions : l'émotion, la chaleur, le travail…

« Ah, mais tu as la goutte de Sueur ! »

Mais vous savez ce qu'il arriva à ce pauvre Sueur. Maupassant le dit rapidement : il eut une attaque et tomba malade. On le coucha dans la petite chambre derrière la cloison du café, la tête demeura libre, mais il resta frappé d'immobilité.

En fait, les excès de boisson prédisposent à cette maladie, le pauvre Sueur n'arrivait plus à éliminer l'acide urique. Il eut des poussées inflammatoires dans tout le corps : il subit, ironie du sort, une attaque de goutte. Mais alors, la plus aiguë. Il fut condamné à ne plus jamais bouger du lit.

Et désormais ce furent les bigotes du pays qui prirent leur revanche et virent là une punition divine. Et les commérages sortirent du canton, atteignirent la ville : on évoquait à tout bout de champ la goutte de Sueur comme une punition de Dieu.

« Le malheureux, il a la goutte de Sueur ; il l'a bien cherché ! »

On la rattachait même au péché originel : tout pécheur devait souffrir comme Sueur pour mériter sa rédemption !

Alors plus personne aujourd'hui ne peut dire ce qui reste de ce pauvre Antoine Sueur : est-ce son alcool si jubilatoire ? est-ce sa maladie si douloureuse ? Les deux sans doute. Il est vraisemblable qu'en parlant de la goutte de Sueur le parler populaire ait confondu les deux : le paradis et l'enfer !

Lucas Fournier

Artischo

Artischo, marchand de graines à Venise, était tombé amoureux d'une princesse au petit pois. Elle était sa cousine et se nommait Blette. Elle était blonde comme les blés, avec un teint de lys et de rose, une peau de pêche et ses petits yeux noisette s'ouvraient en amande. Elle venait chaque matin au marché des légumes.

Artischo rêvait d'effeuiller la marguerite.

« M'aimes-tu ? lançait-il.

– Un peu ! Tu es trop chou », répondait la cousine Blette. C'était sa façon de l'envoyer sur les roses, en souriant de toutes ses lèvres framboise.

Artischo, bonne pomme, répondait en criant : « Salsifis », ce qui signifie en vénitien : cela me suffit. Et chaque jour, en tête de gondole, il attendait sa belle, mi-figue, mi-raisin.

« M'aimes-tu ?

– Des nèfles », répondit-elle, ce matin-là, à ce jeune homme qui commençait à lui courir sur le haricot. Artischo, sur des chardons ardents, devint blanc comme une endive, du sang de navet coula dans ses veines. Il en avait gros sur la patate, mais décida de continuer à faire le poireau. Ah, ah, elle le prenait pour une poire !

Les jours passaient. Il végétait immobile et commençait à perdre les pétales. L'humidité des lieux et la chaleur de l'août vénitien aidant, le marchand de graines finit par prendre racine tandis que les fièvres semaient sur son visage des pustules bourgeonnantes. Et l'histoire d'Artischo aurait pu tourner au vinaigre, si un peintre passant par là n'avait remarqué l'extraordinaire physionomie du jeune homme : des oreilles en feuilles de chou, des cheveux frisés, un nez cramoisi en forme d'aubergine, des joues rondes comme un oignon et deux yeux noirs comme des myrtilles.

Le peintre s'appelait Arcimboldo ; il croqua Artischo. Et bientôt, tout ce que Venise comptait de dogaresses, de duchesses ou de soubrettes s'interrogeait devant le tableau : mais quel était donc ce jeune homme au portrait si incroyablement appétissant ?

On supputait… on supputait beaucoup. Quelle cucurbitacée Artischo pouvait-il bien cacher sous son pourpoint ? Toutes les épouses des grosses légumes de la cité auraient rêvé d'en faire leur dessert. Toutes auraient voulu gauler ses noix, attraper ses olives pour goûter enfin au fruit défendu, et à jamais soigner Artischo aux petits oignons… Elles envoyaient des lettres d'amour fou à Artischo, qui bientôt disparut sous les feuilles. Mais le cœur d'Artischo était imprenable puisqu'il était à Blette. Et Blette comptait fleurette à un marin breton et Artischo comptait pour des prunes.

Un soir de purée de pois, Artischo vit passer sa cousine Blette. Elle avait toujours sa peau d'abricot mais ses seins semblaient à présent des beurrées Hardy et sa taille un melon bien rond. Artischo sortit du potage. Il avait mûri, il comprit alors son infortune et, à la prime heure, il s'arracha le cœur. Les femmes de Venise qui ont un pois chiche dans la tête se consolèrent en croquant chacune un morceau du cœur d'Artischo avec un peu d'huile d'olive. Elles prirent les graines d'Artischo et en semèrent partout dans Venise. Mais comment voulez-vous que quelque chose pousse à Venise ! On est bête quand on sème.

Voilà l'histoire d'Artischo, prenez-en de la graine.

un petit mot sur la porte

ou l'art du contrepet honnête

Toute phrase contrepétrique en cache une autre.
Existe-t-il un lien possible entre ces deux phrases ?
Oui, une histoire par exemple qui irait de l'une à l'autre.

Ricardo Mosner

Un chien sans valeur

Un chien sans valeur. C'est tout ce que Domenica lui avait laissé. Ce chien, avec qui elle parlait sans arrêt. Elle disait : « Tu sais, ce chien, il parle comme toi et moi. » Elle était partie et avait tout embarqué. Il marchait d'une chambre vide à une autre chambre vide. C'étaient ses affaires, d'accord, mais quand même... Il n'avait même pas une chaise pour s'asseoir. Il se coucha sur le parquet et alluma une cigarette. Son regard se perdit au plafond et ses pensées dans les nuages de fumée. Ses souvenirs commencèrent à affluer cruellement et dans le désordre. Sabatico se léchait une patte avec lassitude. Sabatico, c'est le chien. Il voulut mettre une chronologie aux souvenirs : Quand l'avait-il connue ? Où et comment l'avait-il rencontrée ? Comment étaient-ils arrivés à vivre ensemble dans cet appartement autrefois décoré avec mille objets précieux ? Mais rien, rien ne venait à sa mémoire. Il se rendit compte qu'il ne savait rien de cette femme avec laquelle il avait partagé dix années de sa vie. En regardant les traces que les meubles avaient laissées sur les murs, il réalisa que de leur passion ne restaient que des formes géométriques : un ovale pour le miroir, un rectangle pour le lit, un rond pour l'horloge, encore un rectangle pour le tableau de Degas, un grand dégât... d'argent. Hier encore, il avait trouvé un acheteur pour 500 000 $ qui partirent en fumée à cause de son départ. Il s'en voulut d'avoir cette pensée. Jeudi s'en foutait de l'argent. Jeudi, c'est son nom, il était né un jeudi et ainsi fut nommé. Jeudi était trop triste pour s'attarder sur les dégâts matériels. C'était Domenica qui l'avait quitté ce dimanche, c'était son absence qui prenait toute la place dans cet appartement de la rue du Vingt-Neuf-Juillet aux Tuileries. « Quelle tuile, cet appart vide, cette tristesse inconsolable, ce malheur imprévu », ruminait Jeudi quand il entendit : « Mmmrrrfff... » C'était Sabatico, un chien sans valeur, mais le chien à Domenica. « Et toi, Sabatico ! Tu vas me quitter aussi », sanglota Jeudi. Le chien Sabatico continua ses mmmrrrfff... en se passant la langue avec la même lassitude sur la même patte. De l'autre bout de l'appartement, Jeudi pleurnicha à nouveau : « Vas-y, tire-toi, si t'as envie ! Laisse-moi seul avec ma peine. » Le chien Sabatico, stoïque, se mit debout et lança un « viens » sans chaleur.

Patrick Besnier

Le vieux corbeau et le renard

« Le vieux corbeau et le renard », tel est le titre d'une fable inédite de La Fontaine, dont mon ami Nicklaus Van der Meulen, professeur émérite de l'univer-

sité de Leyde, possède le manuscrit. Il m'a montré l'autre jour ce précieux document en m'expliquant son origine. Tout le monde connaît « Le Corbeau et le Renard », mais peu de gens savent que le fabuliste en a écrit une deuxième version, au titre légèrement modifié. Sur ses vieux jours, devenu le protégé de Madame de la Sablière, Jean de La Fontaine regrettait parfois la morale un peu laxiste de certaines de ses fables. Il entreprit alors de les récrire en les corrigeant dans le sens du bien. Ainsi pour « Le Corbeau et le Renard », il regrettait la leçon trop sévère à son goût qui était infligée au corbeau.

« Je n'aurais pas dû lui faire perdre tout le fromage, disait-il à sa bienfaitrice. La moitié aurait suffi ! » D'ailleurs le renard, animal peu sympathique, ne méritait pas de triompher de la sorte.

La Fontaine imagina donc une suite : vingt ans après, le renard est mort, et son fils a maintenant dix-huit ans. Le vieux corbeau, lui, vit toujours et a beaucoup médité sur l'aventure racontée dans la célèbre fable. Devenu une sorte de vieux dandy, il désire se venger du renard sur le jeune fils de celui-ci. L'occasion de la vengeance lui est fournie lorsqu'il apprend le mariage du jeune renard. Celui-ci, nommé Tim, épouse une jeune et jolie renarde du nom de Gerda. Peu après les épousailles, auxquelles il n'avait pas été convié, le vieux corbeau va rendre visite à Gerda, un jour où Tim, jeune cadre dynamique plein d'avenir, est à ses affaires. Gerda est très sensible à la conversation brillante et charmeuse du vieux corbeau, qui sait lui parler d'art et de philosophie, matières où Tim a bien des lacunes.

Le vieil oiseau noir revient plusieurs jours de suite et constate que sa séduction opère. Moins d'une semaine a passé que, cédant à ses avances, la jeune renarde devient sa maîtresse. Le corbeau est vengé de l'humiliation subie vingt ans auparavant. Quelque temps après, Tim apprend son infortune et doit constater que chacun dans la région parlait de cette histoire que l'on connut bientôt sous le nom de « l'heureux vieux beau et le cornard ».

Christian Zeimert

Maria, je dors avec elle...

Au lit, je dors avec Maria et Riquet à la Houppe. Certains pourraient penser que c'est honteux, mais qu'ils soient rassurés. Si nous étions réellement trois dans un lit, je serais très gêné. En réalité, Riquet à la Houppe n'est qu'un livre, c'est le conte préféré de Maria, son livre de chevet. Certains s'endorment avec leur ours en peluche, elle s'endort avec Riquet à la Houppe... et moi je m'endors avec Maria.

Quand je vivais seul, longtemps je me suis couché de bonne heure, comme dit l'autre, pour profiter de la douceur des draps et du moelleux de l'oreiller, mais aussi et surtout pour lire. Lire un livre pas trop lourd que je tenais à deux mains sans me fatiguer.

C'est ainsi que j'ai lu les 27 volumes des **Hommes de bonne volonté** de Jules Romain, en 27 jours et 27 nuits, ce qui aurait pu me permettre d'entrer dans le livre des records mais qui m'a épuisé. J'ai essayé Proust, le livre me tombait des mains et je m'endormais trop vite ; de même je m'endormais avant Booz en lisant Victor Hugo. À l'époque, je tenais mes livres à deux mains mais mon rêve était de lire d'une seule main.

C'est enfin quand Maria est arrivée dans mon lit que j'ai pu lire d'une seule main, l'autre lui appartenait *entièrement pendant que je lisais et relisais mes poètes préférés.*

Si aujourd'hui je ne lis au lit que de la poésie, c'est qu'elle ne pèse pas lourd et que les ouvrages sont le plus souvent assez minces car édités à compte d'auteur ou ce sont des plaquettes étroites comme celles des éditions Pierre Seghers.

Il y a peu de temps que j'ai convaincu Maria d'abandonner Riquet à la Houppe et de se laisser bercer par la poésie. Elle y a pris goût. Mais à présent, l'âge venant et les caresses se faisant plus rares, nous faisons des lectures à quatre mains.

Hélas, si notre libido a baissé, notre vue aussi. Alors maintenant on lit Maria Rilke avec la loupe et j'adore.

Roman interactif

Quatre auteurs pour un roman en quatre chapitres.
Chaque auteur de ce roman écrit à son tour un chapitre, chaque chapitre se terminant par trois hypothèses pour une suite possible de l'histoire…

Une phrase de départ est imposée au premier auteur. Une phrase de Roland Dubillard.
Elle doit être le point de départ de son récit.

Patrick Besnier, Jean-Bernard Pouy, Hervé Le Tellier, Hélène Delavault

Midi à quatorze heures

PREMIER CHAPITRE * Patrick Besnier

« *N'empêche que nos situations, celle de Balzac et la mienne, sont identiques. Sauf que la mienne est pire, tout le monde tombera d'accord là-dessus.* Parce que, moi, on m'impose la première phrase du roman que je dois écrire, alors que Balzac, il mettait ce qu'il voulait pour lancer son histoire.

– Écoute, je la trouve très belle, moi, cette première phrase. Je ne sais pas ce que Balzac en aurait fait, mais j'espère que tu vas, toi, en tirer un petit chef-d'œuvre d'élégance et d'esprit.

– Mais bien sûr, mon vieux, je vois que tu me connais. Tiens, allons plutôt prendre un pot. »

Nous descendîmes. La rue des Épinettes était déserte. Un je-ne-sais-quoi d'incertain planait sur notre paisible banlieue. Quand nous arrivâmes au bistrot, il était fermé. Pourtant, nous étions un mardi, un mardi ordinaire.

« Tiens, pourquoi est-ce fermé ? Normalement, ça devrait être ouvert, un mardi, un mardi ordinaire, un mardi comme tous les autres mardis.

– Curieux, en effet, reconnut Alfred. Si nous demandions à la mercière ? »

En effet, la mercière, juste à côté, était sur le pas de sa porte. « Bonjour madame Marinet, dis-je bien poliment. Je vois que vous avez l'air en pleine forme. Sauriez-vous pourquoi le bar est fermé ?

– Bonjour monsieur, répondit Mme Marinet. Eh bien, le bar est fermé parce que nous sommes samedi et qu'il est fermé tous les samedis.

– Mais… dis-je, stupéfait, nous ne sommes pas samedi, nous sommes mardi. N'est-ce pas, Alfred, que nous sommes mardi, un mardi ordinaire, un mardi comme tous les mardis ? »

Les mercières plaisantent rarement, et la voix suave de Mme Marinet ne laissait place à aucun doute. Si elle disait que nous étions samedi, c'est que nous n'étions pas mardi. Déconcerté, je me tournai vers mon ami.

« Qu'en penses-tu, Alfred ? Est-il possible que nous nous soyons tous deux trompés ? »

Il faut vous dire qu'Alfred et moi nous déjeunons ensemble tous les mardis depuis dix-huit ans, avec une très grande régularité. Il était évidemment peu probable que nous nous soyons tous deux trompés le même jour, que tous deux nous ayons confondu un samedi et un mardi. Confondre un mardi et un mercredi, c'est à la portée du premier venu. Les deux jours se suivent dans la semaine, ce sont deux jours du même type, si j'ose dire... Il faut être beaucoup plus fort pour confondre le mardi et le samedi, pour beaucoup d'entre nous, c'est un jour de repos.

Je vis tout ceci dans l'œil presque égaré d'Alfred. Il souffrait visiblement. Son vieux fond cartésien, son solide bon sens s'opposaient, pour lui, à l'idée qu'il pût faire une aussi gigantesque erreur. Il balbutia :

« Si Mme Marinet dit vrai, si nous avons confondu, toi et moi, le mardi, un mardi ordinaire, un mardi banal, avec un samedi, je ne crois plus à rien.

– Ne te laisse pas aller, lui dis-je. Réfléchissons plutôt...

– Réfléchir, mais à quoi ? Mme Marinet n'a pas l'air de plaisanter. Il est donc probable que nous avons pris un samedi pour un mardi. C'est grave. C'est le genre d'erreur que Balzac n'aurait jamais commis. Nous sommes déshonorés.

– Écoute, Alfred. Peut-être nous trompons-nous. Peut-être que Mme Marinet se trompe. Peut-être nous trompons-nous tous. Peut-être que nous prenons un samedi pour un mardi, mais peut-être aussi que Mme Marinet prend un mercredi pour un samedi, et ce que nous prenons, nous, pour un mardi n'est donc pas un samedi mais un mercredi. Ce serait, comme je l'ai dit plus haut, une erreur plus compréhensible, et il n'y aurait pas de quoi se frapper. Tiens, allons nous renseigner chez la boulangère du coin. »

Pour la suite, trois possibilités :

Hypothèse 1 : La boulangerie est fermée comme tous les lundis.

Hypothèse 2 : Les infirmiers de l'HP les rattrapent à ce moment-là et les font monter dans l'ambulance.

Hypothèse 3 : Ils poussent la porte de la boulangerie et découvrent H. G. Wells en personne qui les accueille dans sa machine à explorer le temps.

DEUXIÈME CHAPITRE * Jean-Bernard Pouy

Hypothèse 1 : La boulangerie est fermée, comme tous les lundis. C'est du moins ce qu'indique la pâle étiquette sur la porte. « Ça se complique, gémit Alfred en tâtant négligemment sa poitrine pour rassurer son pacemaker.
– Attends, pas de panique, j'ai dit… ça ne veut rien dire. Il me semble bien que cette boulangerie est également fermée le vendredi, qui est un jour parfaitement comme les autres, un jour ordinaire, si j'ose dire, si on oublie le poisson. La boulangère, le jeudi soir, s'est trompée d'étiquette et a mis celle du lundi.
– Ce qui ne nous avance guère, remarqua Alfred, puisque nous serions alors un vendredi, qui est un jour, comment dire, un peu moins ordinaire que ce mardi qui nous occupe tant. »

Alfred paraissait céder à une panique bien compréhensible et puis, tout à coup, son beau visage de comptable à la retraite s'éclaira. Je sus qu'une intuition sinon mathématique, du moins rationnelle, venait d'émerger sur les vagues grises de son cortex. « Allons voir M. Dubrancheau, le poissonnier. S'il est ouvert, nous serons au moins sûrs que, dans nos possibilités, il y aura obligatoirement le vendredi.

– Et s'il est fermé, ajoutai-je, soudain touché par Descartes, il sera certain que nous ne sommes pas un vendredi. Ce sera déjà ça. »

Le rideau de fer de la poissonnerie Dubrancheau était baissé et les grises lamelles métalliques luisaient d'une bien sinistre lueur, celle des jours de congé.

« Eh bien, c'est déjà ça, me paraphrasa Alfred. Et c'est tant mieux, je n'aime pas les vendredis qui ne sont pas vraiment des jours ordinaires… »

Pendant qu'il pérorait, je remarquai, en m'avançant, une petite étiquette collée sur le rideau de fer. En la lisant, mon cœur se mit à palpiter d'angoisse : « Fermé pour cause de décès et d'enterrement ». Nous nous sommes regardés, Alfred et moi, décontenancés. Les ravages patients de l'absurde commençaient à nous creuser les rides du front. Une fois de plus, c'est Alfred qui rebondit le premier, il en avait vu d'autres.

« On enterre souvent le samedi. Mme Marinet a donc raison. Nous sommes un samedi comme les autres samedis. C'est déjà ça… »

Je l'ai interrompu car il s'enfonçait dans une erreur flagrante. « Alfred, lui dis-je lentement, écoute-moi. M. Dubrancheau parle de décès ET d'enterrement. Il n'y a pas d'enterrement le dimanche, donc, s'il y a eu décès, c'est un jour avant l'enterrement qui se doit de se dérouler le samedi, donc c'est vendredi qu'il y a eu décès et qu'il a dû fermer boutique. On peut donc tout à fait être également un vendredi. Et même un jeudi, encore mieux un mercredi, parce que ça m'étonnerait fort que l'on puisse enterrer quelqu'un le lendemain même de son décès. »

Alfred était blanc. J'ai eu peur tout à coup d'avoir à vérifier cette théorie avec le cadavre éventuel de mon ami. J'ai regardé la rue des Épinettes qui se mettait à ressembler de plus en plus à un cauchemar filmé par Ingmar Bergman. Il fallait réagir. « Allons acheter le journal, j'ai dit, triomphant. Là, au moins, le jour est inscrit sur la marchandise. »

Pour la suite, trois possibilités :

Hypothèse 1 : Le kiosque est fermé comme tous les dimanches.

Hypothèse 2 : Police secours arrive, appelée par Mme Marinet, la mercière, quand Alfred tente de m'étrangler.

Hypothèse 3 : Le vendeur de journaux n'est autre qu'Henri Michaux en pleine cure de mescaline.

Hypothèse 1 : Le kiosque était fermé comme tous les dimanches. Toutefois, une petite étiquette collée sur le rideau de fer attira l'œil attentif d'Alfred.

« Regarde », me dit mon ami, dont le teint d'albâtre se teintait désormais de nuances chlorophylliennes.

Le bristol indiquait : « Fermeture annuelle du 13 au 27 novembre ».

« Ça ne nous dit pas quel jour on est, soupirai-je. Nous voilà bien avancés.

– Oui, murmura Alfred. Mais le problème, c'est que nous sommes en janvier, et pas en novembre, un janvier ordinaire…

– C'est juste, dis-je.

– Remarque, argumenta Alfred, nous avons plus de chances de nous tromper de mois que de jours, puisqu'il y a douze mois et qu'il n'y a que sept jours.

– Tu as raison », répondis-je, dans le souci de ne pas ajouter à son désarroi.

Toutefois, songeai-je en mon for intérieur, il fait un peu doux pour un mois de janvier. Quoiqu'il y ait parfois des jours de janvier où l'on pourrait se croire en novembre. Et des mois de novembre où l'on pourrait se croire en janvier.

Alfred paraissait soucieux. Il se décida à parler.

« Tu sais, je me disais qu'il faisait un peu doux pour un mois de janvier. Quoiqu'il y ait parfois des jours de janvier où l'on pourrait se croire en novembre.
– Alfred, tu ne le croiras pas, mais j'y songeais au même instant.
– Crois-tu que l'on meurt plus en janvier ou en novembre ? demanda Alfred, qui pensait évidemment à M. Dubrancheau.
– Je pense que nous ne pouvons pas confier nos destins à une analyse statistique. Tout comme une porte n'est pas fermée à 50 %, on ne peut pas être à 20 % en novembre et à 12 % en janvier.
– C'est exact », reconnut Alfred.
Son visage s'illumina.
« Il n'y a qu'à aller voir Mohammed, qui tient l'épicerie du coin de la rue Jules-Verne. Il est ouvert tout le temps. Il sait forcément quel jour on est. »

Pour la suite, trois possibilités :

Hypothèse 1 : Un panonceau collé sur le rideau de fer indique : « Fermé de 13 h à 15 h », mais il est déjà 17 heures.

Hypothèse 2 : Les pompiers interviennent aussitôt après avoir été avertis que deux énergumènes menacent de s'immoler par le feu.

Hypothèse 3 : Mohammed n'est autre qu'Antonin Artaud. Il dessine, sur un cahier, des lignes et des bâtons verticaux, et ne semble pas disposé à communiquer.

Quatrième chapitre * Hélène Delavault

Hypothèse 1 : Un panonceau collé sur le rideau de fer indique : « Fermé de 13 h à 15 h », mais il est déjà 17 heures. Je sentis un courant de sueur me parcourir le dos…

« Voyons. Restons calmes. Ne nous laissons pas déstabiliser. Reprenons les choses rationnellement. Il y a 7 jours dans une semaine, 12 mois dans une année et 12 heures dans une journée. Donc, je multiplie 12 par 7, ce qui me fait : 7 fois 2 égale 14, je pose 4 et je retiens 1 ; 7 fois 1 égale 7, plus 1 égale 8. Ça fait donc 84. Multiplié par 12, ça donne : 2 fois 4 égale 8, 2 fois 8 égale 16, et 1 fois 4 égale 4, 1 fois 8 égale 8. Total : 8 ; 6 et 4 égale 10, je pose 0 et je retiens 1 ; 1 et 8 égale 9, plus 1 égale 10. Total 1 008.

– Et alors ?

– Ben alors, j'arrive à un total de 1 008.

– 1 008 quoi ?

– Ben je sais pas…

– Tu as oublié de soustraire 13 de 15.

– Pourquoi 13 de 15 ?

– Parce que c'est fermé de 13 h à 15 h.

– Ah oui… Alors : 13 ôté de 15, ça fait 2.

– Alors, il faut peut-être ôter 2 de 1 008.

– Ou diviser 1 008 par 2.

– Ben oui. Mais comment savoir ?

– Si on demandait à l'agent de police qui fait traverser les enfants, là ?

– Au point où l'on en est…

– Pardon, monsieur, excusez-nous de vous déranger, mais on voulait savoir s'il vaut mieux soustraire ou diviser.
– Ah ! ça dépend des circonstances. C'est à quel sujet ?
– C'est un peu long à expliquer. C'est au sujet de Balzac.
– De qui ?
– De Balzac. C'est un écrivain.
– Ah ! s'il lui est arrivé quelque chose, il faudrait que vous alliez faire une déposition au commissariat.
– Tiens, ce n'est pas une mauvaise idée, ça, le commissariat. Ils devraient savoir quel jour on est… »

Sur la porte du commissariat, une étiquette est collée : « Poste de police temporairement fermé. En cas d'urgence, faire le 17 ».

Alfred me regarde avec un grand sourire.

« Tu vois, c'était tout simple : on est le 17 ! »

La leçon de peinture : comment dessiner un petit pois…

Henri Cueco

I – Avant-propos

Ex-professeur de dessin, parvenu à l'âge de la retraite pour la raison la moins honorable du monde (n'allez pas imaginer un harcèlement sexuel dont j'aurais été l'objet), pour mon âge, cette ignominie dont on ne peut prétendre qu'elle soit méritoire, j'ai décidé aujourd'hui de me mettre au service des élèves des générations à venir en écrivant pour eux une méthode de dessin dont, pour ce jour, vous allez être les élèves.

J'ai imaginé une méthode universelle insensible aux aléas politiques ou religieux. Une méthode parfaitement neutre et qui ne serait pas de nature à froisser les sentiments nationalistes.

Nous essaierons donc de nous débarrasser de cette fâcheuse habitude – qu'a eue ma génération – de nous mêler de politique. L'art politique engagé ne montre pas le côté sublime des choses : le bonheur tranquille des familles, la beauté du travail manuel, aussi nous avons choisi pour notre leçon d'aujourd'hui un modèle de faible implication idéologique et inoffensif selon la morale : le petit pois. *(Il sort un petit pois de sa poche.)*

À toutes les questions que pose le destin du petit pois, vous pouvez, au choix, donner une réponse mystique (d'où il vient ?) ou matérialiste (où il va ?).

Soyons réalistes. La plupart de nos petits pois iront dans la cocotte. Et oui, une jardinière de petits pois, avec du lard, quelques pommes de terre nouvelles, des carottes, pour la couleur brique qui s'accorde si bien au vert des petits pois. Le petit pois a l'avantage d'être un modèle simple, de bonne composition, peu encombrant. Il a la vertu radiophonique de mettre sur un pied d'égalité le spectateur de l'émission qui ne voit rien et l'auditeur qui, s'il entend, ne voit rien non plus.

Nous l'avons choisi comme modèle pour nos étudiants tout au long de leurs études. Naturellement, les difficultés seront graduées.

II – Quelques observations

Qu'il soit de face ou de profil, le petit pois ne change pas d'aspect, il est sphérique et il n'existe pas un seul autre objet au monde qui présente cette particularité.

En réalité, le petit pois n'est pas exactement sphérique, il a sur sa surface la trace d'un pédoncule par lequel il était rattaché à l'intérieur de la gousse. Mais nous ne tiendrons pas compte de cette séquelle de son étape captive. Nous avons libéré notre petit pois, mais n'insistons pas sur la force symbolique de cette libération. Nous ne traiterons pas non plus, cette année, du petit pois en groupe. L'analyse qui part de l'étude de la gousse se fera dans le cycle supérieur.

Nous n'aborderons pas non plus le thème du pois cassé. Déjà que je risque de vous lasser avec les pois entiers, vous les casser serait insupportable.

III – Le concept du petit pois ou le petit pois dans l'histoire de l'art

Mais où ai-je mis mon modèle ? *(Il sort de sa poche un petit pois qu'il montre aux élèves.)*

Modèle : voilà un mot qui fait irrésistiblement penser au traditionnel nu féminin que le peintre dessine inlassablement sans jamais savoir choisir entre sa libido qui l'invite à ne rien faire et sa ligne trouble qui devient une ligne bidon. Entre la libido et la ligne bidon, là est toute l'histoire de la peinture du XXe siècle.

Nous renoncerons donc à nos modèles titularisés après Mai 68 et qui s'approchent de conserve de l'âge de la retraite.

Revenons à notre petit pois qui ne sera jamais obsolète.

Cézanne aurait dit – mais il ne l'a pas dit – que celui qui sait peindre un petit pois saurait tout peindre. Que ne l'a-t-il dit ? Cela m'aurait permis de le dénoncer comme plagiaire par anticipation comme le dit notre confrère Jacques Jouet. Cézanne disant cela aurait développé son thème préféré de la sphère et du cylindre comme éléments de base du corps humain. Le petit pois est donc un modèle idéal.

Vous noterez que jusqu'à cet instant nous n'avons abordé ni le thème de la couleur ni celui du réalisme, ni du rattachement possible du petit pois soit au paysagisme (n'est-il pas une plante ?) soit au minimalisme, soit encore à l'art conceptuel, cet art qui consiste à dire comment on fait, comment on pourrait faire, comment on aurait pu faire, tout cela pour éviter de faire.

IV – Consignes pour dessiner un petit pois

(On le placera bien en vue des élèves en veillant à placer en avant les myopes et les malentendants.)

Une fois observé dans le détail de son anatomie singulière, on simplifiera le petit pois en le conduisant vers sa forme stylisée, géométrisée, c'est-à-dire le cercle parfait. (*Il fait le geste du cercle parfait.*)

Une fois acquise cette simplification qui est la quintessence d'une forme de petit pois, on aura une forme que l'on utilisera à plaisir pour des compositions décoratives.

Au troisième trimestre, on choisira pour ce petit pois stylisé des sujets pouvant s'adapter aux ouvrages féminins et même masculins : on fera exécuter quelques compositions en broderie, en dentelle, au crochet. Je m'appuie pour réaliser mon cours de pratique du dessin sur un livre de Mlle Marguerite Charbes, directrice de l'école de dessin subventionnée de la Ville de Paris, qui date de 1925 mais que j'ai actualisé. Je cite le passage suivant qui montre la convergence de nos propos : « Nos positions (il s'agit des positions de Mlle Charbes) sont convergentes sur la nécessité de ramener le galbe du petit pois à une forme géométrique. »

Nous commencerons notre leçon d'aujourd'hui par le petit pois d'après nature. On le pose sur une stèle. On l'observe ; il est éclairé par le haut, projetant son ombre par le bas, sur le socle, tel un modèle vivant. Il s'agit d'un éclairage classique bien connu dans l'histoire de la peinture. Nous observerons notre petit pois durant les deux premiers trimestres, ensuite nous deviendrons virtuoses de la décoration en utilisant par exemple le demi-cercle – un demi-petit pois si l'on veut.

Avec deux demi-cercles, on obtient une figure en feston simple et suggestive. *(Il fait le geste qui ne doit pas paraître obscène.)*

Puis nous exécuterons un feston vertical plus saisissant encore. *(Il fait encore le geste.)*

V – Séance de correction

J'ai corrigé vos exercices de la semaine dernière. Il y a un léger progrès, mais pour certains d'entre vous, j'en viens à douter de votre vision. Vous semblez ne pas avoir vu le petit pois. Pouvez-vous me dire, mademoiselle, si vous avez déjà vu un petit pois, ce petit pois-ci ou ce petit pois-là ? Quant à vous, monsieur, un petit pois carré peut exister, par compression dans la gousse, mais c'est un autre exercice que nous étudierons l'année prochaine. Et vous mademoiselle, votre petit pois à contre-jour est une belle idée lyrique mais notez bien ceci : il est dangereux d'être trop en avance sur son temps. Et vous, monsieur, votre petit pois a l'air d'un nu de Rubens. Quelle sensualité dans un simple petit pois ! Maîtrisez vos pulsions, monsieur. Nous n'aborderons qu'en troisième année le galbe du corps humain, surtout féminin, en dessinant des haricots. Patience donc, monsieur.

Je sais, lundi petit pois, mardi petit pois, mercredi petit pois, mais c'est en dessinant des petits pois que l'on devient un bon dessinateur de petits pois.

Bien sûr, un jour reviendra où l'on regardera de nouveau n'importe quel objet comme porteur d'un changement social. Ce jour-là, on peindra notre petit pois en rouge et on lui donnera la forme d'un petit poing.

VI – Programme de l'année prochaine

À la rentrée de septembre, pour le premier trimestre, les garçons et les filles étudieront le petit pois sous un aspect plus complexe encore ; puis nous commencerons le programme, toujours avec le petit pois, dont nous étudierons la lente dégradation.

Je dois vous prévenir que, lassé de dire toujours la même chose, j'ai décidé de simplifier les mots, de les abréger : c'est ainsi que nous dirons PP pour petit pois, PT pour premier trimestre, COM pour complexe.

Voici ce que cela donne :

À la rentrée de septembre, pour le PT, les garçons et les filles étudieront le PP sous un aspect plus COM encore ; puis toujours durant le PT, nous attaquerons le P tout court toujours avec le PP dont nous étudierons la lente dégradation.

Vive le PP.
Vive l'art COM.

Note en bas de page

Les notes en bas de page font partie, comme les soutenances de thèse ou les dissertations, des exercices d'érudition pour lesquels les Papous proposent de nouvelles règles. L'Université les boude encore, mais elles sont sans doute promises à un bel avenir. Fonctionnant essentiellement à l'oral, les notes ne figurent pas dans ce livre, mais les textes qui y sont rassemblés s'en seraient bien accommodés. Comment restituer le ton, la voix, la diction des intervenants, les interruptions, les réponses, les commentaires et le rire, sans lesquels les Papous sont inconcevables ?

Notes en forme de didascalies, ou de prolongements, elles commenceraient indéniablement par expliquer le mot « anthologie » : défini comme genre parmi les genres, où l'on rassemble, recueille et compile pour la postérité des morceaux de choix, ce terme a de quoi faire sourire chez les Papous, où l'on se méfie beaucoup du sérieux.

Et si l'anthologie était un nouveau jeu, dans la lignée des correspondances imaginées entre auteur et éditeur ? Anthologie nouvelle façon, pour anthologistes soumis – c'est la règle – à des contraintes imposées. La première, et non la moindre, consiste à passer de l'oral à l'écrit, tout en conservant la polyphonie, le style et la tessiture de chacun. On connaissait B. J. F. T. au micro, les voici à la baguette, comme un chef d'orchestre à deux têtes. On commence par les grands airs du répertoire, chéris par un public à l'oreille avertie, mais il faut aussi surprendre par des mélodies plus rares ou des accords oubliés, sans bannir les joyeux couacs qui ont ici droit de cité. Faire alterner pièces pour solistes et duos de choc, figures imposées et improvisations, est une autre contrainte que nos anthologistes ont affrontée avec brio, soufflant parfois le pianissimo ou emportant les chœurs dans l'allegro.

Enfin, la note en bas de page n'ayant de raison d'être que quand on en abuse, un deuxième appel sur le mot « anthologie » préciserait qu'un certain nombre de jeux chez les Papous, parmi lesquels « Le Petit Rimailleur illustré » ou le « Guide du tourisme minimal », entretiennent depuis des années, chez l'auditeur fidèle, la fiction d'une édition en cours… qui devient ici réalité.

Attention aux pièges et aux trompe-l'œil : l'anthologie des Papous et des Décraqués cultive l'art de la facétie.

V.H.

Nos Papous…

Jacques A. Bertrand, écrivain
Patrick Besnier, professeur de littérature française, ami de Christian Zeimert
Emmanuel Brouillard, trublion au Trésor Public
François Caradec, écrivain, membre de l'Oulipo
Patrice Caumon, aquarelliste distingué
Henri Cueco, peintre, écrivain
Hélène Delavault, chanteuse
Patrice Delbourg, écrivain, journaliste
Lucas Fournier, essayiste
Éric Holder, écrivain
Serge Joncour, écrivain
Jacques Jouet, écrivain, membre de l'Oulipo
Nelly Kaplan, cinéaste, écrivain
Guy Konopnicki, écrivain, journaliste
Gilbert Lascault, écrivain, professeur émérite de philosophie de l'art
Hervé Le Tellier, écrivain, membre de l'Oulipo
Patrice Minet, comédien
Gérard Mordillat, cinéaste, écrivain
Ricardo Mosner, peintre, sculpteur et graveur
Dominique Muller, écrivain
Frédéric Pagès, journaliste
Jean-Bernard Pouy, auteur de romans noirs
Jacques Vallet, écrivain
Christian Zeimert, peintre calembourgeois, ami des plus grands

À retrouver sur France Culture :
Les Décraqués, du lundi au vendredi à 13 h 30

Des Papous dans la tête, le dimanche, de 12 h 45 à 13 h 58.
Et sur www.franceculture.com

Remerciements

à Jean-Marie Borzeix qui a lancé cette aventure radiophonique,

à tous ceux dont nous partageons, ou avons partagé,
de si nombreuses heures en studio, techniciens ou chargés de réalisation : Yann Paranthoën, Robert Duchet, Monique Bailly, Philippe Bredin, Pierre Minne, Jean-François Neollier, Patrick Henry, Pierre Bouillin, Jean Frederix, Jean-Louis Boissonnade, Claude Giovannetti, Mathieu Leroy, Marie-Dominique Bougault, Serge Ristitch, Olivier Dupré, Noelly Pellegrin, Philippe Carminati, Monique Burguière, Pierre Monteil, Julie Garraud, Pascal Besnard, Stéphane Desmons, Claire Levasseur, Bruno Roncière, Benjamin Perru, Bernard Lagnel, Roland Dandaleix ;

à Colline Faure-Poirée qui a voulu cette anthologie, nous lui en sommes très reconnaissants ;

à Vincent Huguet avec qui travailler fut un réel plaisir, et dont l'enthousiasme nous a touchés.

Table

État de chose

Le Petit Rimailleur illustré

RÉALISATION : NORD COMPO À VILLENEUVE-D'ASCQ
IMPRESSION : CPI FRANCE
DÉPÔT LÉGAL : OCTOBRE 2010. N° 103519-4 (2045922)
IMPRIMÉ EN FRANCE

DANS LA MÊME COLLECTION

D'où vient cette pipelette en bikini qui marivaude dans le jacuzzi avec un gringalet en bermuda ?
Dico des mots aux origines amusantes, insolites ou méconnues
Daniel Lacotte

Daniel Lacotte rassemble dans ce dictionnaire désopilant les mots issus de noms propres et leur histoire rocambolesque, de Louis de Béchamel à Mazarin en passant par Hercule, Candido Jacuzzi ou Félix Kir.
Saviez-vous par exemple que *mécénat* venait du nom de Maecenas, le Romain qui favorisa l'essor de la culture à l'époque de l'empereur Auguste ? Ou encore que le *bermuda* désignait à l'origine les shorts portés par les policiers britanniques de l'archipel des Bermudes ?

Points n° P4913

Et vous avez eu beau temps ?
La Perfidie ordinaire des petites phrases
Philippe Delerm

« Et vous n'entendez pas les trains ? » demande-t-on à ce couple qui vient d'emménager près de la gare.
« J'dis ça, j'dis rien. » conclut-on quand on n'en pense pas moins. Perfides, les petites phrases que Philippe Delerm est allé glaner le sont assurément. Mais souvent aussi mélancoliques, comme lorsqu'on coupe un moment émouvant par un pudique : « Tais-toi, tu vas dire des bêtises… »
Spectateur de la comédie humaine, à la ville comme au village, Delerm laisse éclater son talent et sa drôlerie dans ce livre qui compte certainement parmi ses meilleurs.

Points n° P4932

10 règles de français pour faire 99% de fautes en moins
Jean-Joseph Julaud

La règle de l'accord des nombres
La règle de l'accord du participe passé
La règle de l'accord du participe passé avec les verbes pronominaux
La règle de l'accord des adjectifs de couleur
La règle de l'accord des noms communs
La règle de l'accord de l'adjectif qualificatif
La règle pour reconnaître les homonymes
La règle pour bien conjuguer
Les règles d'emploi des majuscules
La règle pour connaître la nature et la fonction des mots
À travers ces dix règles à connaître scrupuleusement pour en finir avec les fautes d'orthographe et les constructions chaotiques de grammaire, Jean-Joseph Julaud propose une méthode décomplexée qui met le plaisir au cœur du savoir.

Points n° P4933

Au bonheur des fautes
Confessions d'une dompteuse de mots
Muriel Gilbert

Muriel Gilbert dévoile avec une drôlerie rafraîchissante et enlevée le quotidien de son métier de correctrice.
« Avec ce livre, j'ai voulu vous ouvrir la porte du bureau des correcteurs, lieu mystérieux où l'on tutoie les dictionnaires et où l'on s'interroge sur la couleur des vaches, la différence entre une mitraillette et une mitrailleuse, les noms des fromages et les accords du participe passé.
Mais je partage aussi mes trucs et astuces pour déceler les fautes en un clin d'œil et vous verrez qu'à l'heure des logiciels de correction rien ne remplace un bon vieux stylo rouge... »

Points n° P4934